Ingrid Geiger

Jakobs Geheimnis

oder

Das Glück im Gepäck

Roman

Stieglitz Verlag
D-75417 Mühlacker
A-8952 Irdning/Steiermark

Gestaltung des Umschlags: Elser-Druck, Mühlacker

Bibliografische Information der Deutschen Bibliothek
Die Deutsche Bibliothek verzeichnet diese
Publikation in der Deutschen Nationalbibliografie;
detaillierte bibliografische Daten sind im Internet
über http://dnb.ddb.de abrufbar.

ISBN-10: 3-7987-0388-4
ISBN-13: 978-3-7987-0388-9

Druck: Karl Elser Druck GmbH, Mühlacker

Leben kann man nur vorwärts,
das Leben verstehen nur rückwärts.

Sören Kierkegaard

Für meine Familie,
weil ich dankbar zurück
und zuversichtlich nach vorn schauen kann

Es sind die Begegnungen mit Menschen,
die das Leben lebenswert machen.
(Guy de Maupassant)

Lili

Der heutige Tag hält eine Begegnung bereit, die Ihr Leben verändern kann. Lassen Sie die Chance nicht ungenutzt verstreichen.

Während Lili hastig die Zeitungsseiten umblätterte, fiel ihr Blick auf ihr Horoskop, das sie bereits heute Morgen beim Frühstück gelesen hatte. Behaupte noch einer, Horoskope sagten nicht die Wahrheit, dachte Lili zufrieden.

Endlich hatte sie die Immobilienseite vor sich, aber so oft sie die Spalten auch von oben nach unten und von links nach rechts las, die Anzeige, die sie suchte, konnte sie einfach nicht finden.

Lilis Hand zitterte ein wenig, als sie zum Telefonhörer griff und die Kurzwahltaste drückte.

„Hilde? Hier ist Lili. Kannst du mal schnell zu mir rüberkommen?“ Es war eher eine Aufforderung als eine Frage.

„Jetzt gleich? Ich bin gerade beim Bügeln.“ Hilde klang nicht sehr begeistert, doch gleich darauf änderte sich der Tonfall ihrer Stimme. „Ist was passiert?“ Hilde schaffte es, in ihrer Stimme gleichzeitig Besorgnis und Sensationslust mitschwingen zu lassen, wobei die Sensationslust eindeutig überwog.

„Nicht direkt, aber, na ja, irgendwie schon. Und bring bitte deine Zeitung mit!“

„Meine Zeitung? Hast du heute keine bekommen? Das ist aber seltsam. Ich meine, wir wohnen direkt gegenüber.

Dass wir beide keine bekommen, das ist ja schon vorgekommen. So ein Austräger kann schließlich auch mal krank werden. Aber dass nur du keine bekommst... Warum hast du denn nicht schon früher angerufen?"

„Ich *habe* eine Zeitung gekriegt", seufzte Lili ein wenig ungeduldig.

„Du hast eine? Aber warum soll ich dir denn dann meine ..."

„Nun frag nicht so viel. Komm rüber, dann werd ich's dir erklären. Es hat mit dem Mann zu tun, der vor einer Stunde bei mir geklingelt hat."

Lili hörte gerade noch, wie Hilde tief Luft holte, dann legte sie, ohne ihre Antwort abzuwarten, schnell den Hörer auf. Sie hätte ihren einzigen Brillantring verwettet, dass diese Andeutung genügte, um Hilde im Nu bei ihr erscheinen zu lassen.

Lili goss gerade den Tee auf, da klingelte es schon an der Tür. Exakt drei Minuten, stellte Lili schmunzelnd fest. Hilde hatte sich nicht einmal die Mühe gemacht, Straßenschuhe und eine Jacke anzuziehen.

„Ich hoffe, du hast in der Eile nicht vergessen, dein Bügeleisen auszuschalten. Ich hätte ja auch zu dir kommen können, daran habe ich überhaupt nicht gedacht, dann hättest du weiterbügeln können. Entschuldige, aber ich bin ein wenig durcheinander."

Lili nahm Hilde die Zeitung aus der Hand, ging ihr voraus in die Küche und breitete sie dort auf dem Tisch aus.

„Seltsam, hier ist's auch nicht drin", stellte Lili verwundert fest. „Ich bin mir sicher, dass es rechts unten auf der Seite stand. Aber es steht weder rechts unten noch links oben noch sonst irgendwo. Ich verstehe das nicht. Gibt's noch eine andere Immobilienseite als die hier?"

„Keine Ahnung, ich interessiere mich nicht für Immobilien, aber du anscheinend. Kannst du mir jetzt endlich mal erklären, was eigentlich los ist?“

Lili goss Tee in die Tassen und stellte Zucker und Milch auf den Tisch. Hier hatte sie vor einer Stunde noch mit Herrn Riedel gesessen. ‚Ich hoffe, es macht Ihnen nichts aus, den Tee in der Küche zu trinken‘, hatte sie gesagt, ‚aber seit mein Mann gestorben ist, esse ich immer in der Küche.‘ Und Herr Riedel hatte sie mit seinen warmherzigen, braunen Augen verständnisvoll angesehen und gesagt: ‚Das verstehe ich sehr gut. Mir ist es genauso gegangen, nachdem meine Frau gestorben war. Ich konnte einfach den Anblick ihres leeren Platzes am Esstisch nicht ertragen.‘

„Lili, träum nicht, sondern erzähl mir endlich, was passiert ist!“ holte Hilde sie ungeduldig in die Gegenwart zurück.

„Am besten fange ich mit meiner Geschichte vorne an.“

„Das wäre vielleicht hilfreich.“

„Also, heute Morgen habe ich mein Horoskop in der Zeitung gelesen, und da stand, dass eine Begegnung mein Leben verändern würde.“

„Liest du diesen Quatsch etwa immer noch?“

„Das ist kein Quatsch, wie du gleich merken wirst. Ich hatte das Horoskop im Lauf des Tages völlig vergessen, aber vor einer Stunde, da klingelt es an meiner Tür, und draußen steht ein Mann.“

„Ein Mann an deiner Tür? Vor einer Stunde? Seltsam, dass ich den nicht gesehen habe“, stellte Hilde verwundert fest.

„Nun, du kannst ja nicht den ganzen Tag an deinem Küchenfenster stehen.“

Hilde überging die spitze Bemerkung, ihre Neugier war viel zu groß.

„Was denn für ein Mann? "

„Nun, er ist um die siebzig, schätze ich, aber du weißt, dass ich im Schätzen nicht besonders gut bin. Er ist nicht sehr groß, hat einen kurz geschnittenen Vollbart und volles, weißes, gewelltes Haar, das ihm bis zum Kinn reicht."

„Ein Korsar", stellte Hilde fest.

„Ich nehme an, du meinst ‚Clochard'", verbesserte Lili, die Hildes Schwäche in Bezug auf Fremdwörter kannte. „Nein, wie ein Landstreicher sah er ganz und gar nicht aus. Er war sehr gepflegt, allerdings wirkte er ein wenig, wie soll ich sagen, na ja, ein wenig altmodisch. Aber irgendwie interessant und ausgesprochen höflich."

„Und was wollte er?"

„Das errätst du nie. Möchtest du einen Keks? Hab' ich heute Morgen frisch gebacken." Lili stellte einen Teller mit Schokoladenkeksen auf den Tisch.

„Lili, ich glaube wirklich, du machst das mit Absicht, nur um mich zu quälen. Nun spann mich doch nicht so auf die Folter! Ich will keinen Keks, ich will endlich wissen, was der Kerl von dir wollte."

„Sprich bitte nicht per ‚Kerl' von ihm. Er heißt Riedel, Jakob Riedel, und er ist ein Gentleman. Stell dir vor, er wollte sogar seine Schuhe ausziehen, bevor er ins Haus kam, weil sie vom Regen vollkommen durchnässt waren."

„Du hast ihn ins Haus gelassen? Wie oft habe ich dir schon gesagt, du sollst nicht so vertrauensselig sein! Lass mich raten! Er hat nach einem Glas Wasser gefragt, du hast ihn hereingebeten, und während du ihm das Wasser geholt hast, hat er sich aus deinem Geldbeutel bedient.

Jeden Tag stehen solche Geschichten in der Zeitung. Du bist wirklich naiver, als die Polizei erlaubt, Lili", stöhnte Hilde.

„Und du bist misstrauischer, als der liebe Gott erlaubt", gab Lili ärgerlich zurück. „Überall witterst du Unheil und Verbrechen."

„Na, dann erzähl mir doch, wie's wirklich war."

„Würde ich ja gerne, aber du unterbrichst mich dauernd. Also, zuerst hat Herr Riedel sich vorgestellt. Er hat sogar seinen Hut gelüftet, obwohl heute ein eisiger Ostwind pfeift, wie du zugeben musst. Aber er ist ein Mann mit Manieren, so etwas merkt man gleich. Ja, und dann hat er gefragt, ob er bei mir richtig ist, bei Lili Brenner im Birkenweg 6."

„Na, dazu braucht er ja nur zu lesen, was auf dem Klingelknopf steht."

„Ich denke, ich soll erzählen."

„Entschuldige."

„Also, und dann fragt er mich, ob die Einliegerwohnung noch zu haben sei."

„Die Einliegerwohnung? Du willst die Wohnung vermieten? Und mir sagst du kein Wort davon?" Hilde setzte ein beleidigtes Gesicht auf.

„Aber ich wollte sie ja gar nicht vermieten. Das heißt, ich hab' in letzter Zeit hin und wieder daran gedacht, ob ich Mamas Wohnung nicht vermieten soll, an eine jüngere Frau, die mir Gesellschaft leistet und die mir vielleicht im Hauhalt ein wenig zur Hand geht. Das Haus ist schrecklich leer, seit Mama und Rudolf nicht mehr leben, und bei manchen Arbeiten wäre mir ein bisschen Unterstützung schon willkommen. Na ja, und das Geld wäre schließlich auch nicht zu verachten. Aber ich konnte mich nie so recht dazu entschließen."

„Und woher wusste dieser Herr Riedel von der Wohnung?"

„Das ist ja das Verrückte. Es stand in der Zeitung."

„Du hast eine Anzeige in die Zeitung gesetzt?"

„Eben nicht", versuchte Lili zu erklären. „Aber er zeigte mir die Immobilienseite aus der Tageszeitung, und da stand es schwarz auf weiß: *Einliegerwohnung, möbliert, 60 qm, in ruhiger Lage an alleinstehende Dame oder Herrn, NR, zu vermieten. 450 Euro warm*. Und dann mein Name, meine Adresse und Telefonnummer. Ich hab' es gelesen, mit meinen eigenen Augen. Erst hab' ich gedacht, jemand wolle mir einen Streich spielen. Aber in meiner Zeitung kann ich die Anzeige nicht finden und in deiner auch nicht. Ist das nicht seltsam?"

„Und du bist sicher, dass es nicht irgendeine andere Tageszeitung war?"

„Hundertprozentig. Er hat die Zeitung leider wieder mitgenommen."

„Natürlich. Und dafür gibt es wohl nur eine Erklärung: An der Sache ist etwas faul, oberfaul. Hat sich sonst noch jemand auf die Anzeige gemeldet?"

„Kein Mensch."

„Siehst du. Erstens setzt niemand eine Anzeige in die Zeitung mit vollem Namen und Adresse. Und zweitens hättest du inzwischen jede Menge Anrufe oder Besuche bekommen, wenn die Anzeige tatsächlich erschienen wäre. Dein reizender Herr Riedel ist ein Betrüger."

„Du meinst, einer mit einer Druckerpresse im Keller?" Lili musste bei der Vorstellung lachen.

„Du brauchst dich gar nicht über mich lustig zu machen", gab Hilde gekränkt zurück. „Heute ist technisch alles möglich. Oder kannst du dir die Sache vielleicht erklären?"

Nein, das konnte Lili nicht, aber es gab Dinge, die sie im Unterschied zu Hilde wusste, ihr aber nicht unbedingt erzählen wollte. Dass Herr Riedel ihr auf Anhieb sympathisch gewesen war. Dass er sanfte braune Augen hatte ohne ein Fünkchen Falschheit, die Lili voller Wärme und Verständnis anschauten. Dass er im Sternzeichen Jungfrau geboren war wie ihr lieber, seliger Rudolf, mit dem sie 23 Jahre eine sehr harmonische Ehe geführt hatte. Kein Wunder, Stier und Jungfrau passten nun einmal wunderbar zusammen, das wusste jedes Kind. Das alles konnte kein Zufall sein. Aber den Ausschlag für ihre Entscheidung, Herrn Riedel die leerstehende Wohnung zu vermieten, hatte ihr Horoskop gegeben. Auch an dem Tag, als Lili Rudolf kennen lernte, hatte ihr Horoskop ihr eine wichtige Begegnung prophezeit. Und hatte die Prophezeiung nicht gestimmt und ihr Glück gebracht? Hilde würde das natürlich als Humbug abtun, aber für Lili war es ein Wink des Schicksals.

„Sei mir nicht böse, Hilde, aber ich habe noch eine Menge Arbeit. Du weißt, ich habe nach Mamas Tod in ihrer Wohnung alles so gelassen, wie es war. Und wenn Herr Riedel übermorgen dort einziehen will, dann sollte ich wenigstens die Schränke und Schubladen leer räumen und ein wenig Großputz machen."

Vor Schreck stellte Hilde ihre Teetasse mit einem lauten Klappern auf die Untertasse zurück.

„Das meinst du jetzt nicht im Ernst, oder? Du hast ihm die Wohnung tatsächlich vermietet?"

„Nun, am liebsten wollte er gleich einziehen, aber das geht natürlich nicht, und das hat Herr Riedel auch eingesehen."

„Lili, mach mich nicht unglücklich! Ich werde keine Nacht mehr schlafen können, wenn ich weiß, dass dieser Betrüger unter deinem Dach wohnt. Du kennst den Mann doch gar nicht! Was weißt du denn von ihm, außer dass in seiner Zeitung Dinge stehen, die in keiner anderen gedruckt sind. Das ist nicht unbedingt eine Empfehlung!“

Hilde war ganz außer sich.

„Ich weiß“, erklärte Lili geduldig, „dass er verwitwet ist. Nach dem Tod seiner Frau ist er zu seinem Sohn nach Amerika gezogen.“

„Nach Amerika!“

„Ja, was ist daran so ungewöhnlich? Ist das etwa auch verdächtig? Nun, jedenfalls will er jetzt wieder zurück in seine alte Heimat und in sein Haus.“

„Ha“, unterbrach Hilde sie triumphierend und stach mit ihrem ausgestreckten Zeigefinger in die Luft, „und warum sucht er eine Wohnung, wenn er ein eigenes Haus hat? Kannst du mir das vielleicht erklären?“

„Kann ich. Er sucht eine Bleibe, weil nächste Woche die Handwerker bei ihm anrücken. Er hatte das Haus vermietet und jetzt will er es renovieren und altersgerecht umbauen lassen, ein anderes Badezimmer, breitere Türen und so allerhand. Ich finde das sehr vernünftig. Nun ja, Jungfrauen sind dafür bekannt, dass sie rationale, vorausschauende Menschen sind.“ Lili übersah geflissentlich Hildes Augenrollen. „Und weil Herr Riedel nicht auf einer Baustelle leben will - du weißt doch, wie unwohl Männer sich fühlen, wenn Handwerker im Haus sind -, deshalb sucht er jetzt für ein paar Wochen eine Wohnung. Das Hotel ist ihm auf die Dauer zu teuer und zu ungemütlich. Für mich hat das einen Riesenvorteil: Ich habe einen Mieter, der nur ein paar Wochen bleibt. Da kann ich ausprobieren, wie das ist. Wenn es funktioniert, kann ich die Wohnung anschließend für länger vermieten, wenn es mich aber stört, habe ich mein Haus bald wieder für mich allein."

„Oder auch nicht. Weißt du, wie schwer es heutzutage ist, einen Mieter wieder hinauszubekommen? Selbst wenn er seine Miete nicht zahlt und deine Wohnung in einen Schweinestall verwandelt, kann sich eine Räumungsklage über Monate, ach, was sage ich, über Jahre hinziehen. Neulich habe ich so einen Fall im Fernsehen gesehen, da haben die Vermieter sogar die Möbelspedition und die Einlagerung der Möbel bezahlen müssen, nur um den Mieter hinauszubekommen. Es stellte sich nämlich heraus, dass der keinen Pfennig Geld hatte. Diese Leute haben sogar einen Namen. Warte mal, ich komme gleich drauf. Mietmaden, genau! So heißen die."

„Nomaden, Hilde, Mietnomaden, und du bist eine alte Unke!" ärgerte sich Lili. „Da ich die Wohnung möbliert vermiete, wird es im Falle eines Falles wohl nicht viel umzuziehen und einzulagern geben. Außerdem wäre es doch ziemlich albern, hier wohnen zu bleiben, wenn er ein eigenes Haus hat. Und jetzt entschuldige mich, ich muss mich an die Arbeit machen. Wenn du willst, kannst du mir gern helfen."

„Besten Dank", sagte Hilde und stand schnell auf, „aber in diese Geschichte will ich gar nicht erst hineingezogen werden. Außerdem wartet meine Bügelwäsche auf mich. Ich wünsche dir viel Spaß im Mauseum."

„Mausoleum, meinst du wohl."

"Mauseum oder Mausoleum, jedenfalls wird dein Aberglaube dich noch mal in Teufels Küche bringen, glaub mir." Hilde war schon auf dem Weg zur Tür.

„Halt, vergiss deine Zeitung nicht! Und danke, dass du gleich gekommen bist", bemühte Lili sich um einen versöhnlichen Abschied.

Hilde konnte mit ihrer direkten Art manchmal recht verletzend sein, aber Lili wusste, dass sie das Herz auf dem rechten Fleck hatte und immer für Lili da war, wenn sie sie brauchte.

Auch nach mehr als drei Jahren fiel es Lili noch schwer, die Wohnung ihrer Mutter zu betreten. Sobald sie die Tür öffnete, hatte sie das Gefühl, ihre Mutter sei im Raum und wache über jeden ihrer Schritte.

„Mauseum", hatte Hilde gesagt, ließ man das „a" weg, so hieß es „Museum". Nur das Leben berühmter Leute wurde in einem Museum konserviert. Vielleicht wäre ihre Mutter berühmt geworden, wenigstens hatte sie davon geträumt, aber dann war sie, Lili, dazwischen gekommen. Da war es wieder das nagende Schuldgefühl, das sie ihr Leben lang begleitet hatte.

Eigentlich gäbe es nun endlich einen Anlass, die Schränke und Schubladen zu räumen, auszusortieren und sich von vielen Dingen zu trennen, aber das war etwas, was Lili nicht besonders gut beherrschte. Deshalb hatte sie das Räumen der Wohnung immer wieder aufgeschoben. Auch jetzt würde sie Kleider und Wäsche nur in Kartons packen und auf dem Dachboden verstauen, und sie wusste, dass die knapp bemessene Zeit nur ein Vorwand dafür war.

Als sie die Schranktüren öffnete, stieg ihr ein feiner Geruch in die Nase - Mamas Duft nach Lavendelseife und dem Parfum, das sie sich immer aus Frankreich hatte schicken lassen. Ob es in einigen Wochen, nachdem Herr Riedel ausgezogen war, auch noch so duften würde? Wohl kaum. Zum ersten Mal kamen Lili Zweifel, ob es richtig gewesen war, die Wohnung zu vermieten. Aber nun war es zu spät, sie konnte nicht mehr zurück. Und außerdem hatte ihr Horoskop ihr ausdrücklich zu diesem Schritt geraten, versuchte Lili sich zu beruhigen.

Fast andächtig strich sie mit der Hand über Mamas feine, spitzenbesetzte Unterwäsche. Mama hatte sie getragen, so lange Lili sich zurückerinnern konnte, auch an ganz gewöhnlichen Werktagen. Es wäre ihr nie in den Sinn gekommen, wie Lili schmucklose Baumwollwäsche anzuziehen. Immer wieder hatte sie Lili schöne, teure Dessous geschenkt, und immer wieder hatte Lili zu ihrer Alltagswäsche gegriffen. Die spitzenbesetzte Wäsche hatte sie nur an besonderen Tagen getragen und war dabei nie das Gefühl losgeworden, in einer fremden Haut zu stecken, die nicht zu ihr passte. An diesen Tagen hatte ihr Spiegelbild ihr noch deutlicher als sonst gezeigt, wie sehr ihr großer, kräftig gebauter Körper sich von Mamas zarter, graziler Figur unterschied, die sie sich bis in hohe Alter erhalten hatte. Als Lili ein Kind war, erschien ihr ihre Mutter wie eine zarte Elfe aus dem Märchenreich, und sie wünschte sich sehnlich, ein wenig so auszusehen wie Mama.

Jetzt wäre auch Gelegenheit, in Mamas Schreibtisch nach einer Antwort auf die Frage zu suchen, die sie schon seit Jahren beschäftigte, aber auch den Inhalt dieser Schubladen würde Lili unbesehen in einen Karton packen. War es die Angst, etwas zu tun, was Mama missfallen könnte, selbst jetzt, lange nach ihrem Tod? War es die Angst vor der Antwort oder davor, keine zu finden?

Es war müßig, darüber nachzudenken. Lili stieg entschlossen auf die Leiter und nahm die Gardinen ab, um sie gleich in die Waschmaschine zu stecken.

In einer Zeitschrift hatte Lili einmal gelesen, man solle ein Glücks-Tagebuch führen und am Ende jedes Tages die

Dinge aufschreiben, über die man sich gefreut hatte. So würde man mit der Zeit ganz automatisch seinen Blick auf die schönen Seiten des Lebens lenken und zufriedener, dankbarer und glücklicher werden. Grundsätzlich fand Lili die Idee gut und sie nahm sich vor, sie in die Tat umzusetzen, schaden konnte es schließlich nicht. Allerdings war sie nicht bereit zu mogeln und einfach irgendetwas hinzuschreiben, um ihrer Pflicht Genüge zu tun. Lili fand, es gab einfach Tage, die so grau waren wie ihre Haare und an denen sich beim besten Willen nichts Erfreuliches finden ließ. Heute allerdings war kein solcher Tag und deshalb schrieb Lili gern in ihr Glücks-Tagebuch:

Ich freue mich, dass ich heute Herrn Riedel kennen gelernt habe und dass er in Mamas Wohnung einziehen will. Ich glaube, dass wir uns gut verstehen werden.

Lili war unentschlossen, ob sie noch hinzufügen sollte: *Ich bin froh, dass ich Mamas Wohnung aufgeräumt und geputzt habe,* es erschien ihr doch etwas zu prosaisch, um in ihrem Glücks-Tagebuch festgehalten zu werden. Andererseits fand sie es auch passend, denn sie hatte festgestellt, dass sich durchaus ein Glücksgefühl einstellte, wenn sie eine unliebsame Arbeit erledigt hatte, die sie schon lange vor sich herschob.

Wenn andre klüger sind als wir,
das macht uns selten nur Pläsier,
doch die Gewissheit, dass sie dümmer,
erfreut fast immer.
(Wilhelm Busch)

Hilde

Er sah genauso aus, wie Lili ihn beschrieben hatte. Selbst sein Koffer wirkte ein wenig altmodisch. Wer benutzte heute noch einen Lederkoffer, noch dazu einen, den er nicht auf Rollen hinter sich herziehen konnte? Und sollte das etwa alles sein, was er für ein paar Wochen mitbrachte?

Von ihrem Küchenfenster aus konnte Hilde den Mann nur von hinten sehen, während er vor Lilis Haustür stand und darauf wartete, dass Lili ihm öffnete. Seltsamerweise hatte Hilde ihn nicht kommen sehen, obwohl sie wirklich achtgegeben hatte. So hatte sie keinen Blick auf sein Gesicht werfen können. Nun, Hilde war fest entschlossen, ihn sich genauer anzuschauen. Das war sie Lili schuldig. Und dann würde sie gleich wissen, ob es sich bei ihm um einen ehrlichen Menschen oder um einen Gauner handelte. Hilde hatte ein feines Gespür für solche Leute. Letztes Jahr, als nach dem großen Sturm eine Dachdeckerfirma an ihrer Tür geklingelt hatte, um ihr Dach auf eventuelle Schäden zu untersuchen, noch bevor sie selbst überhaupt einen solchen festgestellt hatte, da hatte sie gleich gewusst, dass etwas nicht stimmte und die Polizei angerufen. Und genau wie sie vermutet hatte, war es auch gewesen. Am nächsten Tag wurde in der Zeitung mit dicker Schlagzeile vor einer betrügerischen

Firma gewarnt, die aus dem Unglück anderer Leute Kapital schlagen wollte.

Ein Glück, dass der Mieter endlich gekommen war. Eigentlich hatte Hilde heute nämlich ihre Wohnzimmerfenster putzen wollen und sie änderte ihre Pläne nur ungern, aber vom Wohnzimmer aus hatte sie Lilis Tür nicht im Blick und sie hatte ja gewusst, dass Lilis Mieter heute einziehen würde.

Hilde wollte noch etwas warten, bevor sie zu Lili hinüberging, sonst würde die gleich vermuten, sie habe hinter ihrer Küchengardine gelauert. So wie sie Lili kannte, würde die mit ihrem Mieter in einer halben Stunde beim Kaffee sitzen und nicht umhin können, auch sie dazu einzuladen. Lili war einfach viel zu vertrauensselig, und Hilde fühlte sich verpflichtet, ein wenig auf sie aufzupassen, jetzt da Lilis Mutter und Rudolf nicht mehr lebten.

Es war Lili deutlich anzusehen, dass sie von Hildes Besuch nicht begeistert war.

„Puh, ist das eine Kälte heute", sagte Hilde und drückte sich schnell an Lili vorbei in den Windfang. Eins zu null für Hilde. Dann sog sie schnuppernd die Luft ein.

„Das riecht nach Kaffee. Hast du Besuch?" Lili war leidenschaftliche Teetrinkerin und kochte Kaffee nur, wenn sie Besuch hatte. „Entschuldige, das wusste ich nicht, sonst hätte ich nicht gestört."

„Nun, nicht eigentlich Besuch. Mein Mieter ist gerade eingezogen, und wir trinken eine Tasse Kaffee zusammen, um alles Nötige zu besprechen", erklärte Lili.

„Natürlich, du sagtest ja, dass er heute einzieht. Das hatte ich ganz vergessen."

Hilde blieb in der Diele stehen und machte keine Anstalten, sich wieder zu verabschieden. Wenn Lili nicht über die Maßen unhöflich war, dann würde sie jetzt fragen...

„Möchtest du eine Tasse mittrinken?"

„Oh, da sage ich nicht Nein, vielen Dank. Dieses Wetter haut mich richtig um. Ich könnte den ganzen Tag schlafen. Vielleicht bringt mich eine Tasse Kaffee wieder auf die Beine. Außerdem kann ich dann gleich deinen Mieter kennen lernen. Für einige Zeit werden wir ja sozusagen Nachbarn sein."

Sie folgte Lili ins Wohnzimmer. Auf dem Couchtisch standen Kaffee und Kekse, und der Mieter, dessen Namen Hilde vergessen hatte, erhob sich höflich, als die beiden Frauen das Zimmer betraten. Lili stellte die beiden einander vor. Das gab Hilde Gelegenheit, Herrn Riedel genauer zu mustern. Nun, sie konnte Lili verstehen. Er sah sympathisch aus, das lag vor allem an seinen warmen, braunen Augen, aus denen er Hilde freundlich ansah. Aber Hilde wollte sich nicht gleich um den Finger wickeln lassen, lieber erst mal abwarten und Tee trinken, besser gesagt Kaffee.

„Nun, was führt dich zu mir?" wollte Lili wissen.

Gut, dass sie auf diese Frage vorbereitet war.

„Ich komme wegen dem Seniorennachmittag im Gemeindehaus."

„Wegen *des* Seniorennachmittags", verbesserte Lili.

„Sag ich doch."

„Nein, du hast *dem* gesagt. Aber auf ‚wegen' folgt der Genitiv. Es heißt ‚wegen des Seniorennachmittags'."

Hilde hatte sich inzwischen daran gewöhnt, dass Lili vierzig Jahre Lehrerinnengehabe nicht von heute auf morgen ablegen konnte und ließ ihre Verbesserungsversuche normalerweise geduldig über sich ergehen. Aber in Gegenwart Fremder fand sie Lilis Verhalten ausgesprochen taktlos, auch wenn sie wusste, dass Lili es nicht böse meinte.

„‚Dem' oder ‚des', das ist doch völlig egal. Außer dir kenne ich niemanden, der nach ‚wegen' diesen, diesen Dingsda gebraucht."

„Genitiv", sagte Lili. „Im Übrigen weißt du doch, dass ich mich nicht mehr an den Seniorennachmittagen beteilige."

„Lili, du hast doch früher immer mitgeholfen."

„Früher ist vorbei", sagte Lili entschieden. „Du weißt warum."

„Es ist einfach kindisch, Lili."

„Du kennst meine Meinung, und an der wird sich nichts ändern", sagte Lili entschlossen. „Und jetzt werde ich noch mal Kaffee aufbrühen. Außerdem glaube ich kaum, dass Herr Riedel an diesem Thema interessiert ist." Damit verließ Lili das Zimmer.

„Entschuldigen Sie", wandte Hilde sich an Herrn Riedel, „Lili hat recht. Was müssen Sie nur von uns denken. Aber wir meinen das nicht böse. Wir kabbeln uns ganz gern ein bisschen, so wie ein altes Ehepaar. Schließlich kennen wir uns schon ewig, da legt man nicht mehr jedes Wort auf die Goldwaage, sondern weiß, wie es gemeint ist. Wie gefällt Ihnen denn die Wohnung?"

„Sehr gut", versicherte Herr Riedel. „Und sie ist so geschmackvoll eingerichtet."

„O ja, Geschmack hatte Helene", bestätigte Hilde. „Sie brauchen übrigens keine Angst zu haben, wenn Sie in Helenes Bett schlafen. Sie ist nicht darin gestorben. Sie hat das letzte Jahr hier unten bei Rudolf und Lili gelebt. Man konnte sie nicht mehr allein in ihrer Wohnung lassen. Sie war am Schluss demeter."

„Demeter?"

„Na ja, sie wissen schon, ein bisschen verdreht." Hilde deutete auf ihre Stirn und machte eine entsprechende Handbewegung. „Sie hat alles vergessen und durcheinander gebracht, wie das manchmal so ist bei alten Leuten."

„Oh, Sie meinen sicher dement." Herr Riedel konnte sich ein Schmunzeln nicht verkneifen.

„Sag' ich doch. Es war wirklich schlimm. Die arme Lili war total am Ende. Sie hat sich vorzeitig pensionieren lassen, damit sie ihre Mutter pflegen konnte. Rudolf wollte Helene in ein Pflegeheim geben, weil er Angst um Lilis Gesundheit hatte, ich meine, sie ist ja auch nicht mehr die Jüngste, aber das war mit Lili nicht zu machen. Es war der erste richtige Streit in ihrer Ehe. Das muss man sich mal vorstellen: Der erste Streit nach über zwanzig Jahren. Aber mit Rudolf konnte man einfach nicht streiten, er war der gutmütigste Mann, den ich kenne. Na ja, auch ein bisschen langweilig vielleicht. Also für mich wäre das nichts gewesen. Aber er war der Einzige, der es mit Helene ausgehalten hat. Ich meine, Lili hat früher auch noch andere Verehrer gehabt, sie war eine hübsche Frau, aber Helene hat sie alle vergrault." Hilde redete sich richtig in Fahrt. „Als Helene dann so krank war, hat Lili mit dem lieben Gott ein Abkommen geschlossen - sagt Lili. Also ich weiß ja nicht, wie so etwas gehen soll, ein Abkommen mit dem lieben Gott. Jedenfalls hat Lili beschlossen, ihre Mutter zu Hause zu pflegen und nicht in ein Heim zu geben, wenn der liebe Gott ihr dafür noch ein paar schöne Jahre mit Rudolf schenkt. Tja, und dann ist Rudolf ein Dreivierteljahr nach Helene gestorben, ganz überraschend. Na ja, er war 77, man kann also nicht mehr der Hebamme die Schuld daran geben. Aber Lili war völlig außer sich. Sie hat die Sache dem lieben Gott in die Schuhe geschoben, und deshalb will sie jetzt nichts mehr mit der Kirche zu tun haben. Das haben Sie ja eben mitbekommen."

„Sie meinen den Seniorennachmittag?"

„Genau. Der wird von der Kirche veranstaltet. Früher hat Lili immer mitgeholfen, aber jetzt ... Ach, da fällt mir gerade ein, wir brauchen noch einen Programmpunkt. Letztes Jahr hatten wir Herrn Braun zu Gast, er hat Akkordeon gespielt. Und vorletztes Jahr hat Frau Schweizer Mundartgedichte vorgetragen. Lili hat mir erzählt, Sie hätten einige Jahre bei Ihrem Sohn in Amerika gelebt. Es wäre doch nett, wenn sie unseren Senioren ein wenig davon erzählen würden. Was meinen Sie?"

Bei den letzten Sätzen war Lili zur Tür hereingekommen. Herr Riedel sah angesichts Hildes Ansinnen richtig erschrocken aus.

„Seien Sie mir nicht böse, aber vor Leuten reden, nein, das ist wirklich nicht meine Sache."

„Hilde, nun bedräng doch nicht alle Leute mit deinem Seniorennachmittag."

„Es war ja nur so eine Idee. Sagen Sie, wo wir gerade beim Thema Amerika sind, was halten Sie eigentlich von Mr. Bush?"

"Mr. Bush?"

„Na, Sie wissen schon, der amerikanische Präsident."

„Ach, den meinen Sie. Nun, wissen Sie, für Politik interessiere ich mich nicht besonders."

„Sollten Sie aber", sagte Hilde und begann, das Thema zu vertiefen. „Ich meine, wenn man bedenkt, was dieser Mann ..."

„Hilde, bitte, du siehst doch, dass Herr Riedel nicht darüber reden will. Ich meine, es gibt zur Kaffeestunde wirklich angenehmere Themen als ausgerechnet Politik."

„Da haben Sie Recht", nickte Herr Riedel dankbar.

Man muss die Dinge lustiger nehmen,
als sie es verdienen.
(Friedrich Nietzsche)

Lili

Hilde war nicht mehr lange geblieben, und Lili hatte keinen Versuch unternommen, sie zum Bleiben zu überreden, als sie sich verabschiedete.

Lili hatte Herrn Riedel zum Abendessen eingeladen. Mamas Wohnung besaß nur eine kleine Teeküche, da sie die Mahlzeiten immer mit Lili und Rudolf gemeinsam eingenommen hatte. Doch sie würde Herrn Riedel genügen, um sich Frühstück und Abendessen zuzubereiten oder auch einmal etwas aufzuwärmen. Lilis Angebot, bei ihr zu Mittag zu essen, hatte er freundlich, aber bestimmt abgelehnt. Ab und zu würde er das gerne tun, aber nicht regelmäßig, sondern nur hin und wieder nach Absprache. Lili fand das in Ordnung. Herr Riedel war ihr sehr sympathisch, und sie freute sich darauf, wieder einmal jemanden zu bekochen, aber sie hatte sich daran gewöhnt, nicht mehr jeden Tag am Herd stehen zu müssen. Es war eine der wenigen angenehmen Seiten, die das Alleinsein mit sich brachte, doch sie hätte gern darauf verzichtet.

Sie hatte den Abendbrottisch im Esszimmer gedeckt, was Herr Riedel sofort registrierte.

„Sagten Sie nicht, dass Sie nur noch in der Küche essen? Ich möchte nicht, dass Sie meinetwegen Ihre Gewohnheiten ändern."

„Vielleicht ist es an der Zeit, dass ich langsam meine Gewohnheiten ändere. Machen Sie sich keine Gedanken.

Ich esse heute ja nicht alleine, was ich im Übrigen sehr genieße."

„Es ist hoffentlich nicht Rudolfs, Verzeihung, ich meine der Platz Ihres Mannes, an dem ich sitze?"

„Keine Sorge, Rudolf hat immer hier am Fenster gesessen. Sie können ihn ruhig Rudolf nennen, wenn Sie möchten, es stört mich nicht."

„Es kam wohl, weil Ihre Freundin ihn so genannt hat."

„Hilde hat mit Ihnen über Rudolf gesprochen? Ich muss Sie warnen. Hilde ist sehr nett, aber Sie sollten lieber nicht alles glauben, was sie erzählt. Was hat sie denn über Rudolf gesagt?"

„Nicht viel. Nur dass er ein netter und verträglicher Mann war und dass Sie eine besonders harmonische Ehe geführt haben", erklärte Rudolf und aß mit Appetit von dem Heringssalat, den Lili zubereitet hatte. Lili mochte Heringssalat für ihr Leben gern, hatte ihn aber schon lange nicht mehr gemacht, weil sich die Zubereitung für eine Person einfach nicht lohnte. Sie war über diese Gelegenheit so glücklich gewesen, dass sie vergessen hatte, Herrn Riedel zu fragen, ob er Heringssalat mochte. Fisch war schließlich nicht jedermanns Sache. Nun stellte sie beruhigt fest, dass er wohl nicht nur aus Höflichkeit beteuerte, den Salat sehr gern zu essen.

„Sagen Sie, Frau Brenner, würde es Ihnen etwas ausmachen, mich Jakob zu nennen? Da, wo ich herkomme, nennen sich alle beim Vornamen, ich bin es deshalb gar nicht mehr gewöhnt, dass jemand ‚Herr Riedel' zu mir sagt. Da muss ich immer erst überlegen, wer eigentlich gemeint ist."

Lili lachte. Bei jedem anderen hätte sie dieses Ansinnen plump vertraulich gefunden, jedoch nicht bei Herrn Riedel.

„Ich habe gehört, dass sich in Amerika alle mit dem Vornamen ansprechen. Bei den jungen Leuten hierzulande bürgert sich das inzwischen auch ein. Uns Älteren ist es ein wenig fremd, aber ich habe nichts dagegen, Sie Jakob zu nennen, und Sie können auch gern Lili zu mir sagen. Ich möchte Sie nur bitten, beim ‚Sie' zu bleiben. Nicht dass Sie mich missverstehen, Sie sind mir sehr sympathisch, aber ich bin in der Beziehung ein wenig altmodisch. Sind Sie einverstanden?"

„Ich finde, das ist eine wunderbare Lösung", sagte Jakob und hob sein Bierglas, um Lili zuzuprosten. „Auf gutes Zusammenwohnen."

„Auf gutes Zusammenwohnen", wiederholte Lili und war mehr denn je überzeugt davon, dass es richtig gewesen war, Jakob die Wohnung zu vermieten. Sie rief sich allerdings streng zur Ordnung, als sie in Gedanken wünschte, die Handwerker sollten in Jakobs Haus nicht allzu schnell mit ihrer Arbeit fertig werden.

Ich bin froh, dass ich heute mit Jakob essen und mich mit ihm unterhalten konnte. Ich glaube, der Mensch braucht ein gewisses Maß an Gemeinschaft, um glücklich zu sein, schrieb Lili abends in ihr Tagebuch.

Am Donnerstag machte sie sich auf den Weg zur Bücherei, um das ausgelesene Buch zurück zu bringen und sich ein neues auszuleihen. Sie war gern in der Bücherei. Zum einen, weil sie die friedliche, ruhige Atmosphäre zwischen all den Büchern liebte, zum anderen, weil sie gern ein wenig mit der Bibliothekarin plauderte. Sie bevorzugte deshalb für ihre Büchereibesuche die Vormittage, dann war weniger Betrieb, und Simone, eine ehemalige Schülerin von Lili, hatte ein bisschen Zeit für sie.

„Hallo, Frau Brenner. Na, haben Sie den Roman schon ausgelesen? Das ging aber schnell. Hat er Ihnen gefallen?"

„Ich fand ihn faszinierend", sagte Lili, „und es ist mir unverständlich, wie ich 65 Jahre alt werden konnte, ohne dieses Buch gelesen zu haben. Oscar Wildes Aphorismen habe ich schon immer geliebt, aber irgendwie bin ich nie auf die Idee gekommen, einen Roman von ihm zu lesen."

„Soviel ich weiß, hat er auch nur diesen einen geschrieben. Er ist ja leider sehr früh gestorben."

„Aber der eine hat's in sich", stellte Lili fest. „Ich finde, der Roman ist hochaktuell in einer Zeit, in der die Menschen glauben, sie könnten ihr Seelenheil retten, wenn sie nur die Spuren des Lebens mit Spritzen und Schönheitsoperationen aus ihrem Gesicht tilgen lassen."

Durch das Gespräch über eine Fernsehsendung waren sie bei Lilis letztem Besuch auf den Schönheitswahn und den Wunsch der Menschen nach ewiger Jugend zu sprechen gekommen, und Simone hatte Lili den Roman *Das Bildnis des Dorian Grey* empfohlen.

„Es ist übrigens gut, dass Sie kommen", meinte Simone, „ich hätte Sie fast angerufen."

„Hab' ich vergessen, ein Buch abzugeben?"

„Nein, nein, keine Angst. Ich wollte Sie fragen, ob Sie nicht Lust hätten, sich als Lesepatin zur Verfügung zu stellen. Haben Sie den Aufruf in der Zeitung nicht gelesen?"

O doch, Lili hatte den Artikel gelesen, in dem stand, dass Menschen gesucht wurden, die ehrenamtlich bereit waren, Kindern vorzulesen, um sie so ans Lesen heranzuführen. Lili befürwortete das sehr. Sie hatte den Artikel sogar ausgeschnitten und vier Wochen auf ihrem

Schreibtisch liegen gehabt, bis sie ihn vorgestern schließlich zum Altpapier gelegt hatte.

„Ich hab's gelesen“, bestätigte Lili, „und ich finde es eine gute Sache.“

„Aber?“

„Also, ich konnte mich irgendwie nicht so recht aufraffen. Ich habe nicht gern feste Termine, die mich verpflichten, irgendwo hinzugehen. Warum fragst du gerade mich?“

„Ich kenne niemanden, der so gut vorlesen kann wie Sie. Wenn Sie nicht gewesen wären, dann säße ich heute wahrscheinlich nicht hier. Sie haben meine Begeisterung für Bücher geweckt.“

„Aber ich war doch schon ein paar Mal hier, seit der Artikel erschienen ist. Wie kommt es, dass du mich gerade heute fragst?“

„Irgendwie ist es mir erst gestern eingefallen“, sagte Simone, während ihre Wangen von einem hellen Rot überzogen wurden.

„Simone, du konntest schon in der Schule nicht schwindeln“, lachte Lili. „Ich habe immer gleich gesehen, wenn du mir eine Ausrede aufgetischt hast. Also?“

Lili wusste selbst nicht, warum sie so auf eine Antwort drängte, schließlich war es doch egal, ob Simone sie vor vier Wochen oder erst heute fragte.

„Na ja, um ehrlich zu sein, gestern war ein Mann da, und der hat mich auf die Idee gebracht. Ich meine, ich verstehe gar nicht, warum ich nicht selbst schon längst drauf gekommen bin.“

„Ein Mann? Ein Mann hat dir vorgeschlagen, mich als Lesepatin zu engagieren? Was für ein Mann denn? Der Pfarrer vielleicht? Der will mich immer für alle möglichen Aktionen einspannen.“

„Nein, nein, der Pfarrer war es nicht, den kenne ich ja. Aber den Mann, der gefragt hat, also den habe ich noch nie hier gesehen. Er hat ein wenig in der Geografieecke rumgestöbert, hat ein Buch über Amerika gesucht, aber er hat nichts ausgeliehen, und er wollte auch keinen Ausweis. Als er wegen den Lesepaten, der Lesepaten", verbesserte sie sich schnell, als sie Lilis Blick auffing, die den Fehler aber gar nicht registriert hatte, sondern wegen dieser seltsamen Geschichte so streng schaute. „Also als er das fragte, da hab' ich zuerst gedacht, er will sich selber melden, aber dann hat er mich auf Sie angesprochen."

„Wie kommt er dazu? Wie hieß er denn?"

„Ich weiß nicht, er hat sich nicht vorgestellt."

„Aber er muss mich doch kennen. Wie sah er denn aus?"

„Nun, ein wenig... außergewöhnlich, wie ein Künstler vielleicht. Er war etwa siebzig, hatte volles weißes Haar, das er ein wenig länger trug, als Männer in dem Alter das für gewöhnlich tun, er hatte freundliche, braune Augen und er war ausgesprochen höflich", berichtete Simone. „Deshalb hab' ich mir auch nichts dabei gedacht."

„Jakob", fiel bei Lili der Groschen.

„Sie kennen ihn also? Das hab' ich mir gedacht. Er schien Sie nämlich auch ganz gut zu kennen."

„Mich gut kennen?" Die Empörung war Lilis Stimme deutlich anzuhören. „Das ist ja die Höhe. Seit genau einer Woche wohnt er jetzt bei mir. Das kann man wohl nicht unbedingt ‚gut kennen' nennen."

Als sie Simones ungläubigen, verlegenen und gleichzeitig unverhohlen neugierigen Blick auffing, fügte Lili schnell hinzu:

„Er wohnt nicht bei mir, also ich meine, nicht in meiner Wohnung, sondern im oberen Stock, also in der ehemaligen Wohnung meiner Mutter, als Mieter, ganz legal. Es hat alles seine Ordnung."

Lili ärgerte sich, dass sie vor ihrer ehemaligen Schülerin herumstotterte wie ein Erstklässler. Sie wollte gerade vom Umbau in Jakobs Haus erzählen, aber schließlich hatte sie es nicht nötig, sich für einen Untermieter zu rechtfertigen. Andererseits wollte sie nicht, dass in der Stadt Lustige-Witwen-Geschichten über sie verbreitet wurden.

„Daran hab' ich nicht gezweifelt", versicherte Simone eilig. „Nun, wenn Sie den Herrn kennen, dann ist ja alles Ordnung."

„Gar nichts ist in Ordnung", schimpfte Lili. „Wie kommt dieser Mensch dazu, sich ungefragt..."

„Sie dürfen nicht verraten, dass ich's Ihnen gesagt habe. Er hat mich extra darum gebeten. Er hat gemeint, wenn Sie wüssten, dass der Vorschlag von ihm stammt, dann würden Sie womöglich Nein sagen."

„Da könnte er allerdings recht haben", stellte Lili ärgerlich fest.

„Aber er hat's doch nur gut gemeint. Und es stimmt schon. Ich kenne auch niemanden, der so gut vorlesen kann wie Sie."

„Auch? Hat er etwa behauptet, ich könnte gut vorlesen? Ich wüsste nicht, wann ich Jakob einmal etwas vorgelesen hätte."

„Ich hätte es Ihnen nicht sagen sollen", stellte Simone zerknirscht fest. „Aber vielleicht überlegen Sie es sich ja noch. Ich finde die Idee jedenfalls großartig und ich würde mich riesig freuen. Und die Kinder auch. Wenn sich nicht noch Paten melden, müssen wir die Gruppen nämlich zu groß machen oder Kinder nach Hause schicken. Das wäre doch schade. Wenn Sie es sich überlegen, dann rufen Sie mich einfach an. Sie sind mir doch nicht böse?"

„Nein, böse bin ich nicht. Du kannst ja nichts dafür. Aber was das Vorlesen angeht, da mach dir mal keine Hoffnungen", sagte Lili und ging gedankenverloren zur Tür.

„Halt", rief Simone ihr hinterher, „wollen Sie denn heute nichts ausleihen? Wir haben da einen neuen Roman gekriegt ..." Aber da war Lili schon draußen.

Wo Verstehen sich nicht einstellen will,
genügt allemal das Vergnügen.
(Hans Blumenberg)

Lena

Als Lena mit Mama aus dem Kindergarten kam, stand ein Lastwagen mit geöffneten Hecktüren vor dem Haus, und zwei Männer waren gerade dabei, eine Kommode hineinzutragen. Endlich war etwas los in dieser verschlafenen Straße, in der nur alte Leute wohnten. Lena riss sich begeistert von Mamas Hand los und hielt den beiden Männern eilfertig die Tür auf.

„Danke", sagte der eine der beiden, das heißt, er keuchte es eher. Die Kommode schien ziemlich schwer zu sein. Er sah lustig aus, und so wie ihm die Haare vom Kopf abstanden, hatte er heute morgen offensichtlich keine Zeit gehabt, sich zu frisieren. Mama hätte ihn so jedenfalls nicht aus dem Haus gehen lassen, das stand fest.

„Zieht ihr hier ein?" fragte Lena neugierig.

„Nur der da", sagte der andere Mann, der blond war und kleiner und wohlbeleibter als der Strubbelige.

„Und Paulchen", ergänzte der erste und stellte mit einem „ab" schnaufend die Kommode auf den Boden.

„Das kommt davon, wenn man zu faul ist, die Schubladen auszuräumen", meinte der andere und wischte sich den Schweiß von der Stirn.

„Lieber einmal schwitzen, als unnötig Schubladen ein- und ausräumen."

„Wer ist Paulchen?" wollte Lena wissen. Sie wagte kaum zu denken, was sich ihr geradezu aufdrängte. Ein Kind würde in die Wohnung von Opa Hansen einziehen. Jeden Abend, seit Opa Hansen gestorben war, hatte Lena den lieben Gott darum gebeten und offensichtlich hatte er ihren Wunsch erhört. Zugegeben, er hatte wohl nicht richtig zugehört, denn Lena hatte sich eine Freundin gewünscht. Auf Jungs war Lena im Moment nicht besonders gut zu sprechen, die ärgerten einen nur, aber ein Junge war immer noch besser als ein langweiliges Ehepaar oder eine Nörgeltante wie Frau Bächtle aus dem dritten Stock. Lena wollte dem lieben Gott keinen Vorwurf machen. Sicher beteten abends eine Menge Leute zum lieben Gott. Und das war dann wie im Kindergarten: Wenn alle durcheinander sprachen, konnte Frau Kühn beim besten Willen nicht alles mitbekommen, und dann lief auch manchmal etwas falsch.

„Paulchen ist meine Tochter", erklärte der Strubbelige.

„Deine Tochter? Und die heißt wirklich Paulchen?"

„Nun, eigentlich heißt sie Paulina. Wohnst du hier?"

„Klar, im zweiten Stock."

„Da wird sich Paulchen freuen. Wir ziehen in den..."

„Ersten Stock", ergänzte Lena. „Weiß ich. In die Wohnung von Opa Hansen."

Lena war sehr traurig gewesen, als Opa Hansen starb. Er hatte ein großes, dickes Märchenbuch besessen mit wunderschönen Bildern darin, daraus hatte er Lena immer vorgelesen. Lena hatte sich zu ihm in seinen breiten, bequemen Ohrensessel gekuschelt, seiner vertrauten Stimme gelauscht und nicht gewusst, was sie schöner fand, die Geschichten oder die bunten Bilder. Aber dann hatte Opa Hansen eines Tages ganz still in seinem Bett gelegen und nichts mehr vorgelesen. Er konnte nicht mehr sprechen und auch nicht mehr laufen, und ein Krankenwagen war gekommen und hatte ihn ins Krankenhaus gebracht.

Einmal hatte Lena ihn zusammen mit ihrer Mama dort besucht. Seine Augen sagten ihr, dass er sich über ihren Besuch freute. Lena erzählte aus dem Kindergarten und das neueste Ärgernis von Frau Bächtle. Es war nicht so schwierig, wie sie gedacht hatte. Schließlich erzählte sie manchmal auch Teddy, was sie beschäftigte, und der gab ihr ebenfalls keine Antwort. Aber bei Opa Hansen war es doch ein wenig anders, und als sie nicht mehr wusste, was sie sagen sollte, sprang Mama ein und meinte, Opa Hansen solle sich keine Sorgen um seine Pflanzen und um die Fische machen, sie beide würden schon dafür sorgen. Opa Hansen hatte gelächelt und Mama die Hand gedrückt. Und dann hatte er etwas auf einen Block geschrieben und gemalt. Es sah nicht besonders schön aus, weil er es mit der linken Hand gemalt hatte, die rechte lag ganz schlaff und müde auf der Bettdecke, aber Lena musste trotzdem nicht lange raten, was es war. Opa Hansen hatte das Märchenbuch aufgemalt und die Dose mit den Schokoladenbonbons, die nur für Lena waren, wenn sie Opa Hansen besuchen kam, und oben drüber hatte er „LENA“ geschrieben. Es sah ein wenig krakelig aus, aber mit der linken Hand konnte Lena ihren Namen auch nicht schöner schreiben, sie hatte es zu Hause ausprobiert. Als Lena Opa Hansen fragend ansah, hatte er auf die beiden Bilder gezeigt und dann mit dem Zeigefinger seiner linken Hand auf Lenas Brust getippt. „Meinst du, ich soll das Märchenbuch und die Dose bekommen?“ hatte Lena ungläubig und zugleich hoffnungsvoll gefragt. Opa Hansen hatte genickt und seine Augen hatten gestrahlt und feucht geglänzt, als Lena ihn stürmisch umarmte und ihm einen Kuss auf die kühle, knittrige Wange drückte. Und seither wusste Lena, dass man an einem Tag zur gleichen Zeit froh und traurig sein konnte. Wenn Opa Hansen ihr schon nicht mehr vorlesen konnte, dann war es gut, wenn Lena wenigstens die Bilder anschauen und dabei Opa Hansens Stimme in ihrem Kopf hören konnte, denn zum Glück kannte Lena inzwischen viele der Geschichten fast auswendig. Und sollte Opa Hansen seine Stimme wiederbekommen, dann konnte Lena ihm das Buch immer noch zurückgeben. So hatte Lena damals gedacht, aber Opa Hansen hatte seine Stimme nicht wiederbekommen, und er war auch nicht mehr in seine Wohnung zurückgekehrt.

„Wie alt bist du denn?“ fragte der Strubbelige.

„Fast fünf“, erwiderte Lena. Das war ein wenig geschwindelt, denn Lena wurde erst im Sommer fünf, aber sie wollte auf den neuen Mieter im Haus Eindruck machen.

„Na, das passt ja prima, Paulchen ist letzten Monat fünf geworden. Sie müsste bald da sein. Ich hab' sie mit Igor beim Metzger abgesetzt, damit sie uns LKWs holt.“

„LKWs? Beim Metzger? Da steht doch schon ein LKW, und außerdem kann Paulchen noch gar nicht Auto fahren.“ Lena verstand nichts mehr. „Oder fährt dieser Igor?“

Der Strubbelige lachte.

„Nun, das würde er vielleicht ganz gern, aber ich fürchte, er hätte Schwierigkeiten, ans Gaspedal zu kommen. Igor ist nämlich unser Hund. Und die LKWs, die die beiden einkaufen, sind welche zum Essen, Leberkäswecken. Kennst du den Ausdruck nicht?“

Nein, den kannte Lena nicht. Sie konnte sich auch nicht erinnern, dass Mama ihr je so etwas gekauft hätte. So konnte sie den neuen Mieter natürlich kaum beeindrucken. Aber sie hatte überhaupt keine Zeit, über dieses Missgeschick nachzudenken, denn die Neuigkeit, dass ein Hund ins Haus einziehen würde, war viel zu aufregend.

Wie hatte sie nur an den Fähigkeiten und dem guten Willen des lieben Gottes zweifeln können! Er hatte nicht nur ihren Wunsch nach einer Freundin erhört, sondern auch gleich den nach einem Hund. Gut, der Hund würde nicht ihr gehören, aber gegen Mama, die keinen Hund wollte, war wohl auch der liebe Gott machtlos, und da hatte er ihr statt dessen einfach eine Freundin mit Hund geschickt - ganz schön raffiniert!

„Da kommen die beiden ja", sagte der Strubbelige und deutete auf ein dunkelhaariges Mädchen, das mit einem honigfarbenen Hund an ihrer Seite und einer Tüte in der Hand sehr selbstbewusst die Straße herunterkam. Neben dem großen Hund wirkte das Mädchen klein, aber als sie näher kam, konnte Lena sehen, dass sie ein Stück größer und auch kräftiger war als sie selbst.

Es gibt Leute, die haben einfach eine Menge Glück im Leben, fand Lena, die haben nicht nur einen Papa, sondern auch einen Hund. Aber da der liebe Gott heute auch ihr gegenüber in Geberlaune war, wollte sie sich nicht beklagen.

„Das ist Paulina", stellte der Strubbelige vor.

„Paulchen, meinst du wohl", verbesserte Lena, die Paulchen nicht nur um ihren Vater und ihren Hund, sondern auch ein bisschen um ihren ausgefallenen Namen beneidete.

„So darf nur ich zu ihr sagen", stellte Paulchens Vater klar. „Für alle anderen Leute ist sie Paulina."

Das konnte Lena verstehen. Opa Hansen hatte sie immer „min Deern" genannt, das hieß „mein Mädchen", da, wo Opa Hansen herkam, an der Nordsee. Da gab es viel Wasser und jede Menge Schiffe und große Vögel, die übers Wasser flogen, laut schrien und Möwen hießen, hatte Opa Hansen erzählt. Lena hätte das alles gern einmal gesehen, aber Mama sagte, vielleicht später einmal, im Moment hätten sie kein Geld für so eine weite Reise. Opa Hansen hatte auf seiner Kommode auch zwei Buddelschiffe stehen, die Lena immer wieder staunend bewunderte, denn sie konnte einfach nicht verstehen, wie die kleinen Segelschiffe mit ihren hohen Masten durch den engen Flaschenhals in die Flasche gekommen waren. Wenn sie Opa Hansen danach fragte, dann schmunzelte er nur und sagte: ‚Es muss auch noch ein paar Geheimnisse im Leben geben, min Deern. Ohne Geheimnisse ist es doch ziemlich langweilig, findest du nicht?' Leider hatte Opa Hansen die Buddelschiffe nicht zu dem Märchenbuch und der Dose auf den Zettel gemalt, und Mama hatte ihr streng verboten, danach zu fragen, als die Schwester von Opa Hansen mit ihrem Sohn gekommen war, um die Wohnung auszuräumen. Bestimmt hätte Opa Hansen ihr gern eins der Schiffe geschenkt, er hatte es nur vergessen, weil er so krank war und weil alte Köpfe überhaupt manchmal so allerhand vergessen. Es hatte eine Menge Ärger mit Mama gegeben, weil Lena die Mülltonne durchwühlt hatte in der Hoffnung, die Flaschen dort zu finden, nachdem Opa Hansens Familie wieder abgereist war. Die beiden hatten nämlich eine ganze Menge weggeworfen. Und so wie die aussahen, hätte Lena ihren Teddy gegen einen Teller Gemüseeintopf verwettet, dass sie keinen Sinn für große Geheimnisse in kleinen Flaschen hatten.

„Entschuldigen Sie", sagte Paulinas Vater jetzt, „wir haben uns ja noch gar nicht vorgestellt. Also, das ist wie gesagt Paulina, das ist mein Freund Florian Niederberger, und ich heiße Sonntag, Markus Sonntag." Er wischte sich die Hand am Hosenboden ab und streckte sie Mama entgegen.

„Sie heißen wirklich Sonntag? Das ist ja lustig. Zusammen ergeben wir ein Wochenende. Wir heißen nämlich Sabato, Lena und Teresa Sabato. Sabato heißt auf Italienisch Samstag. Schade, dass Sie Ihren Hund nicht Freitag getauft haben."

„Leider zu spät", lachte Herr Sonntag, „er hört inzwischen auf Igor, das heißt, wenn er hören will."

Als Igor seinen Namen hörte, legte er den Kopf schief und wackelte freundlich mit dem Schwanz. Das machte Lena Mut, ihm über seinen großen Kopf zu streicheln. Es fühlte sich gut an, und Igor schien es zu gefallen.

„Nun komm, Lena, wir wollen Herrn Sonntag nicht aufhalten. Außerdem ist das Essen fertig."

„Was gibt's denn?"

„Spinat und Spiegelei."

„Igitt!"

Auch Glückstage sind selten vollkommen.

„Ich mag Spinat und Spiegelei", stellte Paulina fest.

„Wir können gern tauschen. Du kriegst meinen Spinat und ich deinen Leberkäse."

„Halbe, halbe", schlug Paulina vor, und Lena nickte zustimmend. Eine halbe Portion Spinat war immer noch besser als eine ganze.

„Paulina, du kannst dich doch nicht einfach bei anderen Leuten zum Essen einladen", tadelte Paulinas Papa.

„Hab' ich ja gar nicht. Lena hat mich doch eingeladen."

„Stimmt", sagte Mama. „Das geht schon in Ordnung. Paulina kann gern bei uns essen und nachher noch zum Spielen dableiben. Dann läuft sie Ihnen schon nicht zwischen den Füßen herum."

„Das ist nett“, strahlte Herr Sonntag. „Paulchen sollte heute eigentlich bei meiner Schwägerin bleiben, aber sie hat mir gedroht, zwei Wochen kein Wort mehr mit mir zu reden, wenn ich sie nicht mitnehme. Ich fürchte, das hätten wir beide nicht überlebt, deshalb hab' ich lieber klein beigegeben.“

Igor ging ganz selbstverständlich mit ihnen nach oben, und Mama sagte kein Wort, sondern ließ Igor in die Wohnung. Das war das dritte Wunder an diesem Tag und mehr war beim besten Willen heute nicht zu erwarten, da war sich Lena sicher.

Der entscheidende Schritt im Leben eines Menschen ist der Sprung über den eigenen Schatten.
(Ernst Ferstl)

Jakob

Lili war wieder zu Hause. Das heftige Zuschlagen der Haustür und ihre energischen Schritte im Treppenhaus verhießen nichts Gutes. Wahrscheinlich war es so gekommen, wie Jakob befürchtet hatte: Die nette Bibliothekarin hatte sich wohl verplappert, und Lili war nun ärgerlich darüber, dass Jakob sich ungefragt in ihr Leben einmischte.

Ein Glück, dass Lili eine Schwäche für Horoskope hatte. Das machte die Sache sehr viel einfacher für ihn. Sicher würde sie sich wundern, dass die Zeitung aufgeschlagen auf dem Küchentisch lag, denn sie war eine ordentliche Person und pflegte aufzuräumen, bevor sie das Haus verließ. Aber bestimmt würde sie die aufgeschlagene Zeitung ihrer Vergesslichkeit zuschreiben und keinen Verdacht schöpfen. Auch falls sie sich erinnerte, heute Morgen ein ganz anderes Horoskop gelesen zu haben, würde sie eher an ihrem Gedächtnis als an irgendetwas anderem zweifeln. Die Menschen glaubten meist, was sie schwarz auf weiß in einer Zeitung lasen. Lilis heutiges Horoskop war für Jakobs Pläne allerdings denkbar ungeeignet gewesen: *Gehen sie unbeirrt ihren Weg und hören sie nicht auf den Rat anderer!* Das wäre Wasser auf Lilis Mühle gewesen. Jakob sah sich also gezwungen, wieder einmal an Lilis Zeitung zu manipulieren. Er hatte lange nachgedacht und sich dann für folgenden Text entschieden: *Neue Aufgaben treten an sie heran. Seien sie mutig und verschließen Sie sich nicht! Hören Sie auf den Rat guter Freunde!*

Um sicher zu gehen, dass Lili das fingierte Horoskop auch lesen und die Zeitung nicht einfach zuschlagen und weglegen würde, hatte Jakob direkt neben dem Horoskop einen dicken Teefleck platziert. Das würde Lilis Blick automatisch an die richtige Stelle lenken. Es war schon seltsam, dass ein kluger Mensch wie Lili eher bereit war, dem obskuren Rat einer Zeitungs-Sterneguckerin zu folgen als dem von Menschen, die es gut mit ihr meinten.

Jakob war heute bei Lili zum Mittagessen eingeladen und er sah diesem Ereignis mit einiger Spannung entgegen. Bei seinem Morgenspaziergang hatte er an Hildes Gartenzaun einen blühenden Forsythienzweig stibitzt. Blumen hatten eine besänftigende Wirkung auf Frauen, das wusste er, sie durften nur nicht zu teuer und üppig daherkommen, denn dann erzeugten sie eher Misstrauen.

Lili öffnete auf Jakobs Klingeln mit rot erhitzten Wangen und weißer Rüschenschürze. Beides stand ihr ganz ausgezeichnet, fand Jakob, und er beeilte sich, ihr dies auch gleich mitzuteilen.

„Das riecht ja ganz wunderbar. Was gibt es denn Gutes?"

„*Coq au vin*, Mamas Lieblingsessen. Ich habe es seit ihrem Tod nicht mehr gekocht."

„Dann bin ich froh, dass ich nicht mit leeren Händen gekommen bin", sagte Jakob und überreichte den Forsythienzweig als handle es sich um ein üppiges Blumengebinde. „Nur eine klitzekleine Aufmerksamkeit als Anerkennung für Ihre Mühe. Ich weiß die Ehre dieses ganz besonderen Essens sehr zu schätzen, glauben Sie mir."

„O vielen Dank. Wissen Sie, ich freue mich, wieder einmal für jemanden kochen zu können. Ich koche gern."

Jakob folgte Lili in die Küche. Die Zeitung lag nicht mehr auf dem Tisch, stattdessen war dort für zwei Personen gedeckt.

„Ich weiß, Hilde hat es mir erzählt."

Lili rührte den Reis um.

„Hilde? Sie nennen sich beim Vornamen?"

„Das tun wir beide doch auch."

„Schon, aber das ist ja schließlich etwas anderes. Immerhin wohnen Sie bei mir."

Die Vorstellung, dass Jakob und Hilde sich beim Vornamen nannten, schien Lili nicht zu behagen. Das amüsierte Jakob.

„Nun, theoretisch könnte ich auch bei Hilde wohnen."

Lili drehte sich um und sah Jakob finster an.

„Hat sie Ihnen das angeboten?"

Die Sache begann, Jakob Spaß zu machen.

„Nicht direkt, aber in ihrem Haus stehen drei Zimmer leer, hat sie gesagt."

Lili klapperte heftig mit den Töpfen.

„Die ehemaligen Kinderzimmer, ich weiß", meinte sie ein wenig herablassend. „Da stehen jetzt das Gitterbett und die Stockbetten für ihre Enkel, wenn sie zu Besuch kommen. Und das Bad müssten Sie sich mit Hilde teilen."

„Nun, solange es nur das Bad ist", meinte Jakob schmunzelnd.

Ihm schien, als sei die Röte auf Lilis Wangen noch eine Spur dunkler geworden.

„Außerdem ist Hilde eine miserable Köchin, ich muss Sie warnen", spielte Lili einen letzten Trumpf aus.

„Oh, ich bin überzeugt, dass sie Ihnen nicht das Wasser reichen kann."

„Entschuldigung", sagte Lili zerknirscht. „Ich wollte Hilde nicht schlecht machen. Heute ist irgendwie nicht mein Tag. Bitte setzen Sie sich doch, das Essen ist fertig." Sie stellte die Schüsseln auf den Tisch.

„*Ich* muss mich entschuldigen", meinte Jakob. „Ich wollte Sie nur ein wenig necken, aber ich fürchte, ich bin zu weit gegangen. Wie käme ich denn dazu, bei Hilde einzuziehen, wo ich es hier so hübsch und gemütlich habe."

„Reisende soll man nicht aufhalten, hat meine Mutter immer gesagt", bemerkte Lili ein wenig schnippisch.

„Da ist was Wahres dran. Und da ich auch so was wie ein Reisender bin, sollten Sie sich nicht allzu sehr an mich gewöhnen."

„Tu ich das?" Lili legte Jakob ein Stück Hähnchenbrust auf den Teller.

„Ich glaube schon. Aber Sie wissen ja, ich werde nicht lange hier sein."

„Machen Sie sich um mich keine Sorgen."

Jakob schob sich die Gabel in den Mund, schloss die Augen und seufzte genießerisch.

„Das schmeckt ja ganz köstlich. Ich kann Ihre Frau Mutter verstehen."

„Mama liebte alles, was aus Frankreich kam: französisches Essen, französisches Parfüm, französische Kleidung... Sie war als junges Mädchen für ein halbes Jahr in Frankreich. Eigentlich sollte sie ein ganzes Jahr bleiben, aber dann brach der Krieg aus. Sie wollte dort die Sprache und kochen lernen. Mit der Sprache hat es geklappt, mit dem Kochen leider nicht. Als sie zurückkam, hatte sie ein Faible für alles Französische. Sie wollte nur noch Hélène genannt werden, nicht mehr Helene, und auch ich sollte eigentlich einen französischen Namen bekommen. Aber das war in Kriegszeiten wohl nicht so angesagt, und Papa und die Großeltern waren dagegen. Also hat man sich auf Lili geeinigt, als Abkürzung von Elisabeth. Alle nannten mich ganz normal Lili, nur Mama hat immer Lilí zu mir gesagt, mit Betonung auf dem zweiten i, so wie ich auch Mamá zu ihr sagen sollte."

„Lili ist ein hübscher Name, er passt zu Ihnen."

„Finden Sie? Ich finde, er hätte eher zu Mama gepasst. Aber wahrscheinlich ist sie davon ausgegangen, dass ich ihr nachschlagen würde. Sie war eine hübsche Frau, elegant, charmant, kapriziös. Man hätte sie durchaus für eine Französin halten können."

„Und Ihr Vater?"

„Ach, der war eher ein bodenständiger Typ, geradlinig, anständig, treu, mehr für die Reparatur der Waschmaschine geeignet als für die Begleitung beim Opernball. Er hat Mama sehr bewundert, was man, glaube ich, umgekehrt nicht unbedingt sagen kann. Ich hatte nie das Gefühl, dass er ihre große Liebe war. Aber wer sieht schon in eine Ehe hinein? Ach, Schluss mit den alten Geschichten. Ich wollte eigentlich etwas ganz anderes mit Ihnen besprechen."

Jetzt kommt's, dachte Jakob und wappnete sich für den Angriff.

„Ich war heute in der Bücherei, und die Bibliothekarin hat mich gefragt, ob ich nicht Lust hätte, Lesepatin zu werden."

„Lesepatin? Was ist denn das?"

Jakob hielt diese Antwort für einen klugen Schachzug, aber er hatte die Rechnung ohne Lili gemacht.

„Nun tun Sie bloß nicht so, als wüssten Sie das nicht! Immerhin haben Sie mich dafür vorgeschlagen."

Jakob hielt weiteres Leugnen für zwecklos.

„Na schön, ich habe Sie vorgeschlagen. Und ich finde, das war sehr klug von mir, Sie selbst sind anscheinend nicht auf die Idee gekommen."

Angriff ist die beste Verteidigung.

„Sind Sie da so sicher? Vielleicht hatte ich einfach keine Lust dazu."

„Das halte ich für ausgeschlossen."

„Ach, und warum?"

„Weil ich weiß, dass Sie eine kluge Frau sind, dass Sie Kinder lieben und dass sie sich Ihr ganzes Berufsleben lang darum bemüht haben, Kindern die Lust am Lesen zu vermitteln."

„Es ist wirklich erstaunlich, wie gut Sie mich zu kennen glauben, nach gerade mal einer Woche", meinte Lili spitz.

„Stimmt es etwa nicht?"

„Natürlich stimmt es. Ich habe mich vierzig Jahre lang bemüht, und häufig ist es mir auch gelungen, Simone, die Bibliothekarin, ist so ein Fall. Aber ich habe mein Soll erfüllt, jetzt sind andere dran. Wozu haben die Kinder Eltern? Sollen die Ihnen doch vorlesen!"

„Sie wissen genau, dass es viel zu viele Eltern gibt, die das nicht tun, aus welchen Gründen auch immer. Geschichten sind Lebertran für die Seele, sie machen stark fürs Leben, und ich finde, jedes Kind hat ein Recht darauf."

„Und warum soll gerade ich ihnen diese Geschichten vorlesen?"

„Warum nicht Sie? Vielleicht brauchen Sie die Kinder genauso nötig wie die Kinder Sie brauchen!"

„Ich brauche die Kinder? Das wird ja immer besser!" Lili legte mit lautem Klappern ihr Besteck auf den Teller.

„Bei so viel Unverfrorenheit kann einem glatt der Appetit vergehen!“

„Das wäre wirklich schade.“ Jakob meinte es ehrlich. „Wenn das Thema Sie so aufregt, dann sollten wir vielleicht ein andermal darüber reden.“

„Nein, das sollten wir nicht. Für mich ist das Thema hiermit beendet. Ein für alle mal.“

Eigentlich hatte Jakob Rudolf aus der Sache heraushalten wollen, aber jetzt sah er keine andere Möglichkeit mehr.

„Haben Sie einmal darüber nachgedacht, was Ihr verstorbener Mann dazu sagen würde?“ Er sah, dass Lili Luft holte, und sprach schnell weiter, bevor sie ihn unterbrechen konnte. Er bemühte sich, Rudolfs langsame Sprechweise nachzuahmen und er fand, dass es ihm ganz gut gelang.

„Rudolf würde sagen: Es geht nicht nur um die Kinder, es geht auch um dich, Lili. Seit ich gestorben bin, lebst du wie eine Schnecke in deinem Haus. Du glaubst, niemand bräuchte dich mehr, seit Mama und ich nicht mehr da sind, aber das ist nicht wahr. Es gibt immer jemanden, der einen braucht, aber um den zu finden, muss man seine Fühler aus dem Schneckenhaus strecken. Also streck sie raus, verdammt noch mal! Entschuldigen Sie, ‚verdammt noch mal' würde Rudolf ganz bestimmt nicht sagen, aber sonst wohl alles. Und er würde auch zu Ihnen sagen: Dir fehlt eine Aufgabe, Lili. Du könntest es doch einfach mal mit den Kindern versuchen, mir zuliebe. Es macht mich krank, dich so unglücklich zu sehen. Wenn du unglücklich bist, bin ich es auch. Willst du das?“

Jakob sah, dass in Lilis Augen Tränen glitzerten. Vielleicht war er doch zu weit gegangen.

„Stimmt, das würde Rudolf wohl sagen. Ich glaube, er hätte sogar ‚verdammt' gesagt. Waren Sie ein Freund von Rudolf? Woher haben Sie ihn gekannt?"

„Ach, das ist eine lange Geschichte. Die erzähle ich Ihnen ein andermal. Versprechen Sie Rudolf, dass Sie wenigstens darüber nachdenken werden?"

„Ich versprech's."

„Ich hoffe nur, unser kleiner Disput hat nicht zur Folge, dass Sie mich nicht mehr zum Essen einladen, das könnte ich mir nie verzeihen. Aber ich musste das Risiko eingehen."

„Keine Angst", sagte Lili und schaute ihn mit großen Augen an, und Jakob wusste, dass er ab sofort ein Problem mehr haben würde. Bestimmt würde Lili keine Ruhe geben, bis sie wusste, woher Jakob Rudolf kannte.

Am Anfang widersteht eine Frau
dem Ansturm eines Mannes,
am Ende verhindert sie seinen Rückzug.
(Oscar Wilde)

Lili

Lili hatte lange nachgedacht. Gleich nachher würde sie Simone anrufen und ihr sagen, dass sie sich als Lesepatin zur Verfügung stellte. Den Ausschlag hatte das Gespräch mit Jakob gegeben, Rudolfs Worte aus seinem Mund und, na ja, ein bisschen auch ihr heutiges Horoskop.

Warum hatte sie sich so gegen die Sache gesträubt? Es war doch wirklich nichts dabei, einmal in der Woche für eine Stunde in die Bücherei zu gehen und ein paar Kindern etwas vorzulesen. Sie mochte Kinder, mit Leib und Seele war sie Lehrerin gewesen. Einen langen anstrengenden Schulvormittag, das würde sie sich heute zwar nicht mehr zutrauen, aber ein, zwei Stunden in der Woche vorzulesen, das machte ihr sicher Freude.

Jakob kannte sie besser, als sie sich eingestehen wollte. Sie hatte sich wirklich ihr ganzes Berufsleben lang bemüht, bei ihren Schulkindern die Freude am Lesen zu wecken. Vielleicht, weil sie Bücher für einen Quell der Freude und des Wissens hielt und weil Bücher in ihrem eigenen Leben eine so große Rolle spielten. Für jede Zeit ihres Lebens konnte sie Bücher benennen, die sie begleitet hatten, einige wenige sogar ihr ganzes Leben hindurch, und in jedem Lebensabschnitt hatte sie diese mit anderen Augen gesehen und Neues darin entdeckt. Selbst Rudolf hatte sie durch ein Buch kennen gelernt.

Sie war auf der Fahrt zu einem Klassentreffen gewesen, das vierte seit ihrem Abitur. Das erste hatte sie mit großer

Neugier besucht. Was aus ihren Klassenkameradinnen wohl geworden war? Waren ihre Pläne und Träume in Erfüllung gegangen? Hatten die Freundschaften von damals gehalten? Es zeigte sich, dass viele verheiratet waren, einige sogar schon Kinder hatten, und mit jedem Klassentreffen wurde das Grüppchen der Ledigen kleiner. In ihrer Generation galt man als alte Jungfer, wenn man mit 38 noch unverheiratet war. ‚Keinen abbekommen' lautete das hinter vorgehaltener Hand getuschelte kränkende Urteil. Vermutlich waren einige ihrer ehemaligen Mitschülerinnen inzwischen schon wieder geschieden, was Lili zwar nicht erstrebenswert fand, aber sie hatten wenigstens etwas zu erzählen oder Fotos von ihren Kindern vorzuzeigen. Und sie? Der Satz: „Na, und du, Lili? Wohnst du noch immer bei deinen Eltern?" und die teils mitleidigen, teils herablassenden Blicke waren Lili noch gut im Gedächtnis. Sollte sie sich das wirklich noch einmal antun? Sich anhören, wie jede sich plusterte mit ihrem erfolgreichen Mann, ihren hübschen Kindern, ihrem beruflichen Erfolg? Ohne mich, hatte Lili gedacht. Aber dann war die Einladung zum Klassentreffen in Köln gekommen. Das erste Klassentreffen hatte an ihrer alten Schule stattgefunden, dann hatte man beschlossen, es alle fünf Jahre in einer anderen Stadt abzuhalten. Margret hatte nach Bamberg geheiratet, Elisabeth arbeitete in Heidelberg und Margot hatte es nach Köln verschlagen. Nacheinander arrangierten sie die Treffen mit Ausflügen und Stadtbesichtigungen. Diesmal war also Margot an der Reihe, und Köln gab für Lili den Ausschlag. Sie war noch nie dort gewesen und hatte große Lust, die Stadt kennen zu lernen. Und deshalb saß Lili an diesem 26. Mai 1978 mit sehr gemischten Gefühlen im Intercity nach Köln.

Ihre Kollegin Erika hatte ihr ein Buch empfohlen mit den Worten: „Das musst du unbedingt lesen, es ist zum Totlachen“, und Lili hatte sich gedacht, dass es genau das Richtige sei, um sie auf der Zugfahrt vom Grübeln abzuhalten. Schon bald war sie so vertieft in die Lektüre, dass sie nur kurz aufschaute, als ein Herr im dunklen Anzug mit Krawatte und Aktentasche die Abteiltür öffnete und fragte, ob der Platz ihr gegenüber noch frei sei. Alle seien noch frei, gab Lili zur Antwort und las nach einem kurzen Blick auf die vorbeihuschende Landschaft weiter. Als sie das nächste Mal den Blick hob, sah sie, dass der Mann sie schmunzelnd betrachtete.

„Ihre Lektüre muss ja sehr lustig sein“, stellte er fest.

„Das kann man wohl sagen“, bestätigte Lili. „Stört Sie mein Lachen?“

„Aber ich bitte Sie, wie könnte mich das stören, im Gegenteil, ich finde, Sie lachen ganz reizend. Es gibt Leute, deren Lachen kann einem gehörig auf die Nerven gehen und andere, die stecken einen geradezu an. So wie Sie. Im Übrigen beneide ich Menschen, die bei der Lektüre eines Buches laut lachen können. Nicht dass ich keinen Humor hätte, aber ich gehöre eher zur Sorte der ‚Still-in-sich-Hineinschmunzler‘.“

„Oh, dann müssen Sie dieses Buch unbedingt lesen. Normalerweise lache ich beim Lesen auch nicht laut, aber bei dem Buch kann ich einfach nicht anders.“

Rudolf hatte behauptet, bei ihm sei das sicher vergebliche Liebesmüh, was ja nicht weiter schlimm sei, denn auch beim stillen Schmunzeln könne man sich schließlich gut unterhalten. Damit hatte er Lilis Ehrgeiz geweckt.

„Wo müssen Sie denn aussteigen?“

„In Bonn“, erklärte Rudolf.

„Wunderbar. Bis dahin habe ich das Buch bestimmt ausgelesen. Ich werde es Ihnen schenken. Und ich wette, dass Sie bei der Lektüre laut lachen müssen."

Später hatte Rudolf ihr erzählt, dass er sich schon bei dieser ersten Begegnung in Lili verliebt und dass sie ihm mit diesem Vorschlag eine willkommene, unverfängliche Gelegenheit verschafft hatte, an diese Begegnung anzuknüpfen.

„Also gut, wenn Sie es schaffen, das Buch bis Bonn auszulesen, nehme ich Ihr Angebot an. Aber ich nehme das Buch nicht geschenkt, sondern nur geliehen. Und ich verspreche, dass ich Ihnen ehrlich sagen werde, ob ich es zum lauten Lachen komisch fand oder nicht. Sie müssten mir allerdings Ihre Adresse geben, damit ich es Ihnen zurückschicken kann."

Lili hatte das Buch schon in Bingen ausgelesen und sich bis Bonn noch angeregt mit Rudolf unterhalten. Er fuhr zu einem Anthropologenkongress, um dort einen Vortrag zu halten, und war offensichtlich sehr angetan, dass Lili sich für seine Theorien über die Ureinwohner Neuguineas interessierte.

Zwei Wochen später hatte sie ihr Buch zurückbekommen mit einem sehr humorvoll geschriebenen Brief und einer Einladung zum Essen. Dabei stellte sich heraus, dass Rudolf nur vierzig Kilometer von ihr entfernt wohnte.

Anfangs hatte Lili sich heimlich mit Rudolf getroffen. Sie hatte Angst davor, ihn ihrer Mutter vorzustellen. Rudolf war nicht ihr erster Verehrer, und bisher waren ihre Bekanntschaften stets nach dem gleichen Schema abgelaufen. Alles war wunderbar, bis Lili ihre Freunde mit nach Hause brachte. Männer, die ihrer Mutter gefielen, umgarnte sie mit ihrem Charme, Männer, die ihr nicht gefielen, schlug sie in die Flucht. Im Ergebnis lief es für

Lili auf das Gleiche hinaus: Die Beziehungen waren damit beendet. Als Rudolf sich nicht mehr länger hinhalten ließ und immer energischer darauf drängte, ihrer Mutter vorgestellt zu werden, brachte sie ihn schließlich klopfenden Herzens mit nach Hause. Es war nicht zu übersehen, dass er ihrer Mutter gefiel. Sie setzte ihren ganzen Charme ein, ihn für sich zu gewinnen, was diesmal um so aussichtsreicher erschien, als Rudolf 14 Jahre älter war als Lili und damit altersmäßig ihrer Mutter näher stand als ihr. Aber Rudolf konnte auf seine stille Art sehr hartnäckig sein, er wollte Lili haben und ließ sich von Helene weder umgarnen noch in die Flucht schlagen. Zwei Jahre später waren Lili und Rudolf verheiratet.

23 Jahre waren sie verheiratet gewesen, gute Jahre. Ach, wo waren sie nur geblieben! Der Alltag hatte sie aufgefressen, ohne dass Lili es bemerkt hätte, und als die Zeit gekommen war, das gemeinsame Leben zu genießen, starb Rudolf.

Lili beschloss, nun sofort in der Bücherei anzurufen. Und da sie schon einmal dabei war, ihr Leben zu ändern, telefonierte sie anschließend mit Hilde.

„Hilde, ich hab's mir überlegt. Ich werde dieses Jahr wieder beim Seniorennachmittag mitmachen."

„Hört, hört", sagte Hilde, „woher der Sinneswandel? Haben dir die Sterne zugeraten?"

„Nein, Rudolf."

Einen Moment blieb es still in der Leitung, dann fragte Hilde misstrauisch:

„Ist er dir als Gespenst erschienen?"

„Nein, als Jakob."

„Fängst du jetzt auch noch an, an Seelenwanderung zu glauben? Lili, ich mache mir langsam Sorgen um dich."

Lili musste lachen.

„Keine Angst, ich bin nicht verrückt geworden, falls du das meinst. Jakob hat mir nur ein bisschen beim Nachdenken geholfen. Na ja, jedenfalls bin ich zu dem Schluss gekommen, dass ich ab und zu meine Fühler aus meinem Schneckenhaus strecken sollte, und ich finde, der Seniorennachmittag wäre ein guter Anfang. Meinst du nicht auch?"

„Meine Rede", sagte Hilde. „Aber auf mich hörst du ja nicht. Da muss erst ein Mann auftauchen und dir den Kopf verdrehen."

„Verdrehen? Du meinst wohl zurechtrücken."

„Ich meine, was ich sage. Mit Fremdwörtern hab' ich's nicht so, aber mit deutschen Wörtern kenne ich mich aus. Und meine Augen sind auch noch ganz gut. Ich vermute doch wohl richtig, dass der Zweig, den er heute Morgen von meinem Forsythienstrauch abgerissen hat, für dich bestimmt war. Sag ihm bitte, er soll seine Blumen nächstes Mal im Blumenladen kaufen oder woanders klauen. Hattest du ihn zum Essen eingeladen?"

„Spricht was dagegen?"

„Die Vernunft."

„Du meinst wohl dein Misstrauen. Oder ist es eher Eifersucht? Ich habe gehört, dass du Jakob deine Kinderzimmer angeboten hast."

Es machte Lili ärgerlich, wenn Hilde ständig hinter ihrer Küchengardine lauerte und sich in Dinge einmischte, die sie nichts angingen.

„So ein Unsinn! Hat er dir das erzählt? Da kannst du mal sehen. Du solltest vorsichtig sein. Irgendwas stimmt nicht mit ihm. Ich weiß nicht was, aber das krieg' ich schon noch raus. Übrigens, hast du schon gehört, dass Herrn Wielands Hundchen gestorben ist?"

„Ach, das tut mir leid."

Der arme Herr Wieland. Vor einigen Monaten war seine Frau gestorben, und sein kleiner White Terrier war seither sein ein und alles gewesen.

„Glaubst du, dass er zum Seniorennachmittag kommen wird? Falls nicht, haben wir niemanden, der Klavier spielt. Oder kann Jakob spielen?"

Hilde war wie immer praktisch. Sie hielt nichts davon, sich länger als unbedingt nötig mit Gefühlsduselei aufzuhalten.

„Ich habe keine Ahnung, ob er Klavier spielen kann. Aber du hast ja gehört, dass er nicht viel davon hält, vor Leuten aufzutreten", wandte Lili ein.

„Na ja, ich werde mal mit Herrn Wieland reden. Vielleicht überlegt er es sich ja. Ein bisschen Abwechslung wird ihm gut tun. Ich komm' dann morgen mal rüber, damit wir über den Seniorennachmittag sprechen können. Pfarrer Müller wird sich freuen, dass du wieder mitmachst."

Davon war Lili überzeugt, und wenn sie ehrlich war, dann musste sie zugeben, dass sie sich auf den Seniorennachmittag freute.

Ich bin sehr froh, dass Rudolf mir heute eine Nachricht gesandt hat und dass ich mich entschlossen habe, Lesepatin zu werden und beim Seniorennachmittag mitzumachen. Es fühlt sich gut an, wieder gebraucht zu werden, schrieb Lili an diesem Tag in ihr Tagebuch.

Man sollte nie etwas tun,
worüber man nicht nach dem Essen plaudern kann.
(Oscar Wilde)

Teresa

„Ich will heute bei Paulina schlafen." Lena kam strahlend hereingestürmt. „Darf ich?"

„Ich weiß nicht, ob Markus das recht ist", wandte Teresa ein.

Der Kinder wegen, die sie Teresa und Markus nannten, und auch, weil es unter jungen Leuten so üblich ist, hatten sie sich schnell auf die Vornamen und du geeinigt.

„Klar ist es Markus recht, er hat's doch vorgeschlagen! Also, darf ich?" Lena hüpfte ungeduldig auf und ab. Dann schlang sie ihre Arme um Teresa und drückte ihren Kopf an ihren Bauch. „Bitte, bitte, Mama."

„Aber morgen ist Kindergarten."

„Na und? Hab' ich's schon ein Stockwerk näher."

Teresa lachte. „Das ist natürlich ein Argument."

Lena hatte noch nie irgendwo anders geschlafen als zu Hause, abgesehen von einigen Besuchen bei ihren Omas, aber da war Teresa ja dabei gewesen. Ins Bett zu gehen, ohne Lena vorher einen Gute-Nacht-Kuss zu geben, das war für Teresa undenkbar. Andererseits wurde Lena bald fünf, und Teresa wusste, dass es höchste Zeit war, sie ein Stück weit loszulassen und sich an solche Situationen zu gewöhnen.

„Na gut", gab sie nach.

„Hey, super. Ich sag's gleich Paulina." Lena rannte los, drehte sich unter der Tür aber schnell noch einmal um. „Du sollst auch kommen und das Bettzeug mitbringen."

„Ich soll mein Bettzeug mitbringen?"

„Quatsch", kicherte Lena, „meins natürlich. Du sollst bloß zum Essen kommen."

In diesem Augenblick klingelte das Telefon. Es war Markus.

„Hallo, Teresa. Ich wollte nur mal nachfragen, ob es dir recht ist, wenn Lena bei Paulchen übernachtet."

„Nun, ich hab' nichts dagegen."

„Prima. Die zwei freuen sich schon so. Hat Lena dich auch gefragt, ob du zum Essen kommen willst?"

„Also genaugenommen hat sie mir aufgetragen, nachher mit meinem Bettzeug bei dir zu erscheinen", lachte Teresa.

„Na, dann ist es ja gut, dass ich mich selbst noch mal bei dir gemeldet habe. Du sollst mich schließlich nicht für einen Wüstling halten, der hübschen, alleinstehenden jungen Nachbarinnen nachstellt. Gegen Weißwürste und Brezeln ist rein moralisch gesehen aber wohl nichts einzuwenden, oder? Also kommst du? Halb sieben?"

„Gern", sagte Teresa, „Danke für die Einladung."

„Ist mir ein Vergnügen."

Teresa freute sich auf heute Abend. Sie war nicht oft eingeladen, bei wem auch? Früher hatte sie manchmal Opa Hansen besucht. Außer ihrer Mutter war er der Einzige gewesen, der ihr Geheimnis kannte. Das hatte den Umgang mit ihm so angenehm und entspannt gemacht, sie musste nicht dauernd auf der Hut sein. Ach, er fehlte ihr so sehr! Andererseits war sie froh, dass in seine Wohnung mit Markus und Paulina nette junge Leute eingezogen waren. Lena blühte richtig auf, seit sie Paulina zur Freundin hatte. Der Name Paulchen passte zu dem kleinen Mädchen. Sie war unerschrocken und viel selbstbewusster als die sensible, vorsichtige Lena. Vielleicht lag es daran, dass Paulina von ihrem Vater erzogen wurde. Wenn Teresa sagte: „Pass auf, dass du nicht runterfällst", sagte Markus: „Na komm schon, Paulchen, das schaffst du. Trau dich halt."

Punkt halb sieben drückte Teresa mit gemischten Gefühlen auf den Klingelknopf. Sie betrat die Wohnung das erste Mal, seit Opa Hansen gestorben war. Aber sie merkte schnell, dass ihre Scheu unbegründet war. Nichts erinnerte mehr an Opa Hansens gemütliches, aber ein wenig düsteres Reich. Die Raufasertapete im Flur war in einem warmen Terracottaton gestrichen, und selbst die Küche, in der Markus die weißen Einbauschränke übernommen hatte, sah ganz verändert aus. Auf den hellen Fliesen lag ein bunter Flickenteppich, an den sonnengelben Wänden hingen Kinderzeichnungen, und die ehemals altmodisch geblümte Eckbank hatte durch einen blaugestreiften Stoff eine Verjüngungskur erfahren.

„Komm mit", sagte Lena und zog Teresa ungeduldig ins Kinderzimmer, „ich muss dir was zeigen." Sie lief zu einem blauen, stoffbezogenen Würfel, der in der Zimmerecke stand. „Simsalabim", lachte Lena und klappte den Würfel zu einer Matratze auseinander. „Da schlaf' ich heute Nacht. So was wünsch' ich mir zum Geburtstag, Mama, dann kann Paulina auch bei mir schlafen."

„Mal sehen", sagte Teresa und wusste, dass ein solches Geschenk ihre beschränkten finanziellen Möglichkeiten mit Sicherheit übersteigen würde.

Sie ging zu Markus in die Küche.

„Ich find's toll, wie du alleine mit Paulina zurecht kommst", meinte sie, während sie zuschaute, wie Markus die Würste ins heiße Wasser legte. „Kann ich was helfen?"

„Wenn du willst, kannst du den Tisch decken. Teller sind hier im Schrank, und das Besteck liegt in der Schublade neben der Spüle. Na, du kommst doch offensichtlich auch gut mit Lena allein zurecht“, griff er den Gesprächsfaden wieder auf.

„Das ist doch was ganz anderes.“

„Warum? Weil du eine Frau bist? Noch nie was von der Emanzipation des Mannes gehört? Ich war schon WG-erprobt, als Sarah und ich zusammenzogen. Das hat mir einen gewissen strategischen Vorteil verschafft. In einer WG gibt's nämlich meistens einen mit schwachen Nerven. Der kann den Dreck irgendwann nicht mehr sehen und macht ihn freiwillig weg.“

„Lass mich raten“, lachte Teresa, „der warst nicht du.“

„Kluges Mädchen. Aber im Ernst, Sarah und ich haben uns die Hausarbeit schon geteilt. Aber es gab so gewisse Dinge, die fielen in ihr Ressort: kochen und backen, die Wäsche waschen und Knöpfe annähen zum Beispiel.“

„Also, falls es nähtechnisch mal ein Problem gibt, brauchst du's nur zu sagen“, warf Teresa ein.

„Nett von dir, danke, darauf komm' ich sicher mal zurück. Paulchen hat schon erzählt, dass du ihr neulich einen Knopf angenäht hast.“

„Stimmt, der hing noch an genau einem Faden, und ich dachte, eh sie ihn verliert, ist es besser, ich näh' ihn gleich an. Es hat dich hoffentlich nicht gestört? War nicht als Kritik gedacht.“

„Gestört?“ Markus lachte. „Ganz im Gegenteil. Also wenn es ums Knöpfe annähen geht, hält sich mein Stolz in Grenzen. Seit ich meine ersten Spaghetti zu Tode gekocht, Paulchens Lieblings-T-Shirt in der Kochwäsche auf Puppengröße geschrumpft und unsere gesamte Unterwäsche dank einer roten Socke rosa eingefärbt habe, hab' ich ne Menge dazugelernt. Ich würde zwar beim Wettbewerb ‚Der perfekte Hausmann' noch immer nicht den goldenen Staubwedel gewinnen, aber so schlimm sieht's hier doch gar nicht aus, oder? Manchmal, wenn wieder mal was total schief gelaufen ist, dann krieg' ich schon mal nen Rappel und schreie: ‚Verdammt, warum hast du mich bloß allein gelassen?' Was natürlich totaler Schwachsinn ist, denn Sarah hätte ja liebend gern weitergelebt."

„Ich verstehe das gut", sagte Teresa. „Wie alt war Paulina denn, als deine Frau starb?"

„Sie war zweieinhalb, und meine Schwiegermutter war der Meinung, das Kind wäre bei ihr in jedem Fall besser aufgehoben. Aber ich wollte kein Wochenendpapa sein. Und ehrlich gesagt hab' ich Paulchen gebraucht, um morgens aufzustehen und den Tag zu überstehen und ab und zu trotz allem einen Grund zum Lachen zu haben. Was blieb mir also anderes übrig, als unter Beweis zu stellen, dass ich als Vater und Hausmann nicht ganz untauglich bin."

„Und inzwischen kannst du sogar Weißwürste heiß machen, ohne dass sie platzen", stellte Teresa fest.

„Das entscheidende Wort in diesem Satz war ‚inzwischen'. So, die Würste müssten fertig sein. Holst du mal bitte die Kinder?"

Igor brauchte man nicht zu rufen. Wenn die Kinder kamen, dann kam Igor automatisch mit und legte sich zu Paulinas Füßen, den großen, schweren Kopf zufrieden auf seine Pfoten gebettet.

„Hast du Teresa schon von unserem Fest erzählt?" wollte Paulina von Markus wissen.

„Nein, noch nicht."

„Wir machen nämlich nächste Woche ein Einweihungsfest", erklärte Paulina wichtig.

„Na ja, Fest ist wohl ein bisschen übertrieben", wiegelte Markus ab. „Wir laden ein paar Leute ein, das hab' ich Paulchen versprochen."

„Und was man verspricht, muss man halten."

„Mach' ich ja, aber nur, wenn du versprichst, nicht mehr mit vollem Mund zu reden."

„Das dauert immer so lang, bis der leer ist. Da hab' ich inzwischen schon vergessen, was ich sagen wollte," rechtfertigte sich Paulchen.

„Ihr beide kommt doch auch?" Markus' Frage galt Teresa und Lena, und sie klang eher wie eine Feststellung.

„Klar."

„Also ich weiß nicht."

Die gegensätzlichen Antworten von Lena und Teresa kamen wie aus einem Mund. Markus lachte.

„Du kannst von Lena was lernen, Teresa. Die richtige Antwort auf meine Frage lautet: ..." Er zeigte mit dem Finger auffordernd auf Lena und sagte mit ihr im Chor: „Klar."

Nun musste auch Teresa lachen.

„Das ist wirklich nett, Markus, vielen Dank für die Einladung, aber weißt du, ich kenne da doch niemanden..."

„Sind wir niemand?" meinte Markus mit einem schrägen Blick auf Paulchen. „Lassen wir uns das gefallen? Was meinst du Igor?"

Igor ließ unter dem Tisch ein zufriedenes Brummen hören und klopfte zweimal müde mit der Schwanzspitze.

„Nein, im Ernst, du brauchst dir keine Sorgen zu machen. Es kommen lauter nette Leute: meine Schwiegereltern, Sarahs Schwester mit Mann und Kindern, mein Freund Florian, den hast du ja schon beim Umzug kennen gelernt, unsere ehemaligen Nachbarn mir ihrer Tochter, mein Verleger...", zählte Markus auf.

„Dein Verleger? Du schreibst Bücher?"

Teresa hatte Markus noch nie gefragt, womit er sein Geld verdiente, sie hatte sich nur gewundert, dass er fast immer zu Hause war. Ein Schriftsteller, ausgerechnet!

„Nein, ich illustriere sie", stellte Markus richtig.

„Was machst du?" Lena konnte mit dem fremd klingenden Wort nichts anfangen.

„Papa malt Bilder in die Bücher und vorne auf die Umschläge", erklärte Paulina. „Wart, ich zeig's dir."

Sie schob hastig ihren Stuhl zurück und rannte los. Markus' Ermahnung, am Tisch sitzen zu bleiben und erst einmal fertig zu essen, verhallte ungehört. Kurz darauf war Paulina zurück und legte einen Stapel Bücher auf den Tisch.

„Paulchen, doch nicht beim Essen! Komm, leg's zur Seite, du kannst es Lena nachher zeigen."

„Ein praktischer Beruf für einen alleinerziehenden Vater", stellte Teresa fest. „Kann man davon leben oder ist die Frage indiskret?"

„Nein, die Frage ist nicht indiskret, und ja, man kann davon leben, wenn man einigermaßen im Geschäft ist. Seit ich Till kenne, geht's ganz gut. Till ist mein Verleger und inzwischen auch mein Freund. Und nebenher arbeite ich noch für einen Postkartenverlag, entwerfe lustige Glückwunschkarten. Das ist zwar nicht das, wovon ich an der Uni mal geträumt hab', aber es bringt Geld in die Kasse. Und manchmal gebe ich auch Malkurse für Kinder an der Volkshochschule, da kann ich Paulchen mitnehmen. In der Liste der reichsten Männer Deutschlands tauche ich noch nicht auf, aber wir kommen über die Runden, vor allem nachdem ich unser Haus verkauft habe. Die monatlichen Raten waren ganz schön happig, seit Sarahs Honorare wegfielen. Na ja, und in den ersten Monaten nach Sarahs Tod hab' ich beruflich auch nicht allzu viel auf die Reihe gekriegt. Aber du hast mir noch keine Antwort auf meine Frage gegeben. Wie ist es denn jetzt mit unserer Einweihungsfeier? Ihr kommt doch, oder?"

Teresa wusste nicht, was sie antworten sollte. Sie fühlte sich wohl in Markus' Gesellschaft, aber was war mit all den anderen Leuten, die Markus eingeladen hatte? Immer war da die Angst, jemand könne merken, was mit ihr los war. Aber dann fing sie Lenas Blick auf, der sagte: Worauf wartest du? Natürlich gehen wir hin! Verdirb mir bitte nicht die Freude! Und der gab den Ausschlag. Sie lebte ohnehin viel zu zurückgezogen. Das war nicht gut für Lena. Andere Mütter hatten Freundinnen, trafen sich zum Kaffeetrinken oder zu Ausflügen.

„Okay", sagte Teresa, „wir kommen gern. Soll ich was zum Essen mitbringen?"

„Also, wenn du mich so fragst, sag' ich nicht Nein."

„Irgendwelche speziellen Wünsche?"

„Ist egal, Hauptsache, man kann's essen, nach Möglichkeit im Stehen und ohne Messer und Gabel. Du siehst ja, die Anzahl meiner Sitzgelegenheiten ist begrenzt."

„In Ordnung, ich lass' mir was einfallen."

Kaum waren die Teller abgeräumt, da legte Paulina ein Buch vor Teresa auf den Tisch, ein Kinderbuch über eine Bärenfamilie. Teresa war von den Bildern begeistert. Man brauchte den Text nicht zu lesen, um die Geschichte zu verstehen. Allein durch die Bilder konnte man den Ablauf der Handlung und die Gefühle der Mitwirkenden leicht nachvollziehen.

„Du malst wunderschön."

„Ich finde, seit ich Paulchen habe, male ich besser."

„Aber bei dem Buch", stellte Paulina fest und rollte wichtig mit den Augen, „da war ich noch nicht mal ein Gedanke."

Markus lachte.

„Das hab' ich mal so gesagt, und der Satz muss Paulchen mächtig beeindruckt haben. Andererseits gäbe es Paulchen ohne dieses Buch gar nicht."

„Da haben sich Papa und Mama kennen gelernt", erklärte Paulina. „Mama hat das Buch geschrieben, und Papa hat die Bilder gemalt."

„Deine Frau hat Bücher geschrieben?"

„Nur zwei. Eigentlich war Sarah Übersetzerin. Aber dann hatte sie eines Tages Lust, selbst ein Buch zu schreiben. Till war von dem Stoff sofort begeistert und er hat mich als Illustrator vorgeschlagen. Die Wellenlänge zwischen Sarah und mir hat gleich gestimmt."

„Liest du's mir vor?", fragte Paulina und kletterte ganz selbstverständlich auf Teresas Schoß.

Zum Glück kam Markus Teresa zur Hilfe.

„Ein anderes Mal, Paulchen. Jetzt wollen wir uns noch ein bisschen unterhalten, und du willst doch sicher mit Lena spielen. Wenn ihr nachher im Bett liegt, dann lese ich euch was vor, aber was Kurzes. Okay?"

„Okay", sagte Paulina und trollte sich mit Lena ins Kinderzimmer, Igor wie immer im Schlepptau.

Als Teresa sich verabschiedete, war es fast zwölf. Sie stand ein wenig unschlüssig unter der Tür, denn sie hätte gern noch einen Blick auf die schlafende Lena geworfen, so wie sie es jeden Abend machte, bevor sie zu Bett ging, aber es war ihr peinlich, das vor Markus zuzugeben. Als könne er ihre Gedanken lesen, fragte er:

„Möchtest du noch mal nach Lena schauen, bevor du gehst?“

Dankbar folgte Teresa Markus ins Kinderzimmer und betrachtete im Schein des vom Flur hereinfallenden Lichtes die im Schlaf entspannten Kindergesichter.

„Ich finde, sie sehen aus wie kleine Engel, wenn sie schlafen“, flüsterte Markus neben ihr und schloss dann leise die Tür. „Der Vergleich ist ziemlich abgegriffen, ich weiß, aber so sehen sie nun mal aus. Ich könnte stundenlang neben Paulchens Bett stehen und sie ansehen.“

Teresas Kopf und Herz fühlten sich so leicht an wie schon lange nicht mehr. Kam es vom Wein, den sie getrunken hatte, oder davon, dass sie so viel mit Markus gesprochen und gelacht hatte? Sie hatte ihm sogar von ihrer Kindheit erzählt, den Jahren, als sie mit dem kleinen Wanderzirkus von Ort zu Ort gezogen war, überall fremd und nur im Wohnwagen und im Zirkuszelt zu Hause. Wie es nach dem plötzlichen Tod ihres Vaters mit dem kleinen Zirkus bergab gegangen war und sie ihn schließlich verkaufen mussten.

„Und was ist aus deiner Familie geworden?“ wollte Markus wissen.

„Mein Onkel ist mit seiner Familie zu meinen Großeltern nach Italien zurückgegangen. Und Mama hat eine kleine Änderungsschneiderei übernommen. Sie ist gelernte Schneiderin und hat Papa kennen gelernt, als er ein Kostüm bei ihr bestellt hat. Das erwies sich später als sehr praktisch, denn Mama konnte alle Kostüme nähen, und da ohnehin fast nur wir Kinder aufgetreten sind, war es nicht schlimm, dass Mama keine Artistin war. Wir konnten mit den großen Zirkussen ohnehin nicht konkurrieren. Unser Plus waren nicht die waghalsigen, gefährlichen Nummern, sondern der Zirkus von Kindern für Kinder. Und nach Papas Tod hat Mamas Schneiderei uns über Wasser gehalten."

Teresa hatte sogar Markus' Frage beantwortet, warum Teresa nicht mitgegangen war, als ihre Mutter einen Mann kennen lernte und ihm nach Münster folgte.

„Wolfgang ist ein netter Kerl, wenn er nicht gerade einen über den Durst getrunken hat. Dann wird er unberechenbar. Ich habe Mama öfter als einmal mit einem blauen Auge gesehen. Das wollte ich Lena nicht antun."

Wie schwer ihr die Entscheidung gefallen war, sich von ihrer Mutter und den Brüdern zu trennen, und wie schwierig Teresas Leben seither geworden war, darüber schwieg sie. Der Wein löste zwar ihre Zunge, aber alles würde sie Markus doch nicht erzählen, auch wenn er ihr sehr sympathisch war. Für einen Abend war es schon eine ganze Menge, was sie ihm anvertraut hatte.

Wir suchen die Wahrheit,
finden wollen wir sie aber nur dort,
wo es uns beliebt.
(Marie von Ebner-Eschenbach)

Lili

Seit heute Morgen um acht steckten Lilis Hände im Kuchenteig. Sie hatte sich vorgenommen, eine Apfeltorte, einen Streuselkuchen, einen Käsekuchen, einen Rehrücken und mindestens drei Bleche Schokoladenkekse zu backen. Kein Zweifel, dass heute Abend ihre Füße und ihr Rücken darum streiten würden, wer ihr die meisten Ungelegenheiten bereitete, und morgen lag ja noch der Seniorennachmittag vor ihr, an dem sie im Dauereinsatz sein würde.

Als gegen zehn Uhr Jakob an ihrer Tür klingelte, war sie für die Unterbrechung ganz dankbar.

„Sie hat wohl der Kuchenduft hergelockt?" fragte Lili.

„Nun, es duftet wirklich ausgesprochen verführerisch", gab Jakob zu, „aber ich gehe sicher recht in der Annahme, dass vor Morgen Nachmittag kein Kuchen angeschnitten wird."

„Sie kennen mich wirklich schon ganz gut", lachte Lili. „Aber kommen Sie trotzdem rein. Meine Dose mit Schokoladenkeksen ist immer gut gefüllt, und eine kleine Pause wird mir auch gut tun."

„Ich möchte nicht stören", versicherte Jakob, folgte Lili aber bereitwillig in die Küche, wo sie Teewasser aufsetzte und am Küchentisch Platz schaffte. „Eigentlich wollte ich Ihnen nur dieses Foto bringen. Sie waren ja so freundlich, mir zu erlauben, ein wenig im Bücherschrank Ihrer Frau Mutter zu stöbern, und in einem der Bücher habe ich dieses Bild gefunden. Ich weiß, es hätte keine Eile gehabt, es Ihnen zu bringen, aber ich dachte, es macht Ihnen vielleicht Freude. Ich nehme an, es handelt sich um Ihre Eltern."

Lili wischte sich die Hände an ihrer Schürze ab, bevor sie nach dem Foto griff. Dann suchte sie nach ihrer Lesebrille und fand sie schließlich neben dem Herd auf dem Backrezept liegend.

„Ja", bestätigte sie, „das ist Mama. Sie war hübsch, nicht wahr? Aber den Mann kenne ich nicht. Also Papa ist das jedenfalls nicht."

Sie drehte das Foto um. In einer ihr unbekannten Handschrift stand dort etwas in französischer Sprache.

„Ich kann leider kein Französisch", bemerkte Jakob. „Es ist doch Französisch, oder?"

Lili musste lachen.

„Sie haben also versucht, es zu lesen."

Sage noch einer, Männer seien nicht neugierig. Aber an Raffinesse mangelte es ihnen doch ein wenig. Jakob lächelte verlegen.

„Also", schmunzelte Lili, „ich werde sie erlösen. Ich kann zwar nicht so gut Französisch wie Mama, aber dafür reicht's. Hier steht: Meiner geliebten Hélène zur Erinnerung an unsere wunderschöne Zeit am Gardasee – Jean-Luc."

Jean-Luc, das war der Name, den Mama in den letzten Monaten vor ihrem Tod immer wieder genannt hatte. ‚Sag Jean-Luc, dass es mir leid tut. Ich konnte nicht anders', hatte sie manchmal gesagt. Oder ‚Hol Jean-Luc her, ich muss ihm etwas sagen'. Es hatte lange gedauert, bis Lili begriff, dass es müßig war, ihrer Mutter zu erklären, sie könne mit dem Namen nichts anfangen. Ihre Mutter lebte damals schon in einer anderen Zeit, in einer Vergangenheit, in der es noch keinen Rudolf gab, wohl aber einen Jean-Luc. Und so waren Lili und Rudolf auf das Spiel eingegangen und hatten nicht länger versucht, richtig zu stellen, dass Rudolf nicht Jean-Luc war. Wenn Mama Rudolfs Hand gehalten, ihm über die Wange gestreichelt und ein paar unverständliche Sätze auf Französisch gemurmelt hatte, dann war sie ruhiger geworden und meistens zufrieden lächelnd eingeschlafen.

Nun hatte dieser Jean-Luc das erste Mal ein Gesicht bekommen. Groß und stattlich wirkte er auf dem Foto. Er war etwa so alt wie Mama damals, dreißig oder ein wenig älter. Sie standen unter einem Olivenbaum an einem kleinen, idyllischen Hafenbecken, er hatte den Arm um sie gelegt, und beide lächelten in die Kamera.

„Am Gardasee", wiederholte Jakob. „Ich hätte vermutet, Ihre Frau Mutter hätte in Frankreich Urlaub gemacht, wo sie doch alles Französische so liebte."

„Nein, dorthin ist sie seltsamerweise nie gefahren. Wir hatten lange kein Geld, überhaupt Urlaub zu machen. Aber als ich zwölf, dreizehn Jahre alt war, äußerte Mama den Wunsch, an den Gardasee zu fahren. Nun ja, in den fünfziger Jahren waren Italien und der Gardasee in Mode. Es war alles schon geplant, die Zimmer in einer kleinen Pension in Malcesine gebucht, als Papa geschäftlich etwas dazwischenkam. So sind Mama und ich allein gefahren."

Während Lili erzählte, wurde alles wieder lebendig. Sie sah die kleinen Ortschaften vor sich mit ihren winkligen Gassen, die Olivenbäume, deren zarte, silbrige Blätter sich leise im Wind bewegten, die Bogenfenster an den alten Häusern, die warmen Farben, sie hörte die fremde, wohlklingende Sprache und hatte den Geschmack des Eises auf der Zunge, das nie wieder so köstlich geschmeckt hatte wie in diesem Urlaub. Und sie dachte an Mama, die in Italien so verändert war wie die Landschaft und das Licht.

„Von da an fuhr Mama jedes Jahr an den Gardasee, aber sie hat mich leider nie mehr mitgenommen. Sie fuhr immer Ende Mai, Anfang Juni, wenn ich zur Schule musste. In den Ferien sei es zu voll am Gardasee, und diese eine Woche ohne Familie brauche sie dringend, um ein wenig auszuspannen, erklärte sie. Ich war traurig und enttäuscht, aber weder Papa noch ich hätten es gewagt, uns Mamas Wünschen entgegen zu stellen. Jedes Mal kam sie wie verwandelt wieder nach Hause zurück, gut gelaunt und gelöst, und dieser Zustand hielt immer für einige Zeit an." Sie zog schnuppernd die Luft ein. „O Gott, mein Kuchen." Lili sprang auf und zog schnell das Gitter samt Kuchen aus dem Ofen. „Das ist gerade noch mal gut gegangen. Ein Glück, dass es der Rehrücken ist. Der bekommt eine Schokoladenglasur, dann sieht man nicht mehr, dass er ein bisschen zu dunkel geworden ist."

„Es tut mir leid", entschuldigte sich Jakob und stand auf, „als wenn sie heute nicht schon genug Arbeit hätten! Da muss ich kommen und alte Geschichten aufrühren."

„Machen Sie sich keine Gedanken. Aber ich glaube, jetzt muss ich wirklich weitermachen, sonst werde ich heute nicht mehr fertig. Es bleibt doch dabei, dass Sie morgen mitkommen?"

Es war nicht leicht gewesen, Jakob zu überreden.

„Ein Mann, ein Wort", sagte er und verschwand schmunzelnd aus der Küche.

Meiner geliebten Hélène - was sollte Lili aus diesen Worten und der vertraulichen Umarmung schließen?

Dass Mama eine Liebschaft hatte? Dass sie vielleicht deshalb alleine an den Gardasee fahren wollte? Fragen, auf die ihr wohl niemand mehr eine Antwort geben konnte.

Hilde hatte wie in jedem Jahr die Tischdekoration im Gemeindesaal übernommen. Die Tische waren mit Efeuranken und bunten Primeltöpfen geschmückt, und der Saal summte von den vielen Stimmen, die durcheinander redeten. Lili hatte für jeden Tisch eine gemischte Kuchenplatte gerichtet und war nun dabei, Kaffee auszuschenken und die Platten nachzufüllen. Als sie wieder einmal an dem Tisch vorbeikam, an dem Jakob sich angeregt mit Herrn Wieland unterhielt, streckte Jakob die Hand nach ihr aus und zog sie auf den leeren Stuhl neben sich.

„Wenn Sie sich nicht endlich einmal für fünf Minuten hinsetzen und eine Tasse Kaffee trinken, werde ich Sie heute Abend noch nach Hause tragen müssen“, sagte er, „und das würde mir meine Bandscheibe sicher sehr übel nehmen. Den Käsekuchen kann ich Ihnen übrigens wärmstens empfehlen, er schmeckt köstlich. Aber auch der Streuselkuchen ist nicht zu verachten und die Apfeltorte erst.“

Lili lachte.

„Danke für die Blumen. Aber wenn Sie sich nicht unbeliebt machen wollen, dann sollten Sie unbedingt auch von den anderen Kuchen kosten. Die Frauen achten nämlich sehr genau darauf, wer ihre Kuchen isst und wer nicht.“

„Bedaure, aber mehr als drei Stücke kann ich beim besten Willen nicht essen. Und im Übrigen sind mir die anderen Damen egal, Hauptsache meine Vermieterin ist gut auf mich zu sprechen. Apropos, Herr Wieland hat mir erzählt, dass Sie einen wunderschönen Schachtisch in Ihrem Haus stehen haben."

„Stimmt", bestätigte Lili. „Dann hat Herr Wieland Ihnen sicher auch erzählt, dass er regelmäßig mit Rudolf Schach gespielt hat. Er war ein begeisterter Spieler."

„Ich auch, mir fehlt zur Zeit nur der Partner", erklärte Jakob.

„Und Herrn Wieland auch", kombinierte Lili, während Sie sich eine Tasse Kaffee einschenkte. „Und deshalb wollen Sie mich jetzt fragen, ob Sie sich mit Herrn Wieland an Rudolfs Schachtisch zu einer Partie Schach treffen können, stimmt's?"

„Was für eine kluge Frau Sie doch sind", freute sich Jakob.

„Aber nur, wenn es Ihnen auch wirklich recht ist", warf Herr Wieland ein. „Ich meine, es sind die Schachfiguren Ihres verstorbenen Mannes, und ich weiß nicht..." Er ließ den Satz unvollendet.

Einen Moment zögerte Lili, aber dann gab sie sich einen Ruck.

„Ich bin sicher, Rudolf würde sich freuen, dass jemand seine Schachfiguren wieder zum Leben erweckt, noch dazu sein ehemaliger Schachpartner und ein alter Freund."

„Sie sind ein Freund von Rudolf? Das wusste ich ja gar nicht", stellte Herr Wieland erstaunt fest.

Wie immer, wenn das Gespräch auf dieses Thema kam, machte Jakob ein verlegenes Gesicht und versuchte vom Thema abzulenken, aber Lili beschloss, der Sache diesmal auf den Grund zu gehen. Schließlich sagte Jakob:

„Nun ja, Rudolf und ich waren befreundet, aber dann haben wir uns wegen einer ganz nichtigen Angelegenheit gestritten, und Rudolf ist gestorben, ohne dass wir die

Sache bereinigt haben. Das bedrückt mich, und deshalb spreche ich nicht gern darüber. Sie haben also nichts dagegen, wenn Herr Wieland und ich uns zum Schachspielen treffen?"

„Ganz und gar nicht. Ich freue mich."

„Wir könnten auch bei mir spielen", sagte Herr Wieland, „aber ich besitze nur ein kleines Reiseschachspiel. Nachdem Rudolf gestorben war, habe ich mein Schachspiel meinem Enkel geschenkt."

„Lili, es ist kein koffeinfreier Kaffee mehr da. Brühst du mal bitte einen auf", rief Hilde im Vorbeigehen, und Lili sah sich seufzend genötigt, das Gespräch abzubrechen.

„Also, dann bis bald", meinte Lili zu Herrn Wieland und ging in die Küche. Sie freute sich, Herrn Wieland heute so munter und aufgeräumt zu sehen wie schon lange nicht mehr. Es hatte sie in den vergangenen Monaten bedrückt, wenn sie ihn sah, wie er mit leerem Gesichtsausdruck und hängenden Schultern die Straße hinunterging. Nach dem Tod seines Hundes war es noch schlimmer geworden. Der Kontakt mit Jakob würde ihm gut tun.

Die anderen Helferinnen waren im Saal mit Aufräumen beschäftigt, Lili und Hilde standen allein in der Küche.

„Also weißt du, Lili, es ist mir ja schon klar, dass man die rosarote Brille aufhat, wenn man verliebt ist", meinte Hilde, während sie die übriggebliebenen Kuchenstücke auf eine Platte setzte.

„Wer ist verliebt?"

„Na, wer wohl? Du natürlich."

„Ich? Ich glaube, du spinnst. In wen denn?"

„Na, in Jakob natürlich, in wen sonst. Aber auch wenn du es nicht hören willst, mit ihm stimmt was nicht."

„Hilde, fang bitte nicht schon wieder davon an! Ich will es wirklich nicht hören!"

Lili stellte so heftig einen Teller in die Spülmaschine, dass er fast zu Bruch gegangen wäre.

„Hast du dich eigentlich nie darüber gewundert, dass er sich gar nicht um die Renovierungsarbeiten in seinem Haus kümmert?"

„Tut er doch. Er ist jeden Vormittag zwei, drei Stunden weg, und nachmittags manchmal auch."

„Und du meinst, da sei er auf seiner Baustelle?" Hildes Stimme hatte wieder diesen triumphierend wissenden Unterton, der Lili auf die Palme brachte. „Ich bin ihm morgens schon mehrfach begegnet, in der Stadt, im Stadtgarten, bei den Pennern am Bahnhof..."

„Na und? Ist das strafbar?"

„Ist es nicht. Aber warum erzählt er dir, er ginge zu seinem Haus und treibt sich dann sonst wo rum?"

„Es ist mir egal, wo er hingeht. Das geht mich schließlich nichts an. Er ist mir keine Rechenschaft schuldig. Er zahlt pünktlich seine Miete und ist ordentlich, freundlich und nett."

„Ordentlich, freundlich, nett und verlogen", ergänzte Hilde.

In Lili stieg die Wut hoch, und sie wusste, Hilde durfte nicht mehr viel sagen, sonst würde sie explodieren.

„Ich habe heute mitbekommen, wie er sich mit Frau Speck unterhalten hat. Sie sucht einen Handwerker, der ihr Haltegriffe in ihr Bad montiert, und wollte von Jakob den Namen des Installateurs wissen, der für ihn arbeitet. Der Name sei ihm entfallen, hat er gesagt."

„Na und? Mir entfallen auch dauernd Namen."

„Mir auch. Aber nicht gleich reihenweise. Den vom Bodenleger wusste er genauso wenig wie den des Anstreichers. Und als es schließlich schon peinlich wurde, hat er sich darauf herausgeredet, er hätte eine Firma beauftragt, die den ganzen Umbau für ihn organisiert. Nur war ihm deren Name leider auch entfallen. Also, wenn du mich fragst, das stinkt zum Himmel."

„Ich frage dich aber nicht."

„Und wenn man sich nach seinem Sohn und seiner Zeit in Amerika erkundigt, dann kriegt man auch nur ausweichende Antworten."

„Vielleicht hat Jakob einfach keine Lust, sich von krankhaft neugierigen, misstrauischen, eifersüchtigen alten Schachteln ausfragen zu lassen", sagte Lili und knallte wütend ihren Lappen auf den Spültisch.

Hilde schnappte nach Luft.

„Die alte Schachtel nimmst du zurück, sonst sind wir geschiedene Leute! Ich meine es schließlich nur gut mit dir."

„O ja, ich weiß, das verdammt Gutgemeinte. Weißt du was? Ich hab' gestern den ganzen Tag gebacken, den Rest könnt ihr jetzt alleine machen. Dann stör' ich euch auch nicht, wenn ihr euch noch ein bisschen den Mund über Jakob zerreißen wollt. Viel Spaß dabei."

Und damit rauschte Lili aus der Küche.

An diesem Abend schrieb Lili in ihr Tagebuch:

Ich bin glücklich, dass der Seniorennachmittag auch dank meiner Hilfe ein Erfolg war. Es ist ein wunderbares Gefühl, mit anderen zusammen fröhlich zu sein. Ich bin auch froh, dass Rudolfs Schachbrett mithilft, dass Herr Wieland wieder ein wenig Freude am Leben gewinnt - so wie ich. Sie zögerte einen Moment und fügte dann entschlossen hinzu: *Ich bin kein bisschen froh, dass ich mich mit Hilde gestritten habe.* Auch wenn in ihrem Glücks-Tagebuch nur vom Glück die Rede sein sollte, Lili musste sich das einfach von der Seele schreiben.

Freude lässt sich nur voll auskosten,
wenn ein anderer sich mitfreut.
(Mark Twain)

Lena

Weil es in Strömen goss, holte Markus die Mädchen ausnahmsweise mit dem Auto vom Kindergarten ab. So ein Glück, dass Markus, Paulina und Igor in ihr Haus eingezogen waren! Lena war sich ziemlich sicher, dass auch Mama Markus mochte. Es gab niemanden, mit dem Mama so viel lachte wie mit Markus - außer mit Lena natürlich. Und als sie neulich bei Markus und Paulina zum Einweihungsfest eingeladen waren, hatte Mama extra ihre neue Bluse angezogen und sich die Wimpern schwarz angemalt. Das Fest war lustig gewesen. Außer Paulina waren noch andere Kinder da, und man durfte sich den ganzen Abend in der Küche zu essen und trinken holen, worauf man Lust hatte. Lena hatte so viele Würstchen mit Kartoffelsalat gegessen, dass sie abends, als sie sich bei Paulina auf die Matratze legte, einen ganz runden Würstchenbauch hatte. Paulinas Tante Katja war auch gekommen und hatte für Lena einen Kinderautositz mitgebracht. Auf Mamas Einwand, sie habe doch gar kein Auto, hatte Markus erklärt, der Sitz sei für sein Auto gedacht, damit er Lena mitnehmen könne, falls es einmal nötig sei. Katja brauche den Sitz nicht mehr. Leon und Daniel seien da längst rausgewachsen.

Und schon konnten sie den Sitz gebrauchen. Es kam nicht oft vor, dass Lena in einem Auto fuhr und normalerweise würde sie die Fahrt sehr genießen, aber heute hatte sie keine Zeit dazu. Sie konnte es kaum erwarten, Mama die Neuigkeit mitzuteilen, und verzichtete sogar darauf, Igor zu begrüßen, bevor sie nach oben rannte. Aus dem geplanten „Vielen Dank fürs Mitnehmen", das Mama ihr heute Morgen noch eingeschärft hatte, wurde ein hastiges „Tschüüs", dann stand sie schon oben an der Wohnungstür und klingelte Sturm.

„Wir haben einen Zettel gekriegt", platzte sie heraus, als Mama die Tür öffnete.

Die Nachricht pustete im Nu das Strahlen aus Mamas Gesicht. Lena wusste, dass Mama Zettel aus dem Kindergarten nicht besonders schätzte. Wahrscheinlich lag es daran, dass oft Geld eingesammelt wurde und dass Mama sich darüber nicht freute, war Lena klar.

„Es kostet auch nichts", schob Lena deshalb schnell nach. „In die Bücherei kommen Leute, so Patentanten und -onkel, und die lesen uns vor. Du sollst aufschreiben, ob ich dahin kommen will. Ich will. Und an welchem Tag. Und wenn uns der Tag egal ist, dann sollst du beide Tage ankreuzen, dann kann uns Frau Kühn besser in Gruppen aufteilen. Uns ist es doch egal, oder?"

„Nun komm erst mal rein und zieh deine Schuhe aus. Muss man denn da hingehen?"

Lena sah ihre Mutter verständnislos an.

„Nein, man muss nicht, man darf."

„Lena, weißt du, wo die Bücherei ist? Beim Rathaus, am anderen Ende der Stadt. Und du weißt, wie ungern ich mit dem Rad durch die Stadt fahre."

„Dann nehmen wir eben den Bus."

„Lena, eine Fahrt kostet 1 Euro 50."

Lenas Freude schrumpfte zusammen wie ein Luftballon, aus dem man die Luft herauslässt. Sie fühlte, wie ihr Tränen in die Augen stiegen. Sie hatte fest damit gerechnet, dass Mama sich genauso freute wie sie. Deshalb hatte sie es so eilig gehabt, nach Hause zu kommen, weil sie sich mit Mama zusammen freuen wollte. Und jetzt machte die ihre Freude mit jedem Satz ein bisschen mehr kaputt.

„Dann fahr' ich eben alleine hin", meinte sie trotzig, obwohl sie genau wusste, dass Mama das nie erlauben würde. „Meine Fahrkarte kostet nicht so viel."

„Das kommt gar nicht in Frage. Ich lasse dich doch nicht alleine durch die ganze Stadt fahren."

„Nichts darf ich", schluchzte Lena, die die Tränen nun nicht mehr zurückhalten konnte, „du bist so gemein!"

Sie drehte sich um, lief in ihr Zimmer, knallte laut die Tür hinter sich zu und warf sich aufs Bett.

Wenig später hörte Lena, wie an die Tür geklopft wurde, aber sie rührte sich nicht. Nach dem dritten Klopfen wurde die Tür geöffnet, Mama setzte sich auf ihr Bett und strich ihr mit der Hand sanft über den Kopf.

„Es tut mir leid, Lena, ich konnte doch nicht wissen, dass es dir so wichtig ist."

Lena zog die Nase hoch und starrte stur gegen die Wand.

„Hör zu, ich werde mit Markus reden. Sicher kann er dich mitnehmen."

Lena war schrecklich traurig und wütend, aber sie wusste auch, wie schwer es Mama fiel, andere Leute um einen Gefallen zu bitten. Vielleicht wusste Mama ja wirklich nicht, wie sehr sie sich auf die Vorlesestunde gefreut hatte. Lena konnte nicht verstehen, dass Mama ihre Freude an Büchern so wenig teilte, aber sie war bereit, ihre Entschuldigung anzunehmen. Nur, so einfach war das mit Mamas Vorschlag leider nicht.

„Paulina will ja gar nicht hingehen. Sie hat gesagt, Markus liest ihr genug vor. Aber mir liest ja keiner mehr vor, seit Opa Hansen nicht mehr da ist."

Lena hatte sich inzwischen umgedreht, und als sie Mamas schuldbewusste Miene sah, hätte sie den letzten Satz am liebsten wieder zurückgenommen.

„Das ist ja nicht so schlimm", lenkte sie deshalb ein, „aber ich hab mich halt so gefreut. Frau Kühn hat gesagt, man kann in der Bücherei auch einen richtigen Ausweis bekommen, dann kann man immer Bücher ausleihen und mit nach Hause nehmen, so viele man will und ganz umsonst."

„Ich werde mit Markus reden. Und wenn es nicht klappt, dann finden wir eine andere Lösung, versprochen." Sie nahm Lena fest in den Arm. „Nicht mehr böse?"

Lena schüttelte den Kopf.

„Nicht mehr böse."

Es gibt nichts Gutes,
außer man tut es.
(Erich Kästner)

Lili

Mittwoch. Seit drei Tagen herrschte nun schon Funkstille zwischen Lili und Hilde. Lili konnte es fast nicht mehr aushalten, und sie wollte es auch nicht. Wie viel hatte sie schon mit Hilde durchlebt: Sorgen um kranke Kinder und verpatzte Prüfungen, um schwierige Schwangerschaften und unzuverlässige Schwiegersöhne. Wie hätte Lili die Zeit während Mamas Krankheit durchgestanden, wenn Hilde nicht ab und zu gekommen wäre und gesagt hätte: „Komm, wir gehen ein bisschen bummeln und einen Kaffee trinken, dann kommst du auf andere Gedanken. Rudolf kann ganz gut solange auf deine Mutter aufpassen." Und nach Rudolfs Tod, als Lilis Leben nur noch ein großes dunkles Loch gewesen war, da war Hilde jeden Tag herübergekommen und hatte einfach bei Lili auf dem Sofa gesessen und sie in den Arm genommen. Und das alles sollte jetzt vergessen sein wegen ein paar dummer Worte auf beiden Seiten?

„Was ist, Lili? Sie bedrückt doch etwas", fragte Jakob, der ihr gegenüber saß und an seinem Tee nippte. „Ich merke es schon seit einigen Tagen."

„Ach, Hilde und ich haben uns gestritten. Jetzt tut es mir leid, und ich denke Hilde auch, aber keine will den ersten Schritt tun."

„Sie wissen doch, der Klügere gibt nach."

„Das ist wirklich der dümmste Spruch, den ich kenne", meinte Lili. „Vielleicht sieht es deshalb auf unserer

Welt so aus, weil die Klügeren nachgeben und die Dummen das Sagen haben."

Jakob lachte.

„Nun, ich glaube, da missverstehen Sie den Spruch. Ich glaube, es ist wohl eher so gemeint, dass der Klügere nachgibt, weil er merkt, dass Streit uns nur unglücklich macht. Er macht unser Herz schwer und unsere Gedanken düster. Und wenn schlechte Gedanken und Gefühle sich in uns breit machen, dann ist kein Platz mehr da für die guten. Sie waren nicht mehr die Lili, die ich kenne, in den vergangenen Tagen. Ist das die Sache wert? Macht es Sie glücklicher, auf Ihrem Standpunkt zu beharren und sich im Recht zu fühlen? Wir glauben, wenn wir jemandem verzeihen, dann würden wir ihm einen Gefallen tun. Dabei tun wir den Gefallen uns selbst."

„Wahrscheinlich haben Sie recht."

Das Telefon klingelte. Vielleicht war es Hilde. Lili sprang auf.

„Brenner."

„Hier spricht Vollmer", sagte eine unbekannte Frauenstimme. „Ich rufe wegen Ihrer Annonce an."

„Ich glaube, da sind Sie falsch verbunden. Ich habe keine Annonce aufgegeben", sagte Lili und wollte schon auflegen.

„Haben Sie nicht Nummer 32189?"

„Doch, das ist meine Nummer."

„Na, sehen Sie. Sie werden es nicht bereuen. Bruno ist genau das, was Sie gesucht haben: treu, liebenswert und mit einem guten Charakter. Und ich habe ihn gut erzogen. Wenn er von draußen reinkommt, wartet er immer an der Tür, bis ich ihn sauber gemacht habe. Er wird Ihnen nicht viel Arbeit machen. Mit einer Mahlzeit am

Tag ist er vollauf zufrieden. Oder haben Sie schon einen anderen?"

Das war ja unglaublich! Lili sah, dass Jakob ihr Zeichen machte. Was hatte er ihr denn da eingebrockt? Er stand auf und nahm ihr den Telefonhörer aus der Hand.

„Hallo? Ich glaube, hier hat es ein kleines Missverständnis gegeben. Frau Brenner weiß nichts von der Annonce, die ich aufgegeben habe. Ich habe befürchtet, sie könnte nicht einverstanden sein. Aber sie ist den ganzen Tag allein, und da dachte ich, ein bisschen Gesellschaft wäre doch schön für sie, wenn ich nicht da bin."

Lili fühlte, wie der Ärger in ihr hochkroch. Was bildete sich Jakob eigentlich ein?

„O ja, so wie Sie Ihren Bruno beschreiben, ist er sicher genau der Richtige für Frau Brenner. Ich würde sagen, Sie kommen einfach morgen Nachmittag mit ihm vorbei, dann können sich die beiden miteinander bekannt machen. Sagen wir sechzehn Uhr? Wunderbar. Bis dann, Frau Vollmer."

„Sind Sie von allen guten Geistern verlassen? Sie können doch nicht einfach eine Kontaktanzeige für mich aufgeben und die Leute dann auch noch zu mir nach Hause einladen!"

„Sie denken, ich hätte...?" Jakob brach in schallendes Gelächter aus.

„Ich weiß wirklich nicht, was es da zu lachen gibt!" empörte sich Lili.

„Warten Sie", sagte Jakob, ging zum Zeitungskorb und kam mit der heutigen Tageszeitung zurück zum Couchtisch.

„Hier steht's, unter ‚Vermischtes'. *Tagespflegestelle für kleinen, treuen, liebenswerten Hund anzubieten. Tel.32189.*

Haben Sie wirklich gedacht, ich hätte einen Mann für Sie gesucht?"

„Nun, bei Ihnen wundert mich langsam nichts mehr, so wie Sie sich dauernd in mein Leben einmischen. Aber ich will keinen Hund haben!"

„Der ist ja auch gar nicht für Sie gedacht", beruhigte Jakob, „sondern für Herrn Wieland. Er hat mir am Sonntag erzählt, wie einsam er sich fühlt, seit sein Hund gestorben ist. Zuerst dachte ich daran, ihm einen neuen Hund zu schenken, aber in seinem Alter wäre das wohl nicht sehr klug. Und dann kam mir die Idee mit der Tagespflegestelle."

„Aber warum haben Sie nicht mit mir darüber gesprochen?"

„Hätten Sie denn Ja gesagt?"

„Natürlich nicht!"

„Na, sehen Sie!"

„Weil ich ein bisschen weiter denke als Sie. Ein Hund ist ein Lebewesen. Das kann man nicht ersetzen wie eine zerbrochene Suppenschüssel. Was denken Sie, was ich gesagt hätte, wenn Sie mir nach Rudolfs Tod irgendeinen Mann aufs Sofa gesetzt hätten nach dem Motto: Das ist Karl, der soll Ihnen Rudolf ersetzen. Seien Sie nett zu ihm und lieben Sie ihn. So ein Humbug!"

„Nun, Sie dürfen nicht vergessen, dass ein Tier doch leichter zu ersetzen ist als ein Mensch."

„Ich schätze, da würde Ihnen Herr Wieland jetzt heftig widersprechen."

„Ich glaube, wenn wir den Hund sorgfältig aussuchen, dann kommt die Liebe eines Tages ganz von selbst. Und bis dahin wird der Hund Herrn Wieland beschäftigen. Er muss ihn füttern und streicheln und mit ihm spazieren gehen."

„Ihren Optimismus in allen Ehren, aber ich wage zu bezweifeln, ob es auch funktionieren wird“, wandte Lili skeptisch ein.

„Ich finde, einen Versuch ist es wert. Wenn wir den passenden Hund für Herrn Wieland gefunden haben, dann laden wir ihn für Freitag ein, wenn Herr Wieland zum Schachspielen kommt. Dann können sich die beiden beschnuppern, ganz unverbindlich. Und wenn die Chemie stimmt, dann erledigt sich das Weitere ganz von selbst.“

„Hoffen Sie.“

„Weiß ich. Vorausgesetzt, wir treffen die richtige Wahl. Und dabei müssen Sie mir helfen.“

Herkules, ein stolzer Dalmatiner, schied von vornherein aus, nicht nur, weil er zu groß war, sondern auch, weil er ungeniert sein Bein hob und Lilis schönen, blauen Pflanztrog vor der Haustür wässerte. Bruno benahm sich zwar vorbildlich und schien auch in der Größe ganz passend zu sein, verbreitete aber leider einen sehr unangenehmen Rüdengeruch im Haus. Angies aufgedonnertes Frauchen mit der schrillen Stimme war Lili auf den ersten Blick unsympathisch, was Angie automatisch aus dem Rennen warf. Boardercollie Harry litt an Hyperaktivität und Scotchterrier Bob entpuppte sich als Kläffer. Jakob wollte schon aufgeben, als das kleine Mischlingsmädchen Maxi und ihr sympathisches Herrchen Tony Weber sich vorstellten.

„Sie hat mir der Himmel geschickt“, seufzte Herr Weber, während Maxi sich brav neben seinen Sessel legte und sich von Jakob streicheln ließ. „Ich bin seit drei Jahren arbeitslos. Zum Glück hat mir ein Freund vor zwei Jahren Maxi geschenkt. Die hat mich davor bewahrt, schwermütig zu werden. Na ja, Sie wissen schon, was ich meine. Mit so einem Hund hat man Pflichten, man muss aufstehen und sich kümmern und rausgehen. Da trifft man dann andere Hundebesitzer, mit denen man reden kann. Ich hab' schon gar nicht mehr dran geglaubt, dass es noch mal klappen könnte mit einer Stelle. Aber Bewerbung Nummer 84 war ein Volltreffer. Am 1. kann ich anfangen. Bloß, was mach ich jetzt mit Maxi? Ich kann sie doch nicht den ganzen Tag allein zu Hause lassen. Und weggeben - nein, das bringe ich nicht fertig. Ich hatte schon schlaflose Nächte deswegen. Und dann lese ich gestern Ihre Annonce in der Zeitung. Ein Glück, dass ich die Zeitung nicht abbestellt habe. Ich war schon drauf und dran, wegen der Kosten."

Ein Mann, der nach ‚wegen' den Genitiv gebrauchte, der sich um seinen kleinen Hund sorgte und offensichtlich in der Lage war, ihn gut zu erziehen, stellte Lili zufrieden fest. Und ein liebenswerter kleiner Hund, der sogar Lilis Herz erwärmte, obwohl sie ihr Leben lang nie daran gedacht hatte, sich einen Hund anzuschaffen. Wenn es jemand schaffen würde, sich in Herrn Wielands Herzen einen Platz zu erobern, dann war es Maxi. Und seinem Herrchen war auch geholfen. Manchmal waren Jakobs Ideen gar nicht so schlecht, musste Lili zugeben.

„Ich finde, wir sollten es versuchen", sagte Jakob. „Oder was meinen Sie, Lili?"

„Ganz Ihrer Meinung. Möchte noch jemand einen Schokoladenkeks? Sie sind frisch gebacken."

Das Telefon klingelte.

„Sag mal, hast du jetzt einen Hundesalon eröffnet oder was?" wollte Hilde wissen.

„Hilde! Gut, dass du anrufst. Nein, einen Hundesalon hab' ich nicht eröffnet, aber jede Menge Neuigkeiten.

Komm doch einfach auf ne Tasse Tee rüber, dann erzähl ich's dir."

Abends schrieb Lili in ihr Tagbuch:

'Ich bin so froh, dass ich mich mit Hilde versöhnt habe. Ich glaube, Jakob hat recht: Sich versöhnen macht glücklich. Und ich bin froh, dass wir einen netten Hund für Herrn Wieland gefunden haben. Andere froh zu machen, macht auch glücklich.'

Jakob und Lili beschlossen, Herrn Wieland zunächst nicht die ganze Wahrheit zu erzählen. Er sollte glauben, es handle sich um einen Pflegeplatz für nur drei Wochen, so lange bis die Mutter von Herrn Weber aus dem Urlaub zurückkäme. Wie Lili erwartet hatte, hielt sich Herrn Wielands Begeisterung in Grenzen, obwohl Maxi sich von ihrer besten Seite zeigte.

„Sie, i will koi Hundle meh", erklärte er. „Da bin i viel z' alt drzu. Und nach meim Struppi könnt i au koins mehr gern han, des war a ganz bsondrer Hund. Dr Struppi und i ..." Herr Wieland bekam feuchte Augen. „Ach, er fehlt mr so..."

„Es ist doch nur für drei Wochen. Und Sie müssen Maxi ja gar nicht lieb haben, das verlangt niemand, sich nur tagsüber ein bisschen um sie kümmern", versuchte Jakob ihn zu überreden.

„Also, i woiß net. Warum nehmet Se des Hundle denn net selber?"

„Ich fürchte", erklärte Jakob, „da würde mich Lili mitsamt Maxi vor die Tür setzen. Sie will keinen Hund im Haus. Das heute ist die große Ausnahme, weil es sozusagen ein Notfall ist. Und ich hab' ja auch gar keine Erfahrung mit Hunden und Lili auch nicht. So ein nettes, liebes Tier kann man doch nicht ins Tierheim geben, das bricht einem ja das Herz."

„Na gut, mir könnet's ja mal mitnander probiere. Aber i versprech nix."

Am Montag traf Lili Herrn Wieland im Supermarkt.

„Sie, Frau Brenner, da hen Se mr ebbes ado."

Lili erschrak. Das hörte sich nicht gut an.

„Heut isch des Dierle bloß hinter dr Hausdür glege und hat auf sei Herrle gwartet, hat nix gfresse und nix trunke, net amol die übrige Leckerle vom Struppi. Des hat mr schier 's Herz broche. Des isch wahre Liebe, so soll's sei zwische Herr und Hund. Also im Tierheim däd des Viechle glatt eigange, des sage i Ihne."

Es war offensichtlich, dass Maxis Treue zu ihrem Besitzer Herrn Wieland Hochachtung abverlangte.

„Bestimmt wird sie sich bald eingewöhnen", versuchte Lili zu trösten. „Das ist wie bei Kindern, wenn sie in den Kindergarten kommen. Zuerst wollen sie nicht hingehen und später können sie nicht genug davon bekommen."

„I kann's bloß hoffe", seufzte Herr Wieland. „Also, schaffe mr wieder ebbes. Bis Freitag na, Frau Brenner, zum Schachspiel. Und an Gruß an de Herr Riedel. Darf i d' Maxi mitbringe?"

„Aber natürlich."

Am Freitag erschien ein strahlender Herr Wieland. Er sprudelte förmlich über vor Neuigkeiten.

„Sie, die Maxi kennet Se nemme. Die kommt jetzt so gern zu mir. Dr Herr Weber hat gsagt, se wartet scho jeden Morge an dr Tür, bis er mit ra losfährt. Na mache mr erscht mal an Spaziergang mitnander, und na gibt's für mi an Kaffee und a Butterbrezel und für d' Maxi a Leckerle. Jetzt sagt se nemme noi, des Muster. Neuerdings versteck i ra des immer, und zwar nie am gleiche Platz, aber die isch ja so schlau, die findet des ums Nomgucke. Und na hat se a Freud. Und i natürlich au. Also, i darf gar net dra denke, dass scho oi Woch von dene drei um isch. Aber dr Herr Weber hat gsagt, dass sei Mutter eigentlich gar net so scharf drauf isch, d Maxi z nehme, sie hätt's halt em Herr Weber z' lieb gmacht."

„Wenn Maxi sich so wohl bei Ihnen fühlt, dann dürfen Sie sie sicher behalten", meinte Lili. „Kommen Sie doch herein. Jakob wartet im Herrenzimmer. Ich koche schon mal Kaffee."

Bücher lesen heißt
wandern gehen in ferne Welten,
aus den Stuben über die Sterne.
(Jean Paul)

Lena

Als Lena mit Markus und Paulina die Bücherei betrat, traute sie kaum ihren Augen. So toll hatte sie es sich nicht vorgestellt. Schon Opa Hansen hatte viele Bücher besessen, aber das war nichts gegen die Bücher, die hier in langen Reihen in den Regalen standen. Ein Regal reihte sich hinter das andere. Ob die Frau hinter der Theke die alle gelesen hatte? Wenn Lena groß war, dann würde sie auch hier arbeiten und ein Buch nach dem anderen lesen. Und wenn sie dann so alt war wie die andere Frau vor der Theke, dann wüsste sie vielleicht, was in all den Büchern stand, und dann würde sie Kinder einladen und ihnen daraus vorlesen.

„Hallo. Ich bin Markus Sonntag", stellte Markus sich vor. „Und das sind Lena und Paulina, die kommen zur Vorlesestunde."

„Freut mich", sagte die junge Frau. „Ich bin die Bibliothekarin, Simone Meier, und das ist eure Lesepatin, Frau Brenner, die wird euch nachher etwas vorlesen. Wart ihr denn schon einmal hier?" fragte sie die Kinder.

Lena und Paulina schüttelten den Kopf.

„Wir sind erst vor kurzem hergezogen", erklärte Markus. „Vorher haben wir in Diegelshausen gewohnt und sind dort in die Gemeindebücherei gegangen."

„Aber das war nur ein kleines Zimmer, nicht so groß wie hier", sagte Paulina.

„Na, dann schaut euch ruhig ein bisschen um. Wir warten noch auf die anderen Kinder. Da hinten ist die Kinderecke."

In der Kinderecke stand ein Holztrog mit vielen Büchern darin und dahinter, im Halbrund, eine mit Teppich bezogene Sitzbank, auf der schon zwei Kinder saßen und warteten. Davor lagen Sitzkissen auf dem Boden.

„Komm", sagte Paulina und marschierte gleich los. Aber Lena blieb stehen und ließ ihren Blick fast ehrfürchtig über die vielen Bücherregale gleiten.

„Also, ich geh' dann mal", sagte Markus. „Wann soll ich die beiden abholen?"

„Wir werden um vier fertig sein."

„Okay, dann bis vier. Tschüß ihr zwei", rief Markus und verschwand durch die Tür.

Lena schaute die beiden Frauen an und wusste nicht, wie sie ihren Wunsch vorbringen sollte.

„Möchtest du noch etwas fragen?" sagte die Lesepatin, Frau Brenner, zu ihr.

Lena nickte.

„Kann ich bitte so einen Ausweis bekommen?"

„Einen Leserausweis, meinst du?" fragte die Bibliothekarin. „Natürlich. Aber da müssen wir erst einen Antrag ausfüllen. Wenn dein Papa nachher kommt, dann unterschreibt er ihn, und dann bekommst du den Ausweis."

„Das ist nicht mein Papa", erklärte Lena. „Das ist Paulinas Papa. Der nimmt mich mit, weil Mama kein Auto hat."

„Verstehe", meinte Frau Meier, „aber das ist kein Problem. Du nimmst einfach den Antrag mit nach Hause, dann kann ihn deine Mama ausfüllen und unterschreiben, und du bringst ihn nächstes Mal wieder mit."

Lena war bitter enttäuscht. Sie hatte sich so auf den Ausweis gefreut. Und statt dessen? Schon wieder ein Zettel - Mamas Freude würde sich in Grenzen halten. Aber es half nichts, denn ohne Zettel kein Ausweis und ohne Ausweis keine Bücher, das hatte Lena nun verstanden. Ach, warum musste das Leben nur so kompliziert sein.

„Kann ich dann heute kein Buch mit nach Hause nehmen?"

Frau Brenner war ihre Enttäuschung wohl nicht entgangen, denn sie sagte:

„Pass auf, wir machen das so. Du suchst dir ein Buch aus, und das trägt Frau Meier ausnahmsweise auf meinem Ausweis ein. Du darfst es zwei Wochen behalten, dann bringst du es wieder mit. Und nächste Woche bekommst du dann selbst einen Ausweis auf deinen Namen. Einverstanden?"

„Einverstanden", strahlte Lena. Sie wollte schon loslaufen, als ihr noch etwas einfiel.

„Danke", sagte sie. Sie fand Frau Brenner ausgesprochen nett.

Reicht uns das Schicksal eine Zitrone,
dann sollten wir versuchen,
Limonade daraus zu machen.
(Dale Carnegie)

Teresa

Teresa und Lena saßen beim Frühstück. Draußen regnete es Bindfäden. Als das Telefon klingelte, war Lena wie meistens als Erste am Apparat.

„Es ist Paulina. Sie fragt, ob wir sie heute mitnehmen können. Markus ist krank."

„Warte, ich komme", sagte Teresa. „Hallo, Paulina, natürlich kannst du mit uns kommen. Zieh aber bitte deine Regenjacke an. Was fehlt denn deinem Papa? Kannst du ihn mir mal bitte geben?"

Es dauerte einen Moment, dann hörte Teresa ein heiseres Flüstern aus dem Hörer.

„Hallo, Markus. Paulina sagt, dir geht's nicht gut."

„Das ist die Untertreibung des Jahrhunderts", röchelte Markus.

„O je, was fehlt dir denn?"

„Alles, was einen gesunden Menschen ausmacht. Mein Kopf fühlt sich an wie eine Fünf-Kilo-Wassermelone nach einem Transport von Sizilien nach Hamburg. Meine Nase hat totale Rohrverstopfung, das heißt, um zu überleben, müsste ich eigentlich durch den Hals atmen, da der aber völlig zugeschwollen ist, werde ich vermutlich demnächst einen grausamen Erstickungstod sterben. Könntest du heute Paulchen mit in den Kindergarten nehmen und mir vielleicht auch gleich was aus der Apotheke mitbringen?"

„Kein Problem. Wir sind gerade beim Frühstück. Am besten schickst du Paulina rauf, sie kann bei uns mitessen. Sie soll ihre Kindergartentasche und ihre Brotbox mitbringen, dann kann ich ihr ein Vesper für den Kindergarten richten. Und gib ihr den Wohnungstürschlüssel mit, dann muss ich dich nachher nicht rausklingeln. Ach ja, und Igor am besten auch. Der war doch heute bestimmt noch nicht draußen. Ich nehm' ihn auch gleich mit. Wenn ich vom Kindergarten zurück bin, schau ich bei dir rein. Brauchst du sonst noch was?"

„Im Moment nur meine Ruhe", seufzte Markus. „Warst du in deinem früheren Leben General? Du scheinst ein Ausbund an Organisationstalent zu scin."

„Nur alleinerziehende Mutter, da sind manchmal auch generalstabsmäßige Talente gefragt", erklärte Teresa lachend.

„ Alles klar, dann bis später."

Igor sah aus, als hätte er ein ausgiebiges Schlammbad genommen, als Teresa vom Kindergarten zurückkam. Sie ließ ihn deshalb zunächst einmal vor der Wohnungstür sitzen, wo er kläglich zu jaulen anfing.

„Ich hol' dich ja gleich", versprach Teresa, bevor sie die Tür schloss.

Die Schlafzimmertür stand offen. Hier stand jetzt nicht mehr Herrn Hansens breites, schweres Doppelbett aus Nussbaum, sondern ein leichtes, schlichtes Birkenbett, das nach IKEA aussah. Markus öffnete müde ein Auge, als Teresa an der Tür stehen blieb und leise „Hallo" sagte.

„Hallo, Teresa. Nett, dass du nach mir schaust", flüsterte er mit schwacher Stimme, und Teresa vermisste den Zusatz: ‚bevor ich sterbe'.

„Ist doch klar. Ich hab' dir Brausetabletten aus der Apotheke mitgebracht. Die Apothekerin sagt, es nehme die unangenehmen Begleiterscheinungen, aber viel machen könne man nicht. So eine Erkältung daure halt ihre Zeit."

„Erkältung? Die hat dir was gegen Erkältung mitgegeben? Das, was ich habe, ist eine ausgewachsene Vogelgrippe!" Die Empörung ließ Markus' Stimme gleich kräftiger klingen.

„Damit macht man keine Witze. Apropos Vogel: Ich koche dir nachher eine schöne Hühnersuppe, das hilft immer noch am besten. Die hat die Nonna früher auch immer gekocht."

„Wer?"

„Die Nonna, das ist meine Großmutter aus Italien. Und dann machst du einen Kamillendampf und gurgelst mit Salbeitee und falls du Fieber hast, mach' ich dir Wadenwickel."

„Gibst du mir mal bitte das Telefon?"

Markus streckte die Hand aus, obwohl das Telefon auf seinem Nachttisch stand und er sich nur ein wenig aufzurichten brauchte, um es zu erreichen.

„Willst du einen Arzt anrufen?"

„Nein, Amnesty International. Das sind Foltermethoden!"

Teresa lachte.

„Du kannst froh sein, dass ich dir kein Kartoffelsäckchen auf die Brust lege. Das hat Mama immer gemacht. Das ist wirklich Folter, aber es hilft. Jetzt muss ich mich allerdings erst mal um Igor kümmern. Der ist verspritzt bis zum Bauch und sieht aus wie ein Schwein. Ich glaube, ich stelle ihn am besten in die Dusche. Hast du irgendwo Hundehandtücher?"

„In der Abstellkammer steht ein roter Korb, da sind welche drin.“

Es klingelte zweimal, lang und recht energisch.

„Erwartest du jemand?“

„Nicht dass ich wüsste.“

Als Teresa die Tür öffnete, sauste Igor wie ein geölter Blitz an ihr vorbei ins Schlafzimmer.

„Igor!“

Teresas Schrei konnte Igor nicht mehr zurückhalten.

„Also, i bin wirklich an geduldiger Mensch, aber au mei Geduld hat Grenze“, sagte Frau Bächtle in breitem Schwäbisch. „I moin, Sie könnet doch den Köter net stundelang im Flur rumheule lasse wie de Hund von Baskerville. Des isch Ruhestörung. I muss sowieso mal in dr Hausordnung nachlese, ob bei uns im Haus Hunde überhaupt erlaubt sin. Isch dr Herr Sonntag net da?“

Sie versuchte, an Teresa vorbei in die Wohnung zu schauen.

„Doch“, sagte Teresa, „aber er liegt im Bett.“

„Im Bett? Um die Zeit?“ Frau Bächtle musterte Teresa von oben bis unten. „Ha, da wundert mi nix meh. Kaum sin d’ Kinder aus em Haus... Dass Sie sich net schäme!”

“Ich wüsste nicht warum. Herr Sonntag ist krank, und ich kümmere mich um ihn”, stellte Teresa klar. „Und jetzt muss ich nach Igor schauen. Der hat da draußen gesessen, weil er zu schmutzig war, um ihn reinzulassen. Wahrscheinlich kann ich jetzt die ganze Wohnung putzen.“

„Des ka nix schade“, meinte Frau Bächtle spitz, „’s Putze ghört halt au drzu. Mr ka net bloß sei Vergnüge han.“

„Teresa!“ kam Markus’ Hilfeschrei aus dem Schlafzimmer.

„Ich komme schon“, rief Teresa und schloss mir einem vernehmlichen Knall die Tür vor Frau Bächtles neugieriger Nase.

„O nein!“

Igor schaute Teresa treuherzig an. Er saß neben Markus’ Bett und hatte seine schmutzige Vorderpfote tröstend auf seinen Bauch gelegt. Im Flur und im Schlafzimmer hatte er deutliche Spuren auf dem Boden hinterlassen.

„Komm mit!“ sagte Teresa energisch und schleppte Igor am Halsband ins Badezimmer, wo sie ihn unter die Dusche stellte und seine schmutzigen Beine und seinen Bauch abbrauste. Anschließend lag Igor abfrottiert, tief beleidigt und unbeweglich in seinem Korb, nur seine großen, braunen Augen folgten Teresa vorwurfsvoll überall hin, während sie sich daranmachte, seine Spuren zu beseitigen.

„Blöde Kuh“, schimpfte Teresa, „das Bett muss ich jetzt auch frisch beziehen. Ich fürchte, unser Ruf in diesem ehrenwerten Haus ist jetzt total ruiniert.“

„Du weißt doch: ‚Ist der Ruf erst ruiniert, lebst du weiter ungeniert‘.“

Frau Bächtles Besuch schien Markus von seinen Leiden abzulenken. Vielleicht war er auch froh, dass Teresa nun mit Putzen und Bett abziehen beschäftigt war und keine Zeit für Gurgeltee und Wadenwickel hatte.

„Ich glaube, ich sollte Katja anrufen“, meinte Markus. Katja war Markus’ Schwägerin. Teresa hatte sie bei der Einweihungsfeier kennen gelernt und sehr sympathisch gefunden. “Gibst du mir bitte mal das Telefon?“

„Du meinst, damit ein moralisch unverfänglicher Mensch deine Krankenpflege übernimmt?“

„Quatsch. Sie könnte Paulchen für ein paar Tage zu sich nehmen und Igor auch.“

„Aber das ist doch Unsinn. Um Paulina und Igor kann ich mich doch kümmern. Wenn wir die Matratze aus Paulinas Zimmer mit nach oben nehmen, kann Paulina sogar bei uns schlafen. Aber jetzt brüh' ich dir erst mal einen Tee auf und dann geh' ich nach oben und koche dir Hühnersuppe. Du wirst sehen, dann geht's dir gleich besser."

Markus' skeptischen Blick übersah Teresa geflissentlich.

„Könntest du mir bei Gelegenheit noch ein paar Sachen besorgen?"

„Klar, schieß los!"

„Ich glaube, du schreibst es dir lieber auf. Auf dem Schreibtisch liegt ein Zettel und ein Stift."

„Brauch ich nicht. Kann ich mir auch so merken", behauptete Teresa selbstbewusst. „Du kannst mich ja mal testen. Fang an, aber sag's bitte langsam."

Sie setzte sich auf Markus' Schreibtischstuhl, schloss die Augen, hörte auf Markus' Stimme und konzentrierte sich auf die Bilder in ihrem Kopf.

„Also, Pfefferminztee, Aspirin, Brot, Gouda, Küchenpapier, Äpfel, Haferflocken, eine Zitrone, Nasentropfen, Apfelsaft und der Senf ist, glaube ich, auch alle. Na, was hast du behalten?"

„Wie wär's mit Pfefferminztee, Aspirin, Brot, Gouda, Küchenpapier, Äpfel, Haferflocken, eine Zitrone, Nasentropfen, Apfelsaft, Senf?"

Markus saß mit offenem Mund im Bett und starrte sie fassungslos an.

„Ich werd' verrückt. Wie machst du das?"

Teresa fühlte sich, als hätte sie auf nüchternen Magen ein Glas Sekt getrunken. Es gab etwas, womit sie Markus beeindrucken konnte, etwas, das offensichtlich nicht einmal die kluge Sarah beherrscht hatte. Sollte Teresa Markus den Trick verraten oder sollte sie das Geheimnis für sich behalten? Markus würde lange nicht mehr so beeindruckt sein, wenn er wusste, wie die Sache funktionierte.

„Es ist ganz einfach. Begriffe kann man sich nicht gut merken, aber Bilder und Geschichten. Zu jeder Zahl von 1 bis 20 merkst du dir ein Bild, man nennt das die Baumliste. Zur 1 gehört nämlich ein Baum, zur 2 ein Lichtschalter, wegen an und aus, zur 3 ein dreibeiniger Hocker, zur 4 ein Auto, wegen der vier Räder, zur 5 ein Handschuh, zur 6 ein Würfel und so weiter. Und nun verbindest du das, was du dir merken willst, mit diesen Bildern. Also du stellst dir zum Beispiel einen Baum vor, an dem lauter Pfefferminzteepäckchen hängen, das Aspirin klebst du auf den Lichtschalter, das Brot legst du auf den Hocker, der Käse liegt im Auto und stinkt. Das ist nämlich der Trick, je ausgefallener das Bild ist, um so besser kannst du es dir merken. Du kannst dir auch eine Geschichte dazu ausdenken."

„Und wenn es mehr als 20 Dinge sind?"

„Dann gehst du in Gedanken einen Weg durch deine Wohnung. Du fängst am besten an der Haustür an und gehst dann durch ein Zimmer nach dem anderen. Bei mir ist 21 die Haustür, 22 der Spiegel, 23 die Garderobe, 24 der Schuhschrank und so weiter."

„Das ist ja irre", staunte Markus. „Woher kannst du das?"

„Herr Hansen hat es mir beigebracht."

„Und wie lange kannst du die Dinge behalten?"

„So lange ich will. Solange ich es behalten will, muss ich es wiederholen. Für eine Einkaufsliste ist das natürlich nur solange sinnvoll, bis der Einkauf erledigt ist.

Dann müssen die Begriffe wieder frei sein für die nächste Liste."

„Wenn mein Kopf nicht so brummen würde, würde ich es gleich mal probieren", sagte Markus.

„Morgen", versprach Teresa.

Es machte Teresa Freude, Markus zu ‚betüteln', wie er das nannte. Sie war gern mit ihm zusammen, und seine Krankheit gab ihr ganz unverfänglich Gelegenheit dazu. Ob es an der Hühnersuppe lag, an ihrer Pflege oder an seiner robusten Natur, konnte Teresa nicht sagen. Jedenfalls ging es ihm am nächsten Tag schon wesentlich besser.

„Aber ich fürchte, zur Vorlesestunde werde ich heute noch nicht fahren können. Die Mädchen werden sehr enttäuscht sein", meinte Markus.

Teresa erinnerte sich ungern an Lenas Tränen von vor zwei Wochen und sagte schnell:

„Kein Problem, ich bring' die beiden hin."

„Du kannst gern mein Auto nehmen."

Teresa lachte.

„Das ist nett von dir, nützt aber leider nichts. Ich hab' nämlich keinen Führerschein."

„Bei Rot über die Ampel gefahren oder nie gehabt?"

„Nie gehabt", sagte Teresa und ärgerte sich ein wenig, als sie Markus' Gesicht sah. Er schaute sie an, als gehöre es zur menschlichen Grundausstattung, einen Führerschein zu besitzen.

„Was guckst du so? Findest du es schlimm, wenn man keinen Führerschein hat?"

„Quatsch, es ist nur ungewöhnlich. In meinem ganzen Freundeskreis kenne ich niemanden, der nicht gleich mit achtzehn seinen Führerschein gemacht hat."

„Offensichtlich sind deine Freunde ein wenig besser bei Kasse als ich."

Teresa konnte nicht verhindern, dass ihre Antwort verletzt und schnippisch klang.

„He, nun sei doch nicht beleidigt. Ist schließlich keine Schande, kein Geld zu haben. Meine Freunde sind auch keine Rockefellers. Zum Teil haben sie gejobbt, um sich die Fahrschule leisten zu können."

„Du vergisst, dass ich mit achtzehn schon Lena hatte."

„Na, jedenfalls find' ich's nett, dass du die beiden hinbringen willst. Und vergiss den Antrag für Lenas Leserausweis nicht, es war ihr schrecklich wichtig", erinnerte Markus.

Richtig, der Antrag. Er lag oben neben dem Telefon und war immer noch nicht ausgefüllt.

„Sag, würde es dir was ausmachen, ihn für mich auszufüllen? Ich habe meine Brille verlegt, und ohne die bin ich total aufgeschmissen."

„Du hast eine Brille? Ich hab' dich noch nie mit Brille gesehen."

Der Tag der Bekenntnisse, dachte Teresa. Ich, Teresa Sabato, bekenne, dass ich keinen Führerschein besitze und ohne Brille blind wie ein Maulwurf bin.

„Hast du nichts versäumt." Teresa bemühte sich, gleichmütig zu klingen. „Ich hab' leider kein Brillengesicht. Zum Glück brauche ich die Brille nur zum Lesen."

„In deinem Alter? Das ist selten", meinte Markus. „Die meisten Leute brauchen eine Lesebrille erst mit fünfzig."

„Da siehst du mal. Du bist mit einer echten Exotin befreundet."

„Schade, jetzt wollte ich dich gerade fragen, ob du mir was vorliest. Meine Mutter hat mir immer vorgelesen, wenn ich krank war. Das war so gemütlich."

Markus räkelte sich genüsslich im Bett in Gedanken an seine Kindertage. Teresa lachte:

„Soll ich sie anrufen?"

„Untersteh dich. Außerdem wohnt sie in Hannover. Aber wir könnten vielleicht ein Spiel machen. Was meinst du?"

„Einverstanden. Aber nur, wenn du mich gewinnen lässt."

Kummer, sei lahm!
Sorge, sei blind!
Es lebe das Geburtstagskind!
(Theodor Fontane)

Lili

Der 7. Mai, Lilis Geburtstag! Wie sich die Zeiten ändern, dachte Lili, als sie morgens die Augen aufschlug und zum Fenster hinüberschielte. Es schien ein schöner Tag zu werden, der erste Sonnentag seit langem. Wenigstens etwas. Als sie noch ein Kind war, konnte sie ihren Geburtstag kaum erwarten: Geschenke bekommen, für einen Tag die Hauptperson sein, sich das Essen aussuchen und Freundinnen einladen dürfen. Später war jeder Geburtstag ein ersehnter Meilenstein auf dem Weg zum Erwachsenwerden gewesen: 18, 19, 20, mit 21 endlich volljährig! Ab 30 hielt sich ihre Freude in Grenzen, und erst Rudolf hatte diesem Tag wieder ein wenig Glanz verliehen. Seit Rudolfs Tod hatte Lili ihren Geburtstag überhaupt nicht mehr gefeiert, und so gedachte sie es auch dieses Jahr zu halten.

Andere freuten sich sicher, wenn sie an einem Sonntag Geburtstag hatten, nicht so Lili. Ihre Sonntage zogen sich wie Kaugummi, seit sie allein lebte. Lili wäre ein Donnerstag lieber gewesen, dann wäre sie heute Nachmittag zur Vorlesestunde gegangen. Die Nachmittage mit den Kindern bereiteten ihr Freude. Die Kinder waren aufmerksam, interessiert und aufgeweckt, besonders die kleine Lena hatte sie ins Herz geschlossen.

Letztes Mal hatte Lenas Mutter die beiden Mädchen gebracht und abgeholt. Lili hätte sie fast für Lenas ältere Schwester gehalten, so jung sah sie aus. Sie hatte dasselbe zart geschnittene Gesicht wie Lena und auch ihre haselnussbraunen Augen, nur waren ihre Haare schwarz und nicht blond wie Lenas.

Auch die Haltung, in der Lenas Mutter am Ende der Vorlesestunde versonnen vor den Bücherregalen gestanden hatte, hatte Lili sehr an Lena erinnert.

‚Suchen Sie etwas Bestimmtes?' hatte Lili sie gefragt, ‚Vielleicht kann ich Ihnen beim Suchen helfen.'

Die junge Frau hatte fast erschrocken aufgeschaut.

‚Nein, nein, ich suche nichts, ich habe nur darüber nachgedacht, wie viele Gedanken und Geschichten hier drin stecken. Auf den ersten Blick sieht jedes Buch, das man aufschlägt, fast gleich aus: schwarze Zeichen auf weißem Papier. Aber wer die Zeichen entschlüsseln kann, für den werden lebendige Geschichten daraus.' Teresa schaute Lili verlegen an. ‚Entschuldigen Sie, ich glaube, ich rede eine Menge Unsinn. Was müssen Sie nur von mir denken.'

Lili dachte, dass Lena nicht nur eine hübsche, sondern auch eine sehr kluge Mutter hatte, die sich offensichtlich mehr Gedanken über die Dinge machte als die meisten Menschen.

‚Sie haben völlig recht. So habe ich die Sache noch nie betrachtet. Wenn wir jetzt in einer Bücherei in China stünden, dann wären das alles Bücher mit sieben Siegeln für uns, und die Schriftzeichen hätten keine Chance, in unseren Köpfen zu Geschichten zu werden.'

‚Ich finde es sehr schön, dass Sie den Kindern vorlesen. Lena freut sich schon die ganze Woche auf die Vorlesestunde. Aber da ist etwas... Es ist mir wirklich peinlich. Lena hat mir erzählt, dass Paulina und sie sich letzte Stunde bei Ihnen eingeladen haben. Das kommt natürlich gar nicht in Frage. Ich weiß nicht, was in die

Mädchen gefahren ist. Es ist eigentlich nicht Lenas Art, so aufdringlich zu sein.'

Lili erinnerte sich. Nach der Vorlesestunde war Paulina zu ihr gekommen und hatte ihr ein Bilderbuch gezeigt, das Märchen *Der selbstsüchtige Riese*. ‚Die Bilder hat mein Papa gemalt', hatte sie stolz erzählt. Lena musste Lilis ungläubigen Blick aufgefangen haben, denn sie war Paulina schnell zur Hilfe gekommen: ‚Das stimmt!' Tatsächlich, Markus Sonntag las Lili auf dem Umschlag. Die Illustrationen gefielen ihr. ‚Früher hatten wir auch so einen Garten. Aber jetzt nicht mehr. Hast du einen Garten?' hatte Paulina gefragt. ‚Steht da auch eine Schaukel drin und ein Sandkasten? Darf ich deinen Garten mal sehen?'

Lili war zwar eine Lehrerin mit Leib und Seele gewesen, aber sie hatte außerhalb der Schule immer auf eine gewisse Distanz zu ihren Schülern geachtet. Deshalb hatte sie auch nicht im selben Ort unterrichtet, in dem sie wohnte. Was sollte sie Paulina antworten, die sie erwartungsvoll anschaute? Sicher kannte Paulina die Geschichte des selbstsüchtigen Riesen, der seinen schönen Garten für sich behalten und mit niemandem teilen wollte. Da war sein Garten in Eis und Schnee erstarrt, und erst, als die Kinder ihn wieder betreten durften, kehrte der Frühling zurück und mit ihm die Blumen und die Vögel. Durch seine Nächstenliebe und die Bereitschaft zu teilen, hatte der Riese nicht nur seine Lebensfreude wiedergefunden, sondern sich auch einen Platz im Himmel gesichert. Der Riese hatte seine Lektion gelernt, und Lili? Sollte sie, Lili Brenner, nun zu Paulina sagen: ‚Weißt du, ich gebe mir viel Mühe mit meinem Garten und ich lege keinen Wert darauf, dass Kinderfüße durch meine Beete rennen und meine hübschen Tulpen zertreten.' Unmöglich! Außerdem tat Paulina ihr leid, denn es war offensichtlich, dass sie ihren Garten vermisste. ‚Nun, wenn du möchtest, kannst du ihn dir gern mal anschauen', hatte sie deshalb geantwortet. ‚Lena auch? Auch wenn sie früher keinen Garten gehabt hat?' Diese Frage rührte Lili. Als ob ihre Besuchserlaubnis davon abhinge, ob man einmal einen Garten besessen hatte. Lili war froh, dass Paulina sie unter vier Augen gefragt hatte. Der Gedanke, gleich sieben Kinder könnten ihren Garten stürmen, verursachte ihr ein leichtes Gruseln. ‚Natürlich darf Lena auch kommen. Aber sonst bitte niemand, sonst wird es ein bisschen zu viel für meinen Garten. Er ist an Kinder nicht gewöhnt.' Lili musste in Erinnerung an diesen Satz schmunzeln. Sie sprach von ihrem Garten, als handle es sich um einen ruhebedürftigen, alten Herrn.

‚Machen Sie sich keine Gedanken', hatte sie zu Teresa gesagt. ‚Es war wohl Paulinas Idee, aber ich würde mich sehr freuen, wenn die beiden Mädchen mich einmal besuchen kämen. Ich habe leider keine Enkelkinder. Manchmal ist es wirklich ein bisschen zu still in meinem Garten. Wie wäre es, wenn sie heute alle drei gleich mit mir mitkämen? Also wenn ich eine kleine Tochter hätte, dann wüsste ich gern, wo sie ihren Nachmittag verbringt und würde sie nicht einfach mit einer Fremden mitgehen lassen. Was meinen Sie? Haben Sie Zeit?'

Teresa hatte sich ein wenig gesträubt, aber die beiden Mädchen ließen kein Argument gelten, und so hatte Teresa schließlich nachgegeben. Zu Hause hatte Lili Kakao gekocht und Waffeln gebacken und sich sehr nett mit Teresa unterhalten, während die beiden Mädchen im Garten Verstecken spielten.

In Gedanken an diesen Nachmittag ging Lili ins Bad. Anschließend stand sie ein wenig ratlos vor ihrem Kleiderschrank. Auch wenn sie ihren Geburtstag nicht feiern wollte, so fand sie es doch angemessen, sich heute etwas besonders Hübsches anzuziehen. Die blaugestreifte Bluse, die sie vor einigen Wochen gekauft hatte, wäre passend. Lili hatte sie erst zweimal angehabt, und Hilde behauptete, sie bringe ihre Augenfarbe vorteilhaft zur Geltung. Das konnte nicht schaden, denn ihre Augenfarbe hatte im Gegensatz zu anderen Teilen ihres Körpers die zahlreichen Geburtstage bislang recht unbeschadet überstanden.

Als Lili die Rollläden im Esszimmer hochzog, blieb sie wie angewurzelt stehen. Der Esstisch war liebevoll gedeckt mit dem guten Goldrandgeschirr ihrer Großmutter, einer Anthurienblüte und dem obligatorischen Gugelhupf. Genauso hatte ihr Geburtstagstisch immer ausgesehen, solange Rudolf lebte. Nur das Päckchen neben ihrem Gedeck fehlte. Lili setzte sich mit zitternden Knien auf ihren Stuhl. Tränen schossen ihr in die Augen. Es war, als würde sie einen Zeitsprung machen, als müsse jeden Moment die Tür aufgehen und Rudolf hereinkommen. Aber er kam nicht mehr. An manchen Tagen war die Einsamkeit und Trauer nur ein leises, vertrautes Ziehen in ihrer Brust, aber heute sprang der Schmerz sie so heftig und unvermittelt an wie schon lange nicht mehr. Lili ging mit unsicheren Schritten zum Telefon.

„Hilde, er muss heute Nacht hier gewesen sein."

Der verschlafenen Stimme nach zu schließen, mit der Hilde sich gemeldet hatte, lag sie noch im Bett, aber jetzt klang sie schlagartig hellwach.

„Wer? Jakob? Hat er was mitgenommen? Ist er weg?"

„Unsinn! Rudolf muss hier gewesen sein."

Einen Moment war es still am anderen Ende der Leitung. Dann sagte Hilde:

„Es ist alles in Ordnung, Lili, bleib ganz ruhig sitzen und geh nicht weg. Ich bin sofort bei dir."

Lili wusste wirklich nicht, wohin sie hätte gehen sollen und warum. Es dauerte keine fünf Minuten, da stand Hilde an der Tür, im Morgenmantel und noch unfrisiert.

„Nun erzähl mal ganz ruhig der Reihe nach. Was ist denn passiert?" fragte sie.

„Da gibt's nicht viel zu erzählen. Schau es dir an!"

Lili öffnete die Tür zum Esszimmer, und Hilde ließ ihren Blick durchs Zimmer gleiten.

„Ich sehe nichts", stellte sie enttäuscht fest.

„Na, der Tisch. Siehst du das denn nicht?"

„Er ist gedeckt, für zwei Leute, mit dem guten Geschirr. Ich nehme an, du hast Jakob zum Frühstück eingeladen. Und... Oh, natürlich, du hast ja heute Geburtstag. Entschuldige, dein Anruf hat mich ganz aus dem Konzept gebracht. Ich hätte es nicht vergessen, du weißt, ich hab' deinen Geburtstag noch nie vergessen. Dein Geschenk liegt drüben. Aber erst mal alles Gute zum Geburtstag!"

Sie umarmte Lili.

„Danke, Hilde. Aber fällt dir gar nichts auf?"

„Was soll mir denn auffallen? Der Tisch sieht aus wie immer."

„Eben", sagte Lili, „er sieht aus wie immer an meinem Geburtstag, solange Rudolf noch lebte, wohlgemerkt. Er hat mir jedes Jahr einen Gugelhupf bei der Bäckerei Leonhard geholt, damit ich nicht backen muss. Und er hat mir immer eine Anthurie geschenkt, obwohl ich die nicht besonders mag. Aber das konnte ich ihm doch nicht sagen. Das wäre sehr kränkend gewesen."

Hilde lachte laut auf.

„Das ist wirklich ein Witz. Weißt du, was Rudolf mal zu mir gesagt hat? ‚Ich weiß wirklich nicht, was Lili an diesen Wachsblumen schön findet, aber wenn sie sie mag, dann soll sie sie auch bekommen.'"

„Ach, mein Rudolf, wie ist er nur auf die Idee gekommen?"

„Tja, das kommt wohl dabei heraus, wenn man eine allzu harmonische Ehe führt."

Lili hörte den stichelnden Unterton sehr wohl heraus, aber sie war viel zu aufgeregt und daher nicht bereit, darauf einzugehen.

„Und was ist jetzt der Grund der ganzen Aufregung?" wollte Hilde wissen.

„Wer hat den Tisch gedeckt? Ich war's nicht. Also kann es nur Rudolf gewesen sein, denn außer mir und Mama wusste nur er, wie mein Frühstückstisch am Geburtstagsmorgen ausgesehen hat."

„Lili, du machst mir Angst", sagte Hilde und sah ehrlich besorgt aus. „Neulich erzählst du mir, Rudolf hätte mit dir gesprochen, und jetzt das! Ich dachte, es wird besser mit dir, jetzt, wo Rudolf schon so lange tot ist und du ein bisschen Abwechslung hast mit Jakob. Aber im Gegenteil. An Horoskope zu glauben ist eine Sache, aber an Gespenster? Ich sag' das nicht gern, aber vielleicht solltest du mal zu einem Fachmann gehen, zu einem Pyrologen."

„Psychologen, Hilde, du meinst sicher einen Psychologen."

„Sag' ich doch."

„Es gibt mehr Dinge zwischen Himmel und Erde..."

„Aber keine Geister, Lili. Wahrscheinlich ist Jakob hier gewesen und hat den Tisch gedeckt", vermutete Hilde.

„Und wie ist er hereingekommen?"

„Also Lili, du bist wirklich naiv. Schon mal was von einem Nachschlüssel oder Dietrich gehört?"

„Hilde, fang bitte nicht schon wieder damit an. Jakob ist kein Betrüger! Und woher soll er gewusst haben, was früher auf meinem Geburtstagstisch stand?“

„Nun, du hast mir doch erzählt, dass Rudolf und Jakob Freunde waren. Wahrscheinlich hat Rudolf mal gesagt: ‚Ich muss heute noch diese scheußliche Anthurie besorgen, die Lili so schön findet, weiß der Teufel warum, und diesen Gugelhupf, der so trocken ist wie der Sand in der Sahara. Lilis Kuchen schmeckt hundertmal besser, aber an ihrem Geburtstag soll sie nicht backen und sie isst ihn doch so gern.‘“

„Ich ess’ ihn überhaupt nicht gern, er ist wirklich staubtrocken.“

Lili sah Hilde an, und dann prusteten sie beide los.

„Ach, Hilde, wenn ich dich nicht hätte. Komm setz dich hin und schneid dir ein Stück Kuchen ab. Ich setze schon mal Teewasser auf.“

Hilde war noch nicht lange weg, als es an der Wohnungstür klingelte. Jakob stand draußen, eine gelbweiße Narzisse in der Hand, die Lili sehr bekannt vorkam. Wenn sie nicht alles täuschte, hatte die noch vor kurzem in ihrem Vorgarten gestanden.

„In der Blumensprache stehen Narzissen für Verehrung, liebe Lili, wussten Sie das? Und mehr als meine Verehrung kann ich Ihnen im Augenblick auch leider nicht entbieten, außer meinen allerherzlichsten Glückwünschen natürlich. Ich habe doch gar nicht gewusst, dass Sie heute Geburtstag haben. Wenn ich nicht zufällig Hilde im Treppenhaus begegnet wäre...“

„Sie haben Hilde getroffen? Im Morgenmantel und unfrisiert? Ach Gott, die arme Hilde, das wird ihr aber gar nicht recht sein“, lachte Lili.

„Es stimmt schon“, schmunzelte Jakob, „sie hatte es heute sehr eilig. Aber ich habe immerhin erfahren, dass Sie Geburtstag haben. Alles, alles Gute, meine Liebe.“ Er drückte Lili einen sanften Kuss auf die Wange. „Nur, weil heute Geburtstag ist“, versicherte Jakob, der wohl gemerkt hatte, dass der Kuss Lili ein wenig verlegen machte.

„Kommen Sie doch herein und trinken Sie eine Tasse Tee mit mir“, sagte Lili. „Und Sie haben es wirklich nicht gewusst?“

„Was?“

„Na, dass heute mein Geburtstag ist.“

„Aber nein, wie sollte ich. Sie haben kein Wort davon gesagt. Oh, ich verstehe, Sie sind gekränkt“, stellte Jakob zerknirscht fest.

Lili räumte Hildes Gedeck ab und stellte ein neues für Jakob auf den Tisch. Dann schnitt sie ein Stück Kuchen ab und legte es Jakob auf den Teller.

„Aber kein bisschen“, versicherte Lili. „Ich dachte nur, dass...“

„Ja?“

„Ach nichts. Der Kuchen ist leider ein wenig trocken. Ich habe ihn nicht selbst gebacken.“

„Ich weiß.“

„Sie wissen...?“

„Oh, das schmeckt man doch gleich“, beeilte sich Jakob zu versichern. „Ich habe schließlich oft genug Kuchen bei Ihnen gegessen, um beurteilen zu können, dass der nicht aus Ihrem Backofen stammen kann.“

„Sie sind ein alter Schmeichler, Jakob.“

„Was haben Sie heute vor?“ wollte Jakob wissen.

„Ach, nichts Besonderes. Ich denke, dass Hilde zum Kaffee kommen wird, und Sie sind natürlich auch herzlich eingeladen. Dann gibt es natürlich selbstgebackenen

Kuchen. Ich denke, ich werde eine Erdbeerrolle machen. Es ist so Tradition, dass ich zu meinem Geburtstag den ersten Erdbeerkuchen esse. So lange bleibe ich standhaft, obwohl ich Erdbeeren für mein Leben gern mag, aber ich finde, die frühen Sorten, die man aus Italien und Spanien bekommt, die haben einfach nicht den richtigen Geschmack."

„Sagen Sie Hilde ab. Ich habe ein Überraschungsgeschenk für Sie."

„Ein Überraschungsgeschenk? Was ist es denn?"

„Nun, wenn ich Ihnen das verrate, dann ist es ja keine Überraschung mehr", lachte Jakob. „Ich werde Sie um halb drei abholen und entführen."

„Entführen? Wohin denn?"

„Das ist die Überraschung, Lili."

„Aber ich muss doch wissen, ob ich Wanderstiefel oder Pumps anziehen soll."

„Pumps wären wohl die richtige Wahl", sagte Jakob. „Sie sollten allerdings nicht allzu unbequem sein."

„Sie machen mich richtig neugierig."

„Das war meine Absicht. Also, ich komme um halb drei. Einverstanden?"

„Einverstanden."

Jakob klingelte wie versprochen pünktlich um halb drei.

„Sie sehen bezaubernd aus", stellte er mit einem bewundernden Blick auf ihr graues Kostüm und die rosa Bluse fest. Lili hörte es nicht ungern. „Jetzt muss ich nur noch schnell ein Taxi rufen."

„Ein Taxi, aber warum denn das? Ich habe doch ein Auto."

„Sie schon", sagte Jakob, „aber es ist meine Einladung. Und sie sollen schließlich nicht wissen, wo's hingeht."

„Also, wenn Sie möchten, können Sie gern mit meinem Auto fahren. Oder haben Sie keinen Führerschein?"

Jakob hatte einen Führerschein, und er war gern bereit, mit Lilis Auto zu fahren.

„Es wird mir Spaß machen. Ich bin schon so lange nicht mehr gefahren. Aber Auto fahren ist wie Rad fahren und Schwimmen, man verlernt es nicht."

„Na, dann nichts wie los."

Als sie vors Haus traten, sah Lili, dass sich Hildes Küchengardine sanft bewegte.

Lili winkte hinüber, worauf die Gardine schnell in ihre ursprüngliche Position zurückfiel.

„Sie können einsteigen, die Tür ist offen", sagte Lili.

„Sie lassen Ihr Auto offen auf der Straße stehen? Das ist aber sehr unvorsichtig, Lili."

Lili erklärte Jakob, dass ihr Auto automatische Türschlösser besaß und ein Knopfdruck aus der Ferne genüge, um alle Schlösser gleichzeitig zu öffnen.

„Das ist ja wie Zauberei", stellte Jakob fest und freute sich wie ein Kind. „Darf ich auch mal?"

Jakob betätigte mehrmals den Knopf am Autoschlüssel und kontrollierte, ob die Tür nun offen oder geschlossen war.

„Das gibt es in Amerika doch sicher auch", wunderte sich Lili. „Ich wette, die hatten das früher als wir."

„Schon möglich", meinte Jakob, „aber wissen Sie, ich interessiere mich normalerweise nicht so für technische Details."

Das sollte Lili gleich feststellen. Nachdem Jakob vergeblich die Kupplung und den Schaltknüppel gesucht hatte, weihte Lili ihn in die Geheimnisse eines Automatikwagens ein.

„Soll nicht lieber *ich* fahren?" fragte sie vorsichtig.

„Aber nein! So schwierig kann das doch nicht sein, das Auto fährt ja praktisch von alleine, das ist doch wunderbar. Es sei denn, Sie trauen es mir nicht zu?"

Diese Frage klang ganz und gar nicht so, als erwarte Jakob ihren Widerspruch.

„Meine Güte, der fährt ja wirklich von allein!" stellte er kurze Zeit später verwundert fest, als das Auto ohne sein Zutun langsam anrollte.

„Bremsen, Sie müssen bremsen. Bei einem Automatikwagen müssen Sie immer auf der Bremse stehen, wenn Sie irgendwo halten. Sobald Sie die Bremse loslassen, fährt er los."

„Na, das muss einem doch gesagt werden. O pardon, das war ein wenig heftig. Ich hatte vergessen, dass das Auto keine Kupplung hat und muss statt dessen wohl auf die Bremse getreten sein."

Ein Glück, dass Lili angeschnallt war, sonst wäre sie mit dem Kopf jetzt sicher gegen die Windschutzscheibe geflogen.

„Na, wer sagt's denn, das geht doch schon ganz wunderbar, finden Sie nicht?"

Jakobs Begeisterungsruf unterbrach Lilis Stoßgebet, ihr Ziel möge nicht allzu weit entfernt liegen.

„Verflixt, welcher von diesen hunderttausend Schaltern und Hebeln ist denn jetzt der Winker?"

„Der Blinker? Der lange Hebel links vom Lenkrad. Nein, der linke. Der rechte ist der Scheibenwischer."

„Das habe ich auch gerade gemerkt. Und was ist das?"

„Halt, nicht einschalten, das ist die Warnblinkanlage."

In diesem Augenblick wurden sie von einem Polizeiauto überholt und vom winkenden Arm eines Polizisten zum Anhalten aufgefordert. Zwei Polizeibeamte stiegen aus und traten an die Fahrertür. Lili wurde heiß und kalt, und sie hoffte inständig, dass Jakob seinen Führerschein dabeihatte, beziehungsweise dass er tatsächlich einen besaß. Nach ihren Erfahrungen der letzten Minuten war sie sich da nicht mehr so sicher.

„Nun machen sie doch endlich das Fenster auf“, schimpfte sie nervös.

„Würde ich ja gerne, aber der Konstrukteur hat anscheinend vergessen, den Hebel zu montieren.“

Lili erklärte Jakob, dass das Auto elektrische Fensterheber habe, was Jakob ein Strahlen ins Gesicht zauberte und ihn dazu veranlasste, die Fensterscheiben ein paar Mal hinauf und wieder herunterfahren zu lassen, bis Lili ihn schließlich zur Ordnung rief.

Einer der Polizeibeamten beugte sich zum nun geöffneten Fenster herunter.

„Saged Se mal, fahred Sie immer wie a gsengte Sau?“

„Hat der Sau zu mir gesagt?“ fragte Jakob ungläubig. Er war der schwäbischen Zunge offensichtlich nicht so mächtig wie Lili.

„Nein, nein“, versicherte Lili schnell. Jetzt nur keinen Streit vom Zaun brechen. „Der Herr Wachtmeister will wissen, ob Sie immer so schnell fahren. Wissen Sie“, wandte Lili sich nun erklärend an den Polizeibeamten, „mein Bekannter fährt heute das erste Mal mit meinem Auto, und er kennt sich mit der Automatik nicht so gut aus.“

„Also i däd mal sage, d' Brems und dr Tacho isch in alle Audo so ziemlich gleich, oder? Zeiged Se mr doch mal bitte Ihren Führerschei!“

Das hatte Jakob offensichtlich verstanden, denn er holte aus seinem Jackett bereitwillig ein ziemlich antik aussehendes Stück Papier hervor. Der Polizist studierte es und verglich das Foto stirnrunzelnd mit Jakobs Gesicht. Dann reichte er den Führerschein an seinen Kollegen weiter.

„Alle Achtung", meinte er dann, „also wenn i in Ihrem Alter no so flott unterwegs bin, na werd i mi ‚*von*' schreibe. Aber beim heutige Verkehr sodded Se sich wirklich überlege, ob Se den Lappe net lieber abgebe welled, bevor no ebbes bassiert. Vielleicht sodded Se lieber Ihr Bekannte fahre lasse."

Lili versuchte vergeblich, in Jakobs Führerschein nach seinem Geburtsdatum zu spähen, denn die Reaktion des Polizisten ließ darauf schließen, dass Jakob wesentlich älter war, als sie vermutet hatte. Dann erklärte sie den Polizisten, dass Jakob heute nur fahre, weil sie Geburtstag habe und er eine Überraschung für sie plane.

„So, Geburtsdag hen Se heut? Na, da welled mr mal net so sei und wider bessres Wisse alle Hühnerauge zudrucke", sagte der Polizeibeamte. „Aber bassed Se uff, dass die Überraschung net so aussieht, dass uff Ihrem Grabstoi 's Geburtsdatum 's gleiche isch wie dr Todesdag, des wär zwar originell, aber uff oi Art au echt schad, findet Se net? Also, na no en schöne Dag mitnander und bassed Se a bissle uff Ihren Begleiter uff."

Lili bedankte sich und seufzte erleichtert auf, nachdem Jakob das Fenster geschlossen hatte und wieder losgefahren war.

„Das ist ja noch mal gut gegangen, aber Sie sollten jetzt wirklich etwas langsamer fahren. Übrigens, Ihr Führerschein sieht sehr apart aus, darf ich den einmal sehen?"

Jakob lachte.

„Sie wollen doch nur nachsehen, wie alt ich bin, stimmt's?" Lili errötete ertappt. „Aber ich frage Sie schließlich auch nicht, wie alt Sie heute geworden sind."

„Nun, nachdem Sie wissen, dass ich 1940 geboren wurde, ist es wohl kein großes Kunststück, sich mein Alter auszurechnen."

„Stimmt, aber ich bin ein wenig eitel und angeblich sehe ich jünger aus, als ich bin. Lassen Sie mir also bitte die kleine Freude, mich auch so zu fühlen."

Lili beschloss, nicht weiter in Jakob zu dringen. Das Auto hatte seinen Widerstand offensichtlich aufgegeben und bockte nur noch selten. Vielleicht lag es auch daran, dass sie inzwischen die Stadt verlassen hatten und ohne Ampeln und Kreuzungen flott über die Landstraße fuhren. Es gelang Lili, sich ein wenig zu entspannen und den Blick aus dem Fenster auf die löwenzahngelben Wiesen und die blühenden Obstbäume zu genießen. Sie war wirklich neugierig, wohin Jakob sie entführte.

Das ‚Café Schöller', vor dem Jakob schließlich mit am Bordstein entlangschrammenden Reifen parkte, war Lili unbekannt. ‚Er will mich also zum Kaffeetrinken einladen', dachte sie und wunderte sich, dass Jakob deshalb so weit gefahren war. Schließlich gab es auch gute Cafés in der Stadt. Aber egal, so war Lili zu einem kleinen Ausflug gekommen. Seit Rudolf nicht mehr lebte, waren Ausflüge in ihrem Leben selten geworden.

Als Lili die Gaststube betrat, wurde ihr schnell klar, dass es sich beim ‚Café Schöller' um ein Café der besonderen Art handelte. Die kleinen Tische waren von Männern und Frauen fortgeschrittenen Alters besetzt, wobei die Damen eindeutig in der Überzahl waren. Im Hintergrund saß ein Mann und entlockte seinem Keyboard Melodien, die auch nicht mehr die Jüngsten waren und teilweise vor mehr als vierzig Jahren das Licht der Welt erblickt hatten, während auf der Tanzfläche einige Paare zur Musik gemächlich ihre Runden drehten.

Der Anblick versetzte Lili einen gelinden Schrecken. Was führte Jakob im Schilde? Wenn sie nicht alles täuschte, dann war sie hier auf dem ‚Ball der einsamen Herzen' gelandet, und das war neben dem Krankenhaus und der Bahnhofsmission so ziemlich der letzte Ort, an dem Lili ihren Geburtstag feiern wollte. Lilis Fluchtinstinkt erwachte und sie hätte am liebsten auf dem Absatz kehrt gemacht, aber dann sah sie das erwartungsvolle Leuchten in Jakobs Augen und beschloss, gute Miene zum grotesken Spiel zu machen.

„Nehmen wir den kleinen Tisch in der Ecke?" fragte Jakob.

„Sind Sie sicher, dass wir hier zusammen an einem Tisch sitzen dürfen?"

Jakob sah sie verwundert an.

„Wie meinen Sie das?"

„Na ja, wenn ich mich so umschaue, dann ist dieses Etablissement streng nach Geschlechtern getrennt. Erinnert mich irgendwie an die Kirchenbesuche meiner Kindheit, da saßen Männer und Frauen auch getrennt in den Kirchenbänken, die Männer links, die Frauen rechts. Sagen Sie, Jakob, Sie wollen mich doch nicht etwa verkuppeln?"

Jakob lachte.

„Aber nein, wie käme ich dazu. Ich möchte Sie zum Tanzen ausführen, und die Auswahl an Möglichkeiten war leider nicht sehr groß. Außer der Tanzschule Hecker, die heute einen Fortgeschrittenenkurs für lateinamerikanische Tänze und den Grundkurs für Schüler anbietet, stand nur noch die Disco zur Wahl. Da habe ich mich fürs ‚Café Schöller' entschieden."

„Eine kluge Entscheidung. Nur - ich kann leider gar nicht tanzen", gestand Lili, „ich habe es nie gelernt."

„Es kann schon sein, dass Sie es nicht gelernt haben, aber Rudolf hat mir erzählt, dass Sie tanzen wie eine Elfe. Anscheinend sind Sie ein Naturtalent."

Der Kellner trat an ihren Tisch, und Jakob bestellte Sekt zur Feier des Tages, nachdem er sich versichert hatte, dass es Lili recht war. Ihren Einwand, einer von ihnen müsse noch nach Hause fahren, wischte er beiseitc. Im schlimmsten Fall könne man ja ein Taxi rufen.

„Und Sie waren nie in der Tanzschule?" wollte Jakob wissen.

„Nein, zu dem Zeitpunkt hatte Mama mir den Schneid schon gründlich abgekauft. Ich war überzeugt, den ganzen Abend als Mauerblümchen in der Ecke zu sitzen und keinen Partner zu finden, der mit mir tanzen will."

Schon als Kind hatte Lili die Musik und das Tanzen geliebt. Jeder Rhythmus setzte ihre Beine ganz ohne ihr Zutun in Bewegung. Und nachdem ihr Vater sie einmal zu einer Ballettaufführung mitgenommen hatte, stand ihr Berufswunsch fest. Sie würde Balletttänzerin werden und eines Tages wie die Prima Ballerina in ‚Dornröschen' auf Spitzen über die Bühne schweben. Ihre Mutter reagierte mit ungläubigem Staunen und Lachen auf ihren Wunsch. ‚Ach, Lili, du glaubst doch nicht im Ernst, dass sie in der Ballettschule auf so einen kleinen Trampel wie dich gewartet haben? Du im Tutu, das ist wirklich eine zu komische Vorstellung.' Diese Sätze hatten sich wie Brandzeichen in Lilis Seele gefressen und ihre Tanzträume für immer begraben. Ach, warum hatte der liebe Gott ihr außer der Liebe zum Tanz nicht auch Mamas schmale Hüften und schlanken Beine in die Wiege gelegt? Was brachte ihr das Talent nun ein außer Kummer und ungestillter Sehnsucht? Rudolf war der Einzige gewesen, dem sie von ihrem verschütteten Wunsch erzählt hatte, und, obwohl von Natur aus ein notorischer Nichttänzer und auf diesem Gebiet gänzlich unbegabt, hatte er Lili hin und wieder zum Tanzen ausgeführt.

Jakob stand auf, machte vor Lili eine knappe Verbeugung und streckte die rechte Hand aus.

„Darf ich bitten?"

Lili zögerte nur kurz, dann ließ sie sich von Jakob auf die Tanzfläche führen und zu ‚Tulpen aus Amsterdam' im Kreis drehen. Lili schwebte, sie genoss jeden Schritt, und hätte Jakob nicht nach drei Tänzen ein wenig atemlos um eine kleine Verschnaufpause gebeten, dann hätte sie wohl bis zum Abend ohne Pause weitergetanzt.

Inzwischen stand der Sekt auf dem Tisch, und Jakob prostete Lili zu.

„Auf Ihren Geburtstag", sagte er, „auf ein gesundes, glückliches neues Lebensjahr. Was haben Sie sich denn vorgenommen?"

„Vorgenommen?"

„Na ja, zum Geburtstag fasst man doch gute Vorsätze."

„Ich nicht", bemerkte Lili, „das habe ich mir schon lange abgewöhnt."

„Ich finde, Sie sollten einfach so weitermachen wie in den vergangenen Wochen", sagte Jakob und nippte an seinem Sektglas. „Und was das Tanzen angeht, so sollten Sie dieses Talent auf keinen Fall brachliegen lassen."

„Oh", sagte Lili, „ich fürchte, um eine internationale Tanzkarriere zu starten, ist es inzwischen ein wenig zu spät."

„Aber nicht, um beim Tanzen ganz einfach Spaß zu haben. Zugegeben, Tanzstunde und Ballettunterricht können wir vergessen. Aber haben Sie schon mal etwas von Squaredance gehört? Eine Bekannte von mir macht das. Dafür braucht man keine Tanzausbildung und auch keinen festen Partner, einfach nur Freude an der Bewegung. Ich könnte sie gern mit meiner Freundin bekannt machen, die suchen händeringend Verstärkung."

Lili seufzte.

„Jakob, es war eine ganz reizende Idee, mich heute zum Tanzen auszuführen, und ich bin Ihnen dafür wirklich dankbar. Aber können Sie nicht endlich aufhören, sich in das Leben anderer Leute einzumischen, vor allem in meins?"

„Ich finde, die Einmischung meinerseits ist Ihrem Leben ganz wunderbar bekommen. Sie sind richtig aufgeblüht, seit Sie die Lesegruppe übernommen haben und wieder unter Leute gehen."

Nun, ganz unrecht hatte Jakob nicht. Und vielleicht war auch seine Idee mit der Squaredance-Gruppe nicht schlecht. Sie könnte es ja einmal versuchen. Wenn es ihr keinen Spaß machte, würde niemand sie zwingen, weiterhin daran teilzunehmen.

„Also ich weiß nicht, wie's Ihnen geht, aber ich brauche jetzt dringend einen Kaffee und ein Stück Kuchen", meinte Jakob, „sonst bin ich Ihrem Temperament bei der nächsten Tanzrunde nicht mehr gewachsen. Und Sie müssen sich einen Erdbeerkuchen bestellen, sonst ist der Geburtstag nicht perfekt."

„Ach, Jakob, es ist der perfekteste Geburtstag seit Jahren, mit oder ohne Erdbeerkuchen. Was würde ich nur ohne Sie anfangen?"

„Ja, das frage ich mich auch manchmal", schmunzelte Jakob. „Aber zum Glück haben Sie mich ja, auch wenn Sie es nicht immer zu schätzen wissen und es mir oft nicht leicht machen, Ihrem Glück auf die Sprünge zu helfen."

„Ich werde mich bessern", versprach Lili. „Das wäre doch ein guter Vorsatz fürs neue Lebensjahr, finden Sie nicht?"

„Ein ganz ausgezeichneter. Darauf wollen wir anstoßen. Prost, Lili."

Ich bin glücklich, weil heute ein wunderschöner Tag war und weil Jakob sich so viel Mühe gegeben hat, mir einen schönen Geburtstag zu bereiten. Und all die anderen, die heute angerufen oder geschrieben oder mir sogar etwas geschenkt haben. Und ich habe nach langer Zeit endlich wieder getanzt. Das hat so viel Spaß gemacht. Vielleicht hat Jakob recht, und ich sollte es einmal mit Squaredance probieren. Es wäre doch ziemlich dumm, es nicht wenigstens zu versuchen.

So viel hatte Lili schon lange nicht mehr in ihr Glücks-Tagebuch geschrieben, aber heute war ja auch ein ganz besonderer Tag.

Es gibt nichts Schöneres, als geliebt zu werden,
geliebt um seiner selbst willen,
oder vielmehr trotz seiner selbst.
(Victor Hugo)

Markus

Markus saß Teresa gegenüber am Tisch und schaute sie aufmerksam an. Sie schien nervös zu sein. Dabei hatte er Teresa absichtlich in eine Pizzeria eingeladen, weil er nicht wusste, ob sie sich in einem vornehmen Restaurant wohlfühlen würde. Seine Einladung sollte ein kleines Dankeschön sein dafür, dass Teresa sich, während er krank im Bett lag, so selbstverständlich um ihn und seinen Anhang gekümmert hatte. Dadurch hatten sie viel Zeit miteinander verbracht. Und seit er wieder gesund war, machten sie, während Paulchen und Lena im Kindergarten waren, an zwei Tagen in der Woche einen Waldlauf. Markus fand, dass er sich zu wenig bewegte und dringend etwas tun sollte, um den Ansätzen eines Bauches beizeiten Paroli zu bieten. Teresa mit ihrer knabenhaften Figur hatte so etwas nicht nötig, aber sie leistete ihm gerne Gesellschaft. Nach dem Waldlauf gingen sie beim Bäcker vorbei und anschließend frühstückten sie ausgiebig zusammen, was ohne Zweifel dem Anlass für Markus' sportliche Betätigung widersprach, aber Markus liebte ihr gemeinsames Frühstück und pfiff auf die Kalorien.

Markus mochte Teresa, doch er wurde einfach nicht schlau aus ihr. Sie konnte so lustig sein und wunderbar mit ihm herumalbern, aber dann von einem Moment auf den anderen schlug ihre Stimmung um. Es war, als hätte man einen Schalter umgelegt und ein Rollladen sei heruntergerasselt, durch den Markus nicht mehr dringen konnte. Er kannte den Spruch, dass die Wahrscheinlichkeit, einen Ziegelstein auf den Kopf zu bekommen größer sei als die, eine Frau zu verstehen, aber das reichte ihm als Begründung nicht aus. Ob es etwas mit Lenas Vater zu tun hatte? Teresa hatte nie über ihn gesprochen. Lena hatte ihm erzählt, ihr Papa sei wie Paulinas Mama im Himmel.

Markus hatte seine Schwiegermutter gebeten, heute Abend bei Lena und Paulchen zu bleiben. Er hatte Lust auf ein Essen zu zweit, ganz in Ruhe und ohne verschütteten Apfelsaft auf dem Tisch.

Vor dem Essen waren sie im Kino gewesen. Teresa durfte den Film aussuchen und sie hatte sich für ‚Bella Martha' entschieden. Er lief im ‚Gloria', einem kleinen, gemütlichen Programmkino mit altmodischen, roten Plüschsesseln.

„Hat es dir gefallen?" fragte Teresa vorsichtig, als sie nach der Vorstellung zum Auto gingen. „Vielleicht war es eher ein Frauenfilm, aber ich fand ihn wunderschön. Und diese Musik wird mir vermutlich den ganzen Abend nicht mehr aus dem Kopf gehen. ‚It's wonderful, it's wonderful, it's wonderful'", sang Teresa, und Markus summte gut gelaunt mit.

"Ich fand den Film auch sehr schön", beruhigte er sie. „Weißt du, wir Männer sehen auch ganz gern mal was fürs Herz, wir geben es nur nicht zu. Deshalb sind wir froh, wenn wir hinterher sagen können, wir seien nur unserer Freundin zuliebe mitgegangen. Und ein Essen beim Italiener passt jetzt im Anschluss ganz wunderbar. Einen so netten Koch wie Mario werde ich dir leider nicht bieten können, aber ich denke, das ist auch gut so. Gegen seinen Charme hätte ich ja null Chance."

„Also meinetwegen müssen wir nicht essen gehen. Ich kann uns auch zu Hause was kochen, so wie Martha", wandte Teresa ein.

„Kommt gar nicht in Frage", wehrte Markus ab. „Ich hab' gesagt, ich lade dich zum Essen ein, und dabei bleibt's."

Jetzt saßen sie beim Italiener, und plötzlich schien Teresas gute Laune wie weggeblasen.

„Teresa, du hast es vielleicht noch nicht bemerkt, aber du sitzt hier mit einem der attraktivsten Männer der Stadt bei einem der besten Italiener", versuchte Markus Teresa durch einen Scherz aufzumuntern. „Ich weiß, wir können nicht mit Mario und dem ‚Lido' mithalten, aber wir geben uns wirklich alle Mühe. Also schau bitte nicht so ernst. Machst du dir Gedanken wegen Lena?"

Teresa nickte.

„Entschuldige, es war wirklich sehr nett im Kino, und es gefällt mir hier auch, aber ich bin's einfach nicht gewohnt, sie abends allein zu lassen."

„Sie ist ja gar nicht allein, sie hat den besten Babysitter, den man sich wünschen kann. Und wir haben das Handy dabei. Wenn etwas ist, wird meine Schwiegermutter gleich anrufen. Lena wird bald fünf. Du musst lernen, sie loszulassen."

Das war der falsche Satz. Markus wusste es, noch bevor Teresa den Mund aufmachte.

„Sag mir bitte nicht, wie ich Lena erziehen soll. Ich tu's umgekehrt auch nicht. Okay?"

„Okay, okay. Tut mir leid, soll nicht wieder vorkommen."

Für einen Augenblick kehrte Teresas gute Laune zurück. Sie lachte.

„Versprich nichts, was du nicht halten kannst."

Der Kellner brachte die Speisekarte und nahm die Getränkebestellung auf.

Sie vertieften sich ins Studium der Karten. Markus war gerade mal bei den Salaten angelangt, als Teresa ihre Karte schon wieder zuklappte.

„Du weißt es schon?"

„Ich nehme *Spaghetti carbonara*", sagte Teresa.

„Du kannst dir ruhig etwas Teureres bestellen, ich habe einen lukrativen Auftrag in Aussicht und, während ich krank war, dank deiner Hilfe die Kosten für eine Haushaltshilfe, eine Krankenschwester, einen Babysitter und einen Hundepfleger gespart. Hier gibt's sehr guten Fisch, und auch die Fleischgerichte sind lecker. Die *Scallopine al limone* zum Beispiel sind ganz ausgezeichnet. Oder wenn du lieber ein Nudelgericht willst, kann ich dir *Tagliatelle nach Art des Hauses* empfehlen."

„Nein danke, ich nehme *Spaghetti carbonara*, das mag ich gern."

„Wie du meinst."

Der Kellner kam, um die Bestellung aufzunehmen und bat die beiden, ihm statt des Gerichtes die davor stehende Nummer anzugeben. Teresa schlug noch einmal ihre Karte auf und sah dann hilfesuchend Markus an.

„Kannst du bitte mal gucken, was *Spaghetti carbonara* für eine Nummer hat. Ich find's gerade nicht."

„112", sagte Markus, „und für mich bitte die 123. Danke!"

Natürlich, fiel es Markus ein, sicher hatte Teresa wieder ihre Brille vergessen oder sie war zu eitel, sie aufzusetzen. Markus hatte sie jedenfalls noch nie damit gesehen. Deshalb hatte sie sich so schnell für ein Essen entschieden, von dem sie wusste, dass es mit ziemlicher Sicherheit auf jeder italienischen Speisekarte zu finden war. Und die

Frage nach der Nummer hatte sie dann aus dem Konzept gebracht. Warum hatte sie nichts gesagt? Markus hätte ihr doch geholfen. Vielleicht hatte sie deshalb anfangs so nervös und verschlossen gewirkt.

„Was ist denn das für ein komischer Heiliger", bemerkte Teresa, als der Kellner gegangen war. ‚Könnten Sie mir bitte die Nummer sagen', hast du so was schon gehört?"

„Vielleicht ist er Analphabet und kann nur Zahlen schreiben, wer weiß", lachte Markus und wusste, als er Teresa ansah, dass er wieder einen falschen Satz gesagt hatte. Was war denn nun schon wieder verkehrt gewesen?

„Ich finde das nicht lustig", sagte Teresa.

„Siehst du den dunkelhaarigen Mann am Nebentisch?", fragte Markus auf der Suche nach einem unverfänglichen Thema. Dieses Spiel funktionierte immer zwischen ihnen und machte ihnen eine Menge Spaß. Sie schauten sich Leute an und versuchten zu erraten, was sie von Beruf waren und wie ihr Leben aussah. „Gärtner. Ich wette, er ist Gärtner."

„Gärtner? Wie kommst du denn darauf?"

„Er hat so eine gesunde Gesichtsfarbe. Bestimmt arbeitet er im Freien."

„Niemals", widersprach Teresa, „schau dir mal seine Hände an. Der ist Schreibtischtäter. Ich finde, er sieht eher wie ein Lehrer aus. Er hat so steile Falten über der Nase. Die kommen sicher davon, dass seine Schüler ihn so viel ärgern. Und die gesunde Gesichtsfarbe hat er, weil er in allen Ferien verreist und seine Hefte im Garten korrigieren kann."

Markus musste sich geschlagen geben.

„Okay, eins zu null für dich. Und wer ist die Frau, die ihm gegenübersitzt?"

„Seine Frau“, sagte Teresa wie aus der Pistole geschossen.

„Warum nicht seine Freundin?“

„Nun, sie sind vertraut miteinander, das sieht man. Auch altersmäßig passen sie gut zusammen.“

„Und sie tragen denselben Ehering.“

„Richtig. Ihrem Alter nach könnten sie schon Silberhochzeit gefeiert haben, aber dazu ist der Mann zu aufmerksam. Er hat sie gefragt, wo sie sitzen möchte und hat ihr den Stuhl zurechtgerückt. Er schaut sie ganz verliebt an, und sie reden und lachen viel zusammen. Vorhin hat er nach ihrer Hand gegriffen. So verhält sich kein altes Ehepaar. Ich wette, sie ist seine zweite Frau.“

„Du scheinst ja keine hohe Meinung von langjährigen Ehen zu haben.“

„Ich bin Realistin“, lachte Teresa.

Ihre gute Laune war zurückgekehrt. Das Essen kam, und sie spielten ihr Spiel weiter, bis sie zu dem Tisch in der linken Ecke kamen, an dem ein einzelner Herr mittleren Alters mit schütterem Haar und einer Hornbrille saß.

„Der ist Verleger“, sagte Markus, ohne zu zögern.

„Verleger? Warum denn das?“

„Nun, weil er genauso aussieht wie ein Verleger, den ich auf der Buchmesse in Turin kennen gelernt habe. Wenn ich Glück habe, dann kommen wir ins Geschäft. Er möchte ein Märchenbuch herausbringen, und meine Art zu malen gefällt ihm. Ich habe einige Vorschläge ausgearbeitet, die werde ich ihm demnächst vorlegen. Drück mir die Daumen, dass es klappt. Das wäre ein Traum.“

Teresa war begeistert, allerdings, wie Markus schnell feststellte, weniger wegen des Buchprojekts als wegen der Tatsache, dass Markus nach Turin fahren würde. Sie geriet regelrecht ins Schwärmen, als sie ihm von der Stadt erzählte, dem alten barocken Stadtzentrum mit den kilometerlangen Arkaden und den Jugendstilhäusern außerhalb des Zentrums.

„Kennst du die Galeria San Frederico?"

Markus schüttelte den Kopf. Er hatte von Turin bisher wenig gesehen, da ihm immer die Zeit gefehlt hatte.

„Was ist das? Eine Gemäldegalerie?"

„O nein, es ist eine mit einer Glaskuppel überbaute Einkaufspassage mit Geschäften, Restaurants und Cafés, aber alles ganz altmodisch, geschmackvoll, stilvoll, mit viel dunklem Holz. Du fühlst dich wie Greta Garbo, wenn du da durchbummelst."

„Woher kennst du Turin?"

„Meine Familie lebt im Piemont. Sie haben dort ein Weingut, etwa eine Stunde von Turin entfernt. Manchmal hat Papa mich nach Turin mitgenommen, dann haben wir im Café San Carlo eine heiße Schokolade getrunken. Ich habe mich gefühlt wie eine Prinzessin und konnte mich kaum satt sehen an den prächtigen stuckverzierten Räumen. Es hätte mich wirklich kein bisschen gewundert, wenn Dornröschen höchstpersönlich zur Tür hereingekommen wäre. Und anschließend sind wir in die Confiserie Stratta gegangen und haben *Gianduiotti* gekauft."

„Gian... was?"

„*Gianduiotti*. Sag bloß, du warst in Turin und kennst *Gianduiotti* nicht? Das sind Nougatpralinen. Wusstest du nicht, dass Nougat im Piemont erfunden wurde?"

„Keine Ahnung, aber erzähle, dazu gibt es bestimmt eine hübsche Geschichte."

„Stimmt. Angeblich ist es passiert, als Napoleons Truppen das Piemont belagerten. Da wurden in Turin die

Kakaovorräte knapp. Nun, die Turiner Konditoren wussten sich zu helfen, sie mischten gemahlene Haselnüsse unter den Kakao, denn Haselnüsse wachsen in dieser Gegend genügend. Tja, und schon war das Nougat erfunden."

„Ich habe das Gefühl, dass ich für meine nächste Reise nach Turin unbedingt eine fähige Fremdenführerin brauche."

Ein Wort gab das andere, und bald war es beschlossene Sache, dass Teresa Markus auf seiner Reise nach Italien begleiten würde. Paulina und Lena sollten mit Teresa bei ihrer Familie bleiben, während Markus seine geschäftlichen Angelegenheiten in Turin erledigte. Markus' Einwand, sie könnten doch nicht alle bei Teresas Familie wohnen, wischte sie beiseite. Die Großeltern wären bestimmt glücklich, sie endlich wieder einmal zu Besuch zu haben, und Platz gäbe es in dem alten Weingut genug. Sicher würde auch Paulina ihre Freude haben, denn es gäbe für Kinder kaum etwas Schöneres als eine italienische Großfamilie.

Den restlichen Abend erzählte Teresa mit glänzenden Augen und geröteten Wangen von den Wintern ihrer Kindheit, die sie nicht im Wohnwagen, sondern auf dem Weingut der Großeltern verbracht hatte.

„Warum seid ihr nach dem Tod deines Vaters nicht wie die anderen Familienmitglieder nach Italien zurückgegangen?" wollte Markus wissen.

„Ich glaube, Mama ist in dieser lebhaften italienischen Familie mit ihrem deutschen Temperament und ihrem gebrochenen Italienisch immer ein wenig fremd geblieben. Alle waren nett zu ihr und haben versucht, es ihr leicht zu machen, aber sie konnte sich wohl nicht vorstellen, ihr Leben ohne Papa auf dem abgelegenen Weingut zu verbringen."

„Ich bin gespannt darauf, deine Familie kennen zu lernen", sagte Markus.

„Das kannst du auch", lachte Teresa. „Aber wappne dich mit guten Nerven. Der Geräuschpegel einer italienischen Familie stellt jeden Rummelplatz in den Schatten."

Markus überlegte, was er als Gastgeschenk mitbringen könnte.

„Du hast gesagt, es gibt viele Kinder in der Familie. Meinst du, ich soll ihnen eins meiner Kinderbücher mitbringen? Es wäre ein persönliches Geschenk. Oder findest du das albern?"

„Aber nein, überhaupt nicht. Das ist eine prima Idee, mach das. Die Kinder werden stolz sein, wenn sie etwas bekommen, was ihre Freunde nicht im Laden kaufen können."

„Es ist allerdings auf Deutsch geschrieben. Aber das ist ja kein Problem, du könntest es übersetzen, und wir könnten die italienische Übersetzung dazulegen."

Schlagartig nahm Teresas Gesicht wieder diesen abweisenden und ängstlichen Ausdruck an, den Markus inzwischen so gut kannte.

„Ich bin nicht Sarah", sagte sie harsch. „Ich kann keine Bücher übersetzen."

„Na, hör mal, wo ist das Problem? Du kannst doch Italienisch!"

„Vergiss es einfach. Vielleicht ist die Idee mit dem Buch doch nicht so gut. Meine Familie wird es vielleicht für Angeberei halten."

Dieser Satz kränkte Markus. Inzwischen sollte Teresa ihn gut genug kennen, um zu wissen, dass er das Buch nicht aus Angabe verschenken wollte. Teresa schien ihm anzusehen, dass sie ihn verletzt hatte.

„Tut mir leid, ich weiß, dass du nicht damit angeben willst, aber meine Leute könnten es vielleicht so verstehen, und das wäre doch dumm“, sagte sie versöhnlich und bemühte sich, für den Rest des Abends gute Laune zu verbreiten. Aber das konnte nicht darüber hinwegtäuschen, dass die Vorfreude auf ihre gemeinsame Reise getrübt war.

Wenn du nichts Schlechtes
über einen anderen zu sagen weißt,
sage lieber überhaupt nichts.
(Jane Austin)

Hilde

Es war immer dasselbe. Vor fünf Wochen hatte Hilde einem ihrer Schwiegersöhne ihre lange Astschere ausgeliehen, und bis heute war sie nicht wieder bei ihr aufgetaucht. Ein Ast ihres Magnolienbaums versperrte ihr die freie Sicht vom Küchenfenster auf die Straße, und diesen Zustand wollte Hilde schnellstmöglich beenden. Sie würde zu Lili hinübergehen und sie um ihre Astschere bitten.

„Du musst dich nicht bemühen“, sagte sie, als sie hörte, dass Lili gerade beim Kuchenbacken war, „ich kann sie mir ja selbst aus dem Gartenhaus holen.“

„Kannst du nicht.“

Hilde blieb die Luft weg. Das waren ja ganz neue Töne.

„Sie steht nicht mehr im Gartenhaus, sie ist im Keller“, erklärte Lili.

„Ist sie kaputt?“

„Nein, ist sie nicht, alle meine Gartengeräte sind jetzt im Keller.“

„Findest du das praktisch?“

„Das Gartenhaus haben Lena und Paulina sich als Spielhaus eingerichtet“, erklärte Lili. „Es ist richtig hübsch geworden. Du kannst es dir gern mal anschauen. Warte, ich komme mit. Weißt du, mein Garten ist doch recht langweilig für zwei kleine Mädchen.“

„Es ist ja auch der Garten einer pensionierten Lehrerin und nicht Fantasialand", bemerkte Hilde, die das Theater, das Lili mit ihren neuen Freunden veranstaltete, schon seit längerem skeptisch beobachtete. Jede Woche brachte sie die beiden Mädchen nach dem Vorlesenachmittag mit nach Hause, backte Kuchen und spielte mit ihnen, und immer öfter war auch Lenas Mutter da. Sie änderte Lilis Röcke und Hosen, die ihr nach Rudolfs Tod ein wenig zu weit geworden waren. Das fand Hilde ganz praktisch, und sie hatte Lili gefragt, ob sie die Nähkünste der jungen Frau auch einmal in Anspruch nehmen könne und was das denn koste. ‚Sie will nichts von mir annehmen, weil ich den Mädchen ja auch umsonst vorlese und sie bei mir spielen dürfen. Ist das nicht nett? Aber ich überlege, ob ich ihr nicht meine Nähmaschine schenken soll. Dann könnte sie bei sich zu Hause nähen und sich etwas dazu verdienen. Bei mir steht die Maschine doch nur rum.' Lili besaß eine fast neue elektrische Nähmaschine. Zwar fand Hilde eine solche Bezahlung für ein paar geänderte Kleidungsstücke reichlich übertrieben, doch sie würde sich hüten, etwas dazu zu sagen, auch wenn es ihr schwer fiel.

Inzwischen hatte Lili die Tür des Gartenhäuschens geöffnet. Dort, wo früher Spaten, Rechen und andere Gartengeräte ihren Platz hatten, stand jetzt Lilis kleiner Holztisch aus Kindertagen. Die dazu passende Bank hatte Lili einen Sommer lang als Blumenbank benutzt und im Winter draußen vergessen, was sie nicht überlebt hatte. Lili hatte sich schrecklich darüber gegrämt.

„Die Bank ist ja leider kaputt", sagte Lili wie auf Stichwort, „deshalb habe ich zwei Kindercampingstühle gekauft, und Teresa hat aus einem Stoffrest, den ich noch im Keller hatte, Vorhänge genäht."

Teresa - gleich vom ersten Besuch an waren die beiden per Lili und Teresa gewesen. ‚Sie könnte ja fast meine Enkelin sein', hatte Lili erklärt. Teresa sagte zwar ‚Sie' zu Lili, aber trotzdem gefiel Hilde in letzter Zeit so einiges nicht recht. Lili war zu vertauensselig, gewährte zwielichtigem Volk Unterschlupf. Fahrendes Volk, so hatte man das früher jedenfalls genannt. Teresa, das Zirkuskind aus Italien, mit achtzehn schwanger, vom Vater der kleinen Lena weit und breit keine Spur, aber dann gleich dem netten jungen Witwer schöne Augen machen, sobald er ins Haus einzieht. Hilde war nicht dumm, sie konnte zwei und zwei zusammenzählen, im Gegensatz zu Lili. Mit Jakob hatte es angefangen. Seit er bei Lili eingezogen war, hatte sich so manches geändert. Überhaupt Jakob... Über den könnte Hilde Lili so einiges erzählen, aber die wollte es ja gar nicht hören. Seit ihrem Streit auf dem Gemeindefest hatte Hilde beschlossen, dieses Thema nicht mehr anzusprechen. Doch wenn sie wollte, dann könnte sie so allerhand über Jakob berichten. Dass sie ihn des öfteren in der Stadt gesehen hatte, und zwar selten allein, neulich erst im Kaufhof-Restaurant an einem Tisch mit einer älteren Frau, und das, obwohl noch jede Menge Tische frei waren. Sie hätte sich gern an den Nebentisch gesetzt und zugehört, was die beiden sprachen, aber das ging ja nicht, weil Jakob sie kannte. Anfangs hatte Hilde ihn im Verdacht gehabt, sich an alleinstehende betuchte Frauen heranzumachen, aber die Frauen, mit denen sie ihn sah, sahen alles andere als reich aus, und sie hatte ihn auch schon im Gespräch mit Männern und Kindern beobachtet. Hilde kam einfach nicht dahinter, was er im Schilde führte. Wo sie ihn allerdings noch nie gesehen hatte, das war bei seinem Haus, das angeblich umgebaut wurde. Nun, er rückte ja auch partout nicht mit der Sprache heraus, wo dieses Haus sich befand. Und Lili steckte den Kopf in den Sand wie ein Vogel Strauß, weil sie Jakob nett fand und nicht wahr haben wollte, dass etwas mit ihm nicht stimmte. Ein Glück, dass sie aufpasste, damit Lili kein Leid geschah.

Und nun hatte Jakob ihr auch noch den Floh mit dieser Tanzgruppe in den Kopf gesetzt. Quertanz oder wie sich das nannte. Lili hatte ihr ganz begeistert von ihrer ersten Stunde berichtet. Sie wollte Hilde sogar überreden, dabei mitzumachen, aber Hilde hielt nichts von diesem neumodischen Zeug, auch wenn Lili behauptete, der Quertanz hätte sich aus alten Volkstänzen entwickelt, die die europäischen Einwanderer nach Amerika mitgebracht hatten. Wenn überhaupt, dann tanzte sie langsamen Walzer oder Foxtrott, und nicht so ein amerikanisches Gehupfe zur Fidel.

Zugegeben, Lili war seit Jakobs Einzug richtig aufgeblüht, dagegen war nichts zu sagen. Nach Rudolfs Tod hatte sie ja kaum noch das Haus verlassen. Hilde hatte sich wirklich Sorgen um sie gemacht. Aber sollte Lili jetzt mit Jakob oder Teresa eine Enttäuschung erleben, dann würde alles noch schlimmer werden. Von diesem Schlag würde sie sich nicht mehr erholen.

„Na, was sagst du, ist es nicht hübsch geworden?“ fragte Lili. „Und du solltest mal sehen, wie nett die beiden Mädchen hier spielen. ‚Ich habe zwar viele herrliche Blumen‘, hat der selbstsüchtige Riese gesagt, ‚aber die Kinder sind die schönsten von allen!‘“

„Lili, geht’s dir gut? Von was für einem Riesen faselst du? Und seit wann sind Kinder Blumen?“

Manchmal machte Hilde sich wirklich Sorgen um Lili.

„Ach, es ist nur ein Zitat aus einem Märchen“, beruhigte sie Lili, „Paulina hat mich drauf gebracht. Wer weiß, vielleicht hätte ich ihrem Wunsch ohne dieses Märchen gar nicht nachgegeben. Und das wäre jammerschade gewesen. Es wäre doch eine Schande, wenn die beiden bei schönem Wetter in ihrer Wohnung spielen müssten, während bei mir nur dumme Gartengeräte im Häuschen herumstehen. Die reinste Verschwendung."

„Na ja, ich finde, es hatte durchaus Vorteile, nicht jedes Mal in den Keller laufen zu müssen, wenn man den Spaten oder die Rosenschere braucht. Aber du musst es ja wissen. Treppensteigen soll ja angeblich gesund sein."

„Du sagst es", erwiderte Lili.

„Überhaupt, wenn ich mir vorstelle, dass man dein Haus bei schlechtem Wetter nur mit Filzpantoffeln betreten darf, und jetzt rennen zwei kleine Mädchen drin rum und hauen dir Macken in deine schönen alten Möbel..." Hilde schüttelte ihren Kopf.

„Lena und Paulina sind zwei wohlerzogene kleine Mädchen."

„Und wenn schon", sagte Hilde, „auch wohlerzogene Mädchen machen mal was kaputt."

„Da hast du recht", gab Lili zu, „aber weißt du, vielleicht werde ich mit zunehmendem Alter ja ein wenig schlauer. Ich denke mir, dass ich keins meiner schönen, sorgfältig gepflegten Möbelstücke mit in den Himmel nehmen kann. Ich hab' nicht mal Nachkommen, die sich dran freuen können, dass ich auf sie aufgepasst hab. Irgendwann wird alles die streitsüchtige Nichte von Rudolf erben, die ich noch nie leiden konnte. Es wäre mir geradezu eine Genugtuung, wenn ich wüsste, dass sie sich über den Kratzer in meinem Büffet ärgern wird. Warum also soll ich mir nicht die Freude an den Besuchen der beiden Mädchen gönnen. Menschen sind schließlich wichtiger als Sachen, oder nicht?"

Hilde konnte sich nur wundern.

„Hast du das öfters?“ fragte sie besorgt.

„Was?“

„Na, dass du über deinen Tod nachdenkst. Ich finde das ein wenig früh, du bist gerade mal 66.“

„Vielleicht hätte ich es schon früher tun sollen“, bemerkte Lili, „dann hätte ich manche Dinge in meinem Leben schlauer angestellt. Aber keine Sorge, eigentlich denke ich nicht über meinen Tod nach, sondern über mein Leben.“

„Apropos Tod“, sagte Hilde, „hast du schon gehört, was Frau Klein heute passiert ist?“

Frau Klein war eine Nachbarin. Eine Nachbarin, die vor Jahren nach einem Streit den Kontakt zu ihrer einzigen Schwester abgebrochen hatte. Auslöser des Streits war ein kostbares, altes Service gewesen, auf das beide Schwestern nach dem Tod ihrer Mutter Anspruch erhoben hatten. Die Versöhnungsversuche der Ehemänner waren erfolglos geblieben. Heute Morgen nun hatte Frau Klein eine Todesanzeige in ihrem Briefkasten gefunden.

„Da, schau sie dir an“, sagte Hilde und zog triumphierend die Trauerkarte aus ihrer Jackentasche. Sie hatte sich die Karte von Frau Klein ausgeliehen, um sie Lili zu zeigen. Hilde genoss es, wenn sie in punkto Klatschgeschichten einen Wissensvorsprung hatte. Lili las:

Plötzlich und unerwartet hat uns meine geliebte Frau, unsere herzensgute Mutter, Schwiegermutter und Oma für immer verlassen. Es folgten der Name der Verstorbenen, Geburts- und Todesdatum und die Unterschriften der Angehörigen.

„Das ist ja schrecklich. Die arme Frau Klein“, seufzte Lili.

„Oh, du hättest sie erleben sollen. Sie saß untröstlich bei mir auf dem Sofa, hat sich förmlich die Augen ausgeweint. Und sie hat sich schrecklich aufgeregt, dass die Familie sie nicht persönlich über den Tod ihrer Schwester informiert hat und sie nicht mit ihrem Namen auf der Trauerkarte erscheint."

„Das kann ich verstehen."

„Na hör mal, da ist sie doch selbst Schuld! Aber das Beste kommt ja noch. Ich hab' ihr dann geraten, bei ihrem Schwager anzurufen. Das hat sie auch gemacht. Und weißt du, wer am Telefon war?" Hilde machte eine theatralische Kunstpause. Diese Geschichte galt es bis zur Pointe auszukosten.

„Keine Ahnung."

„Ihre Schwester."

„Welche Schwester? Ich dachte, Frau Klein hat nur eine."

„Eben. Herta. Und diese Herta nahm den Hörer ab."

Hilde genoss Lilis ungläubigen Gesichtsausdruck.

„Ich denke, Herta ist gestorben."

„Das dachten wir alle. Aber Herta ist quicklebendig. Keine Ahnung, wer sich da einen dummen Scherz erlaubt hat und Frau Klein diese Karte in den Briefkasten gesteckt hat. Nun, ein Gutes hat die Sache. Frau Klein war so erschüttert von der Vorstellung, ihre Schwester sei gestorben, dass sich die beiden versöhnt haben. Am Sonntag kommt Schwester Herta zu Besuch, mit Mann, Sohn und Service. Das soll jetzt jede Schwester abwechselnd ein Jahr bekommen. Na, sag selbst, ist das nicht eine großartige Geschichte?"

Lili war noch immer fassungslos.

„Ich finde, das ist ein ziemlich makabrer Scherz und ein aufwändiger noch dazu. Die Karte sieht nicht aus wie selbst am Computer gedruckt. Ich meine, wer macht denn so was?"

„Da fällt mir eigentlich nur einer ein“, sagte Hilde und schielte unmissverständlich zu Jakobs Dachfenster hoch.

„Du meinst Jakob? Niemals!“ wies Lili diese Anschuldigung empört zurück, aber Hilde kannte sie lang genug, um zu sehen, dass ihre Überzeugung nur gespielt war.

„Na, wie auch immer“, meinte Hilde, „wenn du mir jetzt die Schere aus dem Keller holen würdest, könnte ich dich wieder zu deinem Kuchen entlassen und Frau Klein ihre Trauerkarte zurückgeben.“

„O Gott, mein Kuchen“, rief Lili, „den hab’ ich ja total vergessen. Hoffentlich ist er inzwischen nicht verbrannt.“

Und wenn schon, dachte Hilde, eine so gute Geschichte musste einem einen verbrannten Kuchen wert sein.

Ein Blick in die Vergangenheit hat nur Sinn,
wenn er der Zukunft dient.
(Konrad Adenauer)

Jakob

Lilis Sauerbraten war wirklich ein Gedicht. Was für ein Glück, dachte Jakob, dass ich ausgerechnet bei einer Vermieterin gelandet bin, die so gut kochen kann.

„Ich glaube, in meinem ganzen Leben habe ich nicht so einen guten Sauerbraten gegessen", schwärmte Jakob. „Wie machen Sie das nur?"

„Ach, es ist eigentlich ganz einfach. Das erste Geheimnis ist ein gutes Stück Fleisch, das zweite die Beize, in die das Fleisch eingelegt wird, und das dritte die Soße. Man darf nicht mit Sauerrahm sparen, aber man darf auch nicht zu viel nehmen, sonst wird die Soße zu mild."

„Ich sehe schon, es ist ganz einfach", lachte Jakob und holte sich noch eine Scheibe Braten und Soße auf seinen Teller. „Was sagt denn Ihr Horoskop heute?"

„Es hat mir geraten, endlich mit meiner Vergangenheit aufzuräumen."

„Nanu, das hört sich ja vielversprechend an. Haben Sie etwa ein paar Leichen im Keller, von denen ich nichts weiß?"

„Ich nicht, aber vielleicht meine Mutter. Dieses Foto vom Gardasee, Arm in Arm mit diesem Jean-Luc, das will mir einfach nicht aus dem Kopf gehen. Ehrlich gesagt habe ich schon viel länger das Gefühl, dass es da etwas in ihrer Vergangenheit gab, das Sie vor mir geheim hielt. Einerseits bin ich neugierig, es zu erfahren, andererseits habe ich auch Angst davor. Das hat mich bisher davon abgehalten, der Sache auf den Grund zu gehen."

„Sie haben Angst davor, der Heiligenschein Ihrer Mutter könnte ein paar Kratzer abbekommen, stimmt's?"

Lili lachte.

„Vielleicht."

„Ich finde, Sie sollten es wagen. Mamas Heiligenschein drückt nämlich viel zu sehr und schon viel zu lange auf Ihren hübschen Kopf, wenn Sie mich fragen. Es tut manchmal ganz gut, die Altvorderen von ihrem Sockel zu holen."

„Das Problem ist nur, dass ich dazu in Ihre Wohnung muss. Ich vermute nämlich, dass meine Vergangenheit ein Stück weit in Mamas Schreibtisch liegt, und der steht in ihrem Schlafzimmer."

„Das ist kein Problem. Es ist immer noch Ihre Wohnung und Ihr Schreibtisch. Sie können jederzeit nach oben gehen."

„Das ist nett, danke. Da habe ich nun so lange Zeit gehabt, und dann brennt es mir unter den Nägeln, kaum dass Sie eingezogen sind. Verstehen Sie etwas von Schlössern?"

Was für eine Frage!

„Nun, ich bin kein Panzerknacker, falls Sie das meinen."

Lili erklärte, dass es am Schreibtisch ihrer Mutter eine verschlossene Schublade gebe, zu der sie den Schlüssel nicht finden könne. Jakob versprach, sein Glück zu versuchen. Er hatte zwar keine Übung in diesen Dingen, aber falls es kein allzu kompliziertes Schloss war, könnte er mit einer Haarnadel oder einer aufgebogenen Büroklammer vielleicht etwas ausrichten.

„Was ich Sie noch fragen wollte... Hilde war heute Morgen da und sie hat mir eine unglaubliche Geschichte erzählt."

Jakob hatte gewusst, dass Lili irgendwann auf die Sache zu sprechen käme. Sollte er seine Mitwirkung abstreiten? Eigentlich gab es keinen Grund dafür. Er hatte es schließlich nur gut gemeint.

„Sie wollen wissen, ob ich Frau Klein die Trauerkarte in den Briefkasten gesteckt habe?" Lili sah Jakob überrascht an. Diese Offenheit hatte sie offensichtlich nicht von ihm erwartet. „Ja, hab' ich, aber Sie müssen es Frau Klein nicht unbedingt erzählen."

„O Jakob, warum? Diese Sache war absolut geschmacklos, das müssen Sie zugeben."

„Eine elegantere Lösung ist mir leider nicht eingefallen", gestand Jakob. „Und der Zweck heiligt die Mittel, sagt man."

„Das ist ein sehr gefährliches Sprichwort, mit dem ich mich noch nie anfreunden konnte. Damit kann man schließlich so ziemlich alles rechtfertigen", schimpfte Lili.

„Hätten Sie es besser gefunden zu warten, bis Herta wirklich gestorben ist? Dann wäre nichts mehr zu reparieren gewesen. Man muss sich das einmal vorstellen: Eine jahrelange Fehde wegen ein paar alter Tassen und Teller! Fünfzig Jahre lang hat keine der Frauen das Service vermisst. Aber dann glauben plötzlich beide, ihr Glück hinge davon ab, und übersehen dabei vollkommen, dass ihnen beim Kampf ums Porzellan etwas viel Wertvolleres verloren geht: der Familienfrieden und eine kostbare zwischenmenschliche Beziehung. Ich habe Frau Klein die Chance gegeben, die Sache in Ordnung zu bringen, bevor es zu spät ist und sie ihr Verhalten ihr ganzes restliches Leben lang bereuen muss. Argumenten war sie ja nicht zugänglich."

„Sie haben mit ihr gesprochen?"

„Auf dem Gemeindefest“, gestand Jakob.

„Das war ja eine sehr ergiebige Veranstaltung für Sie.“

„Ergiebig? Wie meinen Sie das?“

„Na ja, Sie lieben es doch offensichtlich, am Leben anderer Leute herumzureparieren“, erklärte Lili. „Herrn Wieland haben Sie zu einem neuen Hund verholfen, Frau Klein mit ihrer Schwester versöhnt. Wer kommt als nächstes dran? Haben Sie schon jemanden ins Auge gefasst?“

„Sie sollten nicht so sarkastisch sein“, tadelte Jakob. „Das passt nicht zu Ihnen. Ich kann jedenfalls nichts Verwerfliches an dem Bemühen entdecken, andere Menschen ein bisschen glücklicher zu machen. Oder haben sie das Gefühl, dass ich jemandem mit meinem Verhalten geschadet habe?“

„Nein, natürlich nicht. Und was Hilde angeht, ich finde, sie muss nicht unbedingt erfahren, dass Sie etwas mit der Sache zu tun haben. Das bleibt unser Geheimnis.“

„Einverstanden“, sagte Jakob, obwohl er nicht daran zweifelte, dass Hilde ahnte, wer hinter der Geschichte steckte. Er wusste, dass Hilde ihm nachspionierte und er vor ihr auf der Hut sein musste.

Die Schreibtischschublade gab schon beim dritten Versuch ihren Widerstand auf. Fast schien es so, als hätte sie auf die Gelegenheit, ihre Geheimnisse preiszugeben, nur gewartet.

„So, ich habe meine Aufgabe erfüllt“, stellte Jakob zufrieden fest. „Jetzt sind Sie dran.“

Jakob wollte Lili allein im Zimmer lassen, aber sie hielt ihn zurück.

„Würde es Ihnen etwas ausmachen, hier zu bleiben? Ich komme mir vor, als würde ich einen Dschin aus der

Flasche lassen. Wer weiß, ob es gut ist, die alten Geister zu rufen."

„Es ist immer richtig, nach seinen Wurzeln zu forschen. Ohne gesunde Wurzeln kann auch ein Baum nicht frei in den Himmel wachsen", sagte Jakob und setzte sich aufs Bett.

Als Erstes förderte Lili einen Brief zutage, der nach seiner altmodischen Schrift und dem vergilbten Papier zu schließen schon recht alt sein musste. Sie faltete ihn neugierig auseinander.

„Er ist am 16. Mai 1940 geschrieben, also wenige Tage nach meiner Geburt. *Lieber Helmut,* las Lili vor, *du wirst es nicht glauben, aber du bist am 7. Mai um 11 Uhr 30 Papa geworden. Unsere kleine Lili hat es sehr eilig gehabt und wollte wohl nicht mehr bis zum Juli warten. Aber keine Sorge, es ist alles gut gegangen, und unsere Tochter ist Gott sei Dank gesund und kräftig. Es scheint ihr nicht geschadet zu haben, dass sie so naseweis ist. Ich hoffe, dass ich dir im nächsten Brief ein Photo beilegen kann. Hoffentlich bekommst du bald Heimaturlaub. Mutter und Vater lassen dich grüßen. Sie sind natürlich sehr stolz auf ihr Enkelkind. Ich hoffe nur, sie werden die kleine Lili nicht allzu sehr verwöhnen. Alles Liebe Mama Hélène.* Ist das nicht nett?"

Lili schien ganz gerührt zu sein.

„Na sehen Sie", beruhigte Jakob, „bisher sind die Geister, die Sie riefen, doch sehr freundlicher Natur."

„Sehen Sie mal hier", Lili streckte Jakob ein Foto entgegen. „Das bin ich. *Lili im Juni 1940* steht hinten drauf. Ich glaube, Mama musste dankbar sein, dass ich zu früh geboren wurde. Ich war schon damals ein rechtes Schwergewicht."

„Ein richtiger Wonneproppen", stellte Jakob fest, „und damals schon so hübsch wie heute."

„Nicht halb so hübsch wie Mama", sagte Lili, „sehen Sie mal."

Es war ein Foto von Helene, wie sie in einem langen Abendkleid vor einem Flügel stand.

„Mama hatte eine schöne Stimme. Sie wollte eigentlich Sängerin werden, aber dann kam ich dazwischen, und aus war's mit der geplanten Karriere. Ich glaube, das hat sie mir nie verziehen."

„Und Sie laufen deshalb bis zum heutigen Tag mit einem Schuldgefühl herum. Haben Sie einmal darüber nachgedacht, dass Kinder nicht auf eigenen Wunsch zur Welt kommen? Oder dass der eigentliche Schuldige an der verhinderten Karriere Ihrer Mutter der Krieg sein könnte? Oder dass Ihre Mutter vielleicht keine Karriere gemacht hat, weil ihr letztendlich doch das nötige Talent gefehlt hat oder der entsprechende Wille? Vielleicht waren Sie ja eine ganz willkommene Entschuldigung dafür, dass aus Helene nicht die große Sängerin geworden ist. Es gibt viele Möglichkeiten. Wenn Ihre Mutter es unbedingt gewollt hätte, dann hätte sie ihren Wunsch umsetzen können, mit oder ohne Kind."

Jakob sah an Lilis Gesichtsausdruck, dass sie die Sache so noch nie betrachtet hatte. Es war Zeit, dass sie endlich aus dem Schatten ihrer übermächtigen Mutter trat. Und soweit es in Jakobs Macht stand, würde er ihr dabei helfen.

Lili hatte inzwischen eine Fotoschachtel geöffnet und sich damit zu Jakob aufs Bett gesetzt.

„Hier, sehen Sie mal, das ist Mama als junges Mädchen. Das könnte in dem Jahr aufgenommen sein, als sie in Frankreich war. Richtig, hier steht's. *1939 mit Jean-Luc und Véronique.* Ist Jean-Luc eigentlich ein häufiger Name in Frankreich?"

„O je, da fragen Sie mich etwas. Ich habe, ehrlich gesagt, keine Ahnung. Aber ich könnte mir vorstellen, dass er nicht so häufig ist wie zum Beispiel Jean oder Pierre. Warum?"

„Ich denke gerade an das Foto vom Gardasee. Das hat auch ein Jean-Luc unterschrieben. Ob es derselbe ist? Aber nein, das kann nicht sein. Ich glaube mich zu erinnern, dass Mama einmal erzählt hat, Jean-Luc sei im Krieg gefallen."

„Ich fühle mich hier ausgesprochen wohl mit Ihnen und Ihren Geistern", sagte Jakob, „und möchte Sie nur ungern unterbrechen, aber ist heute nicht Vorlesestunde? Ich glaube, Ihre Kinder wären sehr enttäuscht, wenn Sie nicht kämen."

„Ach du meine Güte, das habe ich ja ganz vergessen", rief Lili und war so schnell aufgestanden und die Treppe hinuntergelaufen, wie Jakob es ihr gar nicht zugetraut hätte.

Freundschaft und Liebe
bedürfen des Vertrauens.
(Maureen Hawkins)

Lili

Die Nachmittage mit Teresa und den Kindern waren allen zu einer lieben Gewohnheit geworden. Abends stießen oft Markus und Jakob dazu, und dann saßen sie in lustiger Runde um Lilis Esstisch versammelt.

Lili hatte sich immer eine große Familie gewünscht. Aber das Schicksal hatte es anders für sie vorgesehen. Zuerst hatte in ihrem Leben der richtige Mann gefehlt, und als er endlich gefunden war, war es für Kinder zu spät gewesen. Lili hatte nichts für und nichts gegen eine Schwangerschaft unternommen, aber es hätte wohl an ein Wunder gegrenzt, wenn sie mit über vierzig so einfach schwanger geworden wäre. Durch ihren Beruf hatte sie immer mit Kindern zu tun gehabt und am Nachmittag die Ruhe zu Hause genossen, aber je älter sie wurde, desto mehr vermisste sie ein Familienleben, wie Hilde es hatte. Töchter, mit denen sie durch die Stadt bummeln und die sie beim Kleiderkauf um Rat fragen konnte, Schwiegersöhne, die den Rasen mähten, die Dachrinne reinigten und sie in Geldangelegenheiten berieten, und Enkelkinder, die sie nach Herzenslust verwöhnen konnte und die wenigstens hin und wieder das Haus mit Leben füllten.

Anfangs war Teresa sehr schüchtern und zurückhaltend gewesen, aber bei jedem Besuch wurde sie offener. Jetzt saß sie an der Nähmaschine und änderte einen von Lilis Röcken, während Lili ihr Gesellschaft leistete und die Kinder im Garten spielten.

„Woher kannst du so gut nähen?“ meinte Lili bewundernd.

„Meine Mutter hat es mit beigebracht. Ich hab’ ihr schon als Kind über die Schulter geschaut und für meine Puppen Kleider genäht, und später, als es den Zirkus nicht mehr gab, hab’ ich ihr in der Änderungsschneiderei geholfen.“

„Und das nötige Talent hast du wahrscheinlich auch geerbt“, vermutete Lili. „Hast du dir das mit der Nähmaschine inzwischen überlegt? Ich glaube, sie wäre froh, wenn sie wieder öfter in Aktion treten dürfte, und bei mir steht sie nur rum. Ich hab’s nicht so mit dem Nähen.“

„Also, wenn Sie sie wirklich nicht brauchen, dann nehm’ ich sie gern mit, aber nicht geschenkt, nur geliehen. Ich würde sie Ihnen abkaufen, aber im Moment habe ich das Geld leider nicht. Lena braucht schon wieder neue Sandalen, die vom letzten Jahr passen nicht mehr. Wenn ich die Maschine habe, kann ich Lena vielleicht das eine oder andere nähen.“

„Und für andere Leute Änderungen machen wie für mich“, schlug Lili vor. „Eine Kundin hab’ ich dir schon. Hilde hat mich schon gefragt, ob du für sie nähen würdest.“

„Klar“, strahlte Teresa, „gern.“ Dann huschte ein Schatten über ihr Gesicht. „Ob ich das anmelden muss? Ich meine, brauche ich da einen Gewerbeschein oder so was?“

„Also, ehrlich gesagt, kenne ich mich da nicht so gut aus. Man müsste sich erkundigen. Vielleicht weiß Markus das oder Jakob. Aber am Anfang, wenn die Sache erst anläuft, würde ich das unter Nachbarschaftshilfe verbuchen.“

Geld war bei Teresa immer knapp. Sie hatte Lili erzählt, dass sie einmal in der Woche im Altenheim in der Nähstube half und bei einer alten Dame in ihrer Nachbarschaft putzte, um ihre Finanzen ein wenig aufzubessern. Bis vor einem halben Jahr hatte sie stundenweise in einem kleinen Gemüseladen gearbeitet. Das hatte ihr Spaß gemacht, aber leider hatte das Geschäft inzwischen geschlossen. Teresa brachte bei der Jobsuche zwei große Handicaps mit: Sie war alleinerziehende Mutter ohne Oma, die im schlimmsten Fall einspringen konnte, und sie hatte keinen Schulabschluss. Lili hielt Teresa für eine intelligente junge Frau und sie hätte ihr deshalb gern geholfen, den versäumten Schulabschluss nachzuholen, aber Teresa hatte ihr deutlich zu verstehen gegeben, dass dieses Thema für sie tabu war, und Lili wollte das eben erst zart gewachsene Zutrauen Teresas nicht aufs Spiel setzen.

„Lena hat mir erzählt, dass ihr Papa im Himmel ist wie Paulinas Mama. Das tut mir sehr leid. Können dich denn Lenas Großeltern nicht finanziell unterstützen?"

„Sie meinen die Eltern von Alexander, ihrem Vater? Die wissen gar nicht, dass es Lena gibt."

„Was? Aber, ich meine, nachdem ihr Sohn tot ist, wären sie doch sicher sehr glücklich, wenn sie von Lena wüssten. Ach, entschuldige, Teresa, du musst mich für ein neugieriges Weib halten. Du brauchst mir das nicht zu erzählen, wirklich nicht."

„Ist schon in Ordnung. Sie müssen mir nur versprechen, dass Sie Lena nichts davon sagen. Lenas Papa ist gar nicht gestorben. Ich hielt es für einfacher, ihr diese Geschichte zu erzählen, aber langsam bin ich mir nicht mehr so sicher, ob es eine kluge Entscheidung war. Je älter Lena wird, desto häufiger fragt sie nach ihrem Vater.

Sie wundert sich, dass es nur ein Foto von ihm gibt. Von Paulinas Mama gibt es viele. Ich muss aufpassen, dass ich mich nicht immer weiter in Lügen verstricke und eines Tages nicht mehr weiß, wie ich da wieder herauskomme. Aber für die Wahrheit, finde ich, ist Lena einfach noch zu klein. Auf ihrer Geburtsurkunde steht *Vater unbekannt*. Ich muss ihr von Alexander erzählen, bevor sie das erfährt. Sie soll nicht denken, ihre Mutter sei ein Flittchen, das nicht weiß, wer ihr Vater ist. Dabei war Alexander der erste und einzige Mann in meinem Leben.

In dem Sommer, als ich Lenas Vater kennen lernte, hatte unser Zirkus sein Zelt wie jedes Jahr vor einem großen Möbelhaus aufgeschlagen. Wir spielten dort die ganzen Ferien hindurch, jeden Tag zwei Vorstellungen. Nach der Vorstellung verkauften wir Süßigkeiten und Getränke, um die Kasse ein wenig aufzubessern. Da habe ich Alexander das erste Mal gesehen. Er war mit seiner kleinen Schwester da. Später hat er mir erzählt, wie peinlich ihm das war.“ Teresa lächelte bei der Erinnerung. „Ich kann mir vorstellen, wie blöd Alexander sich vorkam. In unsere Vorstellung kamen eigentlich nur Kinder mit ihren Eltern oder Großeltern. Aber Alexanders Eltern hatten keine Zeit, und seine Schwester hatte so lang genervt, bis er nachgab und sie begleitete. Na ja, von da an kam Alexander jeden Tag, freiwillig und ohne seine kleine Schwester, nur um mich zu sehen. Nach fünf Tagen hatte er dann endlich den Mut, mich anzusprechen. Ich war siebzehn, er war ein netter Kerl, und bald war ich in ihn verliebt bis über beide Ohren. Wie es mit uns weitergehen sollte, wenn die Ferien vorbei waren und wir weiterzogen, daran habe ich nicht gedacht, vielleicht nicht denken wollen. Na ja, eines Abends hat Alexander mich dann in sein Haus mitgenommen. Nun, Haus ist wohl leicht untertrieben, es war eher eine Villa, ich hatte so etwas jedenfalls noch nicht von innen gesehen, außer im Fernsehen vielleicht. Es war nicht leicht, mich von Zuhause wegzustehlen. Es gab jede Menge männlicher Aufpasser in meiner Familie, und es wäre Alexander nicht gut bekommen, wenn sie von unserem Rendezvous erfahren hätten. Alexanders Eltern waren übers Wochenende verreist, seine Schwester wohnte solange bei einer Freundin, und wir hatten das Haus für uns. Nun ja, den Rest können Sie sich denken. Später, als seine Eltern wieder zurück waren, wollte Alexander mich ihnen unbedingt vorstellen. Meine Güte, waren wir naiv! Was hatten wir erwartet? Alexanders Vater ist Chirurg und seine Mutter Studienrätin. Ein Zirkusmädchen war sicher nicht das, was sie sich als Freundin für ihren Sohn vorgestellt hatten. Oh, sie waren nicht unhöflich zu mir, ganz und gar nicht, Alexanders Mutter war sogar ausgesprochen freundlich, aber es war diese unechte Freundlichkeit, die nicht von Herzen kommt und eine Eiseskälte im Raum verbreitet. Ich weiß nicht, was seine Eltern Alexander erzählt haben, als sie mit ihm allein waren. Besonders freundlich wird es nicht gewesen sein. Er hat nie darüber gesprochen, und ich habe ihn nicht danach gefragt. Mir war jedenfalls klar, dass meine Freundschaft mit Alexander nicht länger dauern würde als unser Aufenthalt in dieser Stadt, auch wenn ich mir vor Kummer nachts die Augen ausgeweint habe. Die Einzige, der ich davon erzählt habe, war meine Cousine Chiara, sie ist meine beste Freundin. Als ich meine Schwangerschaft bemerkte, da hatte ich mich schon von Alexander getrennt. Und wenige Wochen später ist dann Papa gestorben."

„Willst du damit sagen, dass Alexander gar nichts von Lena weiß?"

„Ja, und das ist auch besser so. Sicher hat er inzwischen eine Freundin gefunden, die besser zu ihm und seinen Eltern passt."

„Aber er müsste für Lena zahlen. Wenn seine Eltern gut verdienen, dann dürfte das doch kein Problem sein. Lena wäre sogar erbberechtigt."

Teresa sah Lili entsetzt an.

„Ich möchte kein Geld von diesen Leuten, keinen Pfennig. Lieber nähe ich mir die Finger wund. Irgendwie krieg' ich Lena schon groß. Mein einziges Problem ist, wie ich ihr das alles eines Tages..." Teresa brach mitten im Satz ab, als sie Kinderstimmen aus dem Flur hörte.

Dann flog auch schon die Tür auf, und Lena und Paulina stürmten herein.

„Tante Lili, hast du so Lichter?"

„So Lichter? Was denn für Lichter?" wollte Lili wissen.

„Na, an so langen Schnüren", erklärte Paulina, „zum Aufhängen."

„Ach, du meinst Lichterketten."

„Genau. Hast du das?"

„Ich hab' nur welche für den Christbaum, aber die sind irgendwo im Keller vergraben. Wofür braucht ihr die denn?"

„Für unser Haus", sagte Lena. „Wir wollen's ganz schön machen. Bunte Lichter wären besser, aber weiße gehen auch. Soll ich dir beim Graben helfen?"

Nein, das wollte Lili lieber nicht.

„Kinder, jetzt ist aber Schluss", mischte sich Teresa ein, „ihr könnt Tante Lili doch nicht den ganzen Haushalt auf den Kopf stellen!"

„Passt auf, ihr zwei", sagte Lili, „ich werde nach Lichterketten schauen, wenn ich das nächste Mal in der Stadt bin. So lange müsst ihr euch gedulden, aber der Sommer fängt ja erst an.“

Lili entwickelte inzwischen ein gewisses Verständnis für Großeltern, die jede Woche andere Herrlichkeiten für ihre Enkel nach Hause schleppten. Bisher hatte sie über so viel Unvernunft mitleidig lächelnd die Nase gerümpft. Letzte Woche aber hatte sie sich dabei ertappt, wie sie verzückt vor einem Puppenhaus gestanden und ernsthaft überlegt hatte, ob sie es für die beiden Mädchen kaufen sollte. Wer letztendlich den Sieg davongetragen hatte, ihre Sparsamkeit oder ihre Vernunft, konnte sie nicht sagen, jedenfalls war sie ohne das Puppenhaus nach Hause gekommen.

„Schade“, seufzte Lena und hätte es damit fast geschafft, Lili doch noch zu bewegen, im Keller nach den Lichterketten zu suchen.

„Habt ihr Tante Lili eigentlich schon erzählt, dass wir bald nach Italien fahren?“ lenkte Teresa geschickt ab.

„Ihr fahrt nach Italien? Zu deiner Familie? Das ist ja wunderbar!“ freute sich Lili.

„Wir fahren alle zusammen“, erzählte Paulina, „ich und Papa und Lena und Teresa.“

„Teresa, Papa, Lena und ich“, verbesserte Lili in altgewohnter Lehrerinnenmanier.

„Du auch?“ staunte Paulina.

„Nein“, lachte Lili, „ich doch nicht. Ich wollte dir nur sagen, dass man sich selbst immer zuletzt nennt und nicht zuerst.“

„Ist doch egal. Aber du kannst gern mitkommen, wir haben noch Platz im Auto. Igor muss nämlich bei Oma bleiben. Das find’ ich doof.“

„Die Nonni haben drei Katzen“, erklärte Lena, „eine dicke schwarze, eine kleine schwarze mit weißen Pfoten und eine gestreifte. Ich mag die kleine schwarze am liebsten. Markus hat gesagt, dass Igor Katzen nicht leiden kann. Er jagt sie immer, und das gibt Streit. Und es ist peinlich, wenn man sich streitet, wenn man irgendwo zu Besuch ist, hat Markus gesagt, vor allem wenn man das erste Mal da ist. Deshalb muss Igor hier bleiben. Find' ich ja auch schade, aber wenn er nun mal immer streitet."

„Lenas Familie hat ein großes Haus, da können wir alle schlafen."

„Ach, ich beneide euch, das wird bestimmt ganz toll. Kannst du denn Italienisch, Lena?"

„Klar, ein Viertel von mir ist doch Italienerin", erklärte Lena stolz.

„Welches denn?" fragte Paulina und zeigte mit der Hand, auf welch verschiedene Arten man Lena in vier Teile teilen konnte.

„Das Mundwerk natürlich", lachte Teresa.

„Paulina kann auch schon ein bisschen Italienisch", erklärte Lena stolz, „ich hab's ihr beigebracht. Paulina, sag mal: Du bist ein Blödmann, hau ab!"

„Sei uno stupido, vai via!"

Lili und Teresa lachten.

„Das war perfekt, Paulina", lobte Teresa. „Aber da bringt Lena dir ja schöne Sachen bei, ich muss schon sagen."

„Das ist wichtig", verteidigte sich Lena. „Paolo und Gianni ärgern einen dauernd. Da muss man das können."

„Paolo und Gianni sind die Söhne meiner Cousine Chiara", erklärte Teresa. „Sie sind sieben und elf, und Lena hat recht, sie sind ganz schön frech. Aber diesmal seid ihr ja zu zweit, und Sophia ist ja auch noch da."

„Wer ist Sophia?" wollte Paulina wissen.

„Das ist die Tochter von meinem Cousin Andrea."

„Du meinst wohl Cousine", sagte Paulina.

„Nein, in Italien ist Andrea ein Männername", erklärte Teresa und dann erzählte sie Lili, wie die Reisepläne zustande gekommen waren.

„Da konnte ich doch nicht Nein sagen", lachte Teresa, und ihre Augen leuchteten.

An diesem Abend schrieb Lili in ihr Glücks-Tagebuch:

Ich bin glücklich, dass Teresa mein Geschenk angenommen hat. Und ich freue mich, dass sie mir offensichtlich vertraut, sonst hätte sie mir sicher nicht von Lenas Vater erzählt.

Jedes Kind bringt die Botschaft,
dass Gott die Lust am Menschen
noch nicht verloren hat.
(Robindranath Tagore)

Jakob

Jakob wusste, diese Mission würde nicht leicht werden, aber er vertraute auf die Tatsache, dass Lili eine Frau war. Vorsichtig drückte er das Bündel an sich, während er an Lilis Tür klingelte.

„Jakob, was für eine Überraschung! Kommen Sie herein. Was haben Sie denn da?“ Lili schielte neugierig auf die Decke, die Jakob im Arm hielt.

„Ein Baby.“

Nach einer kurzen Schrecksekunde wich Lilis erstaunter Gesichtsausdruck einem Lachen.

„Jetzt hätten Sie's doch fast geschafft, mich auf den Arm zu nehmen.“

„Aber ich nehme Sie nicht auf den Arm. Da, sehen Sie.“

Jakob schlug vorsichtig die Decke auseinander und gab den Blick auf das Gesichtchen des friedlich schlummernden kleinen Samuel frei.

„O mein Gott, tatsächlich! Das ist ja noch ganz neu“, entfuhr es Lili. Jakob musste schmunzeln. „Ich meine, ich kenne mich mit Babys nicht besonders gut aus, aber so wie es aussieht ...“

„Sie haben ganz recht. Es ist noch nicht einmal einen Tag alt.“

„Und da tragen Sie es durch die Gegend? Bei allem Verständnis für Ihren Großvaterstolz ...“

„Oh, Samuel ist nicht mein Enkelkind“, stellte Jakob schnell richtig.

Als hätte es verstanden, dass von ihm die Rede war, öffnete das Baby seine Augen und fing gleich darauf an, herzzerreißend zu weinen.

„O je, was fehlt ihm denn?“

„Er wird wohl Hunger haben“, vermutete Jakob.

„Warten Sie, ich werde ihm ein wenig Milch wärmen“, sagte Lili und war schon auf dem Weg in die Küche. „Ach, verflixt, ich habe ja kein Fläschchen“, fiel ihr dann plötzlich ein.

„Kein Problem, er trinkt noch an der Quelle“, beruhigte Jakob.

„An der Quelle?“

„Na ja, an der Mutterbrust“, erklärte Jakob, den es ein wenig verlegen machte, sich mit Lili über so delikate Dinge wie weibliche Brüste zu unterhalten.

„Und wo befindet sich diese Mutterbrust, wenn ich fragen darf?“

„Oben, auf meinem Bett, ich meine, die Mutter befindet sich oben auf meinem Bett.“

Einen Moment war Lili sprachlos, dann schaute sie Jakob vorwurfsvoll an und sagte, indem sie jedes Wort betonte:

„Die Mutter dieses Kindes, das ihr Urenkel sein könnte, befindet sich oben auf ihrem Bett? Sagen Sie, schämen Sie sich nicht? Wollen Sie damit andeuten, dass dies hier Ihr Kind ist?“

Das fehlte Jakob gerade noch.

„O nein, Lili, was denken Sie denn von mir! Ich habe mit diesem Kind hier wirklich nicht das Geringste zu tun. Ich habe es gefunden, es ist sozusagen ein Findelkind.“

„Ein Findelkind mit einem Namen und einer Mutter, die oben auf Ihrem Bett liegt“, stellte Lili ungläubig fest.

„Sitzt, Lili, sitzt.“ Es war Jakob wichtig, diesen Unterschied zu betonen.

„Also, die Geschichte können Sie jemand anderem erzählen. Die Findelkinder, die ich kenne, sind allesamt mutter- und namenlos gefunden worden“, stellte Lili streng fest.

„Ach, wie viele kennen Sie denn?“

„Nun werden Sie nicht ironisch, Jakob. Sie wissen sehr gut, wie ich das meine. Man liest es ja immer wieder in der Zeitung. Ich schlage vor, Sie legen diesen, diesen ...wie heißt er doch gleich?“

„Samuel“, kam Jakob Lili zu Hilfe.

„Samuel, was für eine Name. Also, Sie legen den kleinen Samuel an die Mutterbrust, damit dieses Geschrei endlich aufhört, und dann kommen Sie wieder herunter und erklären mir in Ruhe, was es mit diesem angeblichen Findelkind auf sich hat.“

„Du hast es vermasselt, Sammy, auf der ganzen Linie vermasselt mit deinem Geschrei“, stellte Jakob fest, als er mit dem schreienden Bündel im Arm die Treppe nach oben in seine Wohnung ging.

Jakob hatte Lilis weichen Gesichtsausdruck gesehen, als sie in das schlafende Gesichtchen geblickt hatte. Die Natur hat es schon raffiniert eingerichtet, dass die Gesichter kleiner, hilfsbedürftiger Wesen unser Herz anrühren, so dass wir nicht umhin können, sie liebenswert und schutzbedürftig zu finden, dachte Jakob. Und auch ihr Schreien wird wohl seinen Zweck erfüllen, aber mit Sicherheit nicht den, Lili milde zu stimmen.

Als er die Zimmertür öffnete, sah Daniela, die junge Mutter, die selbst noch aussah wie ein Kind, ihn mit verweinten Augen erwartungsvoll an.

„Was hat sie gesagt?“, fragte sie.

„Nicht sehr viel“, sagte Jakob. „Sammy hat sie nicht zu Wort kommen lassen. Du hörst es ja.“ Das erste Mal stahl sich ein vorsichtiges Lächeln auf Danielas Gesicht. “Es ist wirklich erstaunlich, wie viel Dezibel so ein kleiner Mensch erzeugen kann. Ich schlage vor, du erfüllst ihm seinen Willen und gibst ihm was zu essen, während ich noch mal zu Lili runtergehe. Du hast bestimmt auch Hunger, was?“

Daniela nickte.

„Sobald ich die Sachlage geklärt habe, hole ich dich. Lili wird dir sicher etwas zu essen machen. Also, dann bis gleich.“

Dieser Einsatz hatte Jakob ganz unvorbereitet getroffen, und das machte die Sache ein wenig schwierig. Wäre es eine vorbereitete Aktion gewesen, dann hätte Jakob sich Lilis Sternengläubigkeit zunutze gemacht und ihr Tageshoroskop in seinem Sinn präpariert.

Er ging nach unten, um Lili, die inzwischen Tee gekocht und den Tisch gedeckt hatte, von seinem heutigen Erlebnis zu berichten.

„Ich war in der Kirche, und als ich wieder herauskam, da lag dieses Bündel auf den Kirchenstufen. Ich wäre fast darüber gestolpert.“

„Also wirklich“, sagte Lili und nippte an ihrem heißen Tee, „so etwas passiert in Romanen, aber doch nicht im wirklichen Leben. Da legen Mütter ihre Kinder in Babyklappen, nicht auf Kirchenstufen.“

„Wenn es in der betreffenden Stadt eine Babyklappe gibt“, meinte Jakob. „Und im Übrigen, vielleicht liest Daniela ja die gleichen Romane wie Sie.“

„Und sie ist neben dem Baby sitzen geblieben, damit Sie nicht nur das Baby, sondern auch gleich seine Mutter mit nach Hause nehmen können? Wie praktisch! Ach Jakob, was ist nur los mit Ihnen? Ich kenne Leute, die sammeln Mokkatassen oder Bierdeckel oder Briefmarken, aber Sie sind der einzige Mensch, den ich kenne, der menschliche Schicksale sammelt wie ein streunender Hund Flöhe.“

„Das ist aber ein sehr unschöner Vergleich, Lili“, bemerkte Jakob tadelnd. „Hier, lesen Sie das mal. Diesen Brief habe ich bei dem Baby gefunden.“

Vielleicht würden ja die Worte der jungen Mutter Lilis Herz erweichen.

Bitte kümmern Sie sich um meinen kleinen Sohn und suchen Sie liebevolle Eltern für ihn. Ich habe ihn sehr lieb, aber ich kann leider nicht für ihn sorgen. Er wird es anderswo besser haben. Ich habe den Namen Samuel (Sammy) für ihn ausgesucht, und ich würde mich freuen, wenn seine neuen Eltern ihn so nennen würden. Dann gibt es wenigstens etwas, was ihn eines Tages an mich erinnern wird.

Danke!

Als Jakob sich von der Kirchentreppe aus umgesehen hatte, hatte er Daniela entdeckt. Sie stand hinter einem Baum verborgen und beobachtete Jakob. Sobald sie bemerkte, dass er sie gesehen hatte, wollte sie weglaufen. Unter normalen Bedingungen hätte Jakob gegen die junge Frau keine Chance gehabt, aber die Geburt lag erst wenige Stunden zurück.

„ Warum wollte sie ihr Baby denn weggeben?“

„Sie ist gerade mal siebzehn und im Moment völlig allein. Sie wusste einfach keinen Ausweg. Daniela hatte einen Ausbildungsplatz in einem Hotel und lernte an der Hotelfachschule. Alles war wunderbar, bis sie schwanger wurde. Als sie das Gefühl hatte, die Schwangerschaft nicht länger verheimlichen zu können, beschloss sie, für einige Zeit wegzugehen. Sie hat sich geschämt und wollte ihren Eltern die Schande im Dorf ersparen. Also erzählte sie ihnen, sie hätte für einige Monate einen Platz in einem Hotel in England angeboten bekommen. Andere Eltern wären der Sache vielleicht auf den Grund gegangen, hätten sich genau erkundigt, aber Danielas Eltern sind einfache Leute, die stolz auf ihre tüchtige Tochter sind und nicht viel gefragt haben. Also hat Daniela ihren Koffer gepackt, ist hierher gefahren und hat sich in der erstbesten Pension ein Zimmer genommen. Anfangs hat sie sich mit Gelegenheitsjobs über Wasser gehalten, später, als das nicht mehr ging, von ihren bescheidenen Ersparnissen gelebt. Und ab und zu hat sie daheim angerufen und ihren Eltern etwas von ihrer Stelle in England vorgeflunkert."

„Mein Gott, das ist ja schrecklich. Das arme Mädchen", seufzte Lili. „Was ist denn mit dem Kindsvater?"

„Keine Ahnung. Ich habe noch nicht gewagt, danach zu fragen. Sie hat nah am Wasser gebaut. Aber dass sie das Kind heute Nacht ganz allein zur Welt gebracht hat, spricht nicht unbedingt dafür, dass er ihr eine große Stütze ist. Ich denke, wir sollten Daniela zuerst einmal zu einem Arzt bringen. Könnten Sie nicht Ihren Frauenarzt anrufen?"

„Meinen Frauenarzt? O je, da bin ich seit Jahren nicht mehr gewesen."

„Das ist aber sehr leichtsinnig!"

„Ach, wissen Sie“, meinte Lili, „ich dachte mir, was nicht mehr in Betrieb ist, das muss auch nicht unbedingt zur Inspektion. Vermutlich wäre es ohnehin besser, Daniela ins Krankenhaus zu bringen. Das Baby sollte schließlich auch untersucht werden und der Nabel versorgt. Ist es nicht so?“

Vermutlich hatte Lili recht. Jakob kannte sich in diesen Dingen nicht besonders gut aus.

„Meinen Sie, es wäre gefährlich, damit bis morgen zu warten? Das Mädchen scheint mir ziemlich fertig zu sein, und ich würde sie am liebsten erst mal ein paar Stunden schlafen lassen.“

Lili gab ihm recht.

„Zuerst mach’ ich ihr einen Teller Suppe warm. Zum Glück ist noch Kartoffelsuppe von heute Mittag übrig. Dann werde ich Teresa anrufen. Sie war kaum älter als Daniela, als sie Lena bekommen hat, vielleicht tut es Daniela gut, sich mit ihr zu unterhalten. Außerdem könnte Teresa auf dem Weg hierher ein paar Windeln und ein Hemdchen und Strampelhöschen besorgen. Und ich werde inzwischen das Bett in Mamas Zimmer herrichten und einen Waschkorb für das Baby auspolstern.“

Lili schien ganz in ihrem Element zu sein und fing geschäftig an, auf dem Herd herumzuwirtschaften. Jakob hätte wissen müssen, dass auf Lili Verlass war. Ohne lange nachzudenken, umarmte er sie von hinten und drückte ihr einen Kuss auf die Wange.

„Ach Lili, Sie sind einfach großartig, vielen Dank!“

Lili errötete und klapperte noch eine Spur heftiger mit ihrem Kochtopf.

„Ach, das würde doch jeder machen. Man kann das arme Ding schließlich nicht im Stich lassen. Was muss sie nur mitgemacht haben in den letzten Monaten, so ganz allein! Und was für ein Glück, dass Sie zur rechten Zeit am rechten Ort waren! Sonst hätte der kleine Samuel jetzt keine Mutter mehr, und das arme Mädchen würde sich ein Leben lang Vorwürfe machen! Nun gehen Sie schon und holen Sie die beiden herunter, damit Daniela endlich etwas Warmes in den Bauch bekommt. Das wird ihre Lebensgeister wecken. Und ich werde inzwischen Teresa anrufen."

Die warme Suppe zauberte ein wenig Farbe auf Danielas blasse Wangen. Oder war es die Wärme in Lilis Küche, die nicht nur der Herd verströmte, sondern auch Lilis Fürsorge? Oder kam es von der unverhohlenen Bewunderung, mit der Lili den kleinen Samuel bestaunte?

„Ich glaube, ich habe noch nie ein so kleines, gerade eben geborenes Kind gesehen. Aber schaut euch das an! Es ist perfekt, einfach perfekt!" schwärmte Lili. „Die kleinen Händchen mit den winzigen Fingerchen und alles ganz vollkommen. Ich glaube, ich würde vor Stolz platzen, wenn ich etwas so Wunderbares zustande gebracht hätte. Deine Eltern werden außer sich sein vor Freude!"

Nun, da war Jakob sich nicht so sicher, und auch Daniela schien ihre Zweifel zu haben.

„Und wenn nicht", fügte Lili hinzu, „dann bist du hier jederzeit willkommen. Die obere Wohnung wird in absehbarer Zeit wieder frei."

Hört, hört, dachte Jakob, so schnell wird man also vom gern gesehen Untermieter zu einem Gast auf Zeit, der die Wohnung blockiert, die Lili einem neuen Untermieter in Aussicht stellt, einem, der nicht mehr kann als schreien, seine Windeln füllen und niedlich aussehen.

„Und solange Jakob noch hier wohnt, könnt ihr zwei in Mamas Zimmer schlafen. Für einige Tage wird das schon gehen."

Jetzt sprach Lili schon von einigen Tagen. Das wurde ja immer schöner!

„Ich zweifle nicht daran, dass Danielas Eltern dem kleinen Sammy genauso wenig widerstehen können wie Sie, Lili."

Als Daniela und Sammy schon lange selig in Helenes ehemaligem Zimmer schlummerten und Teresa wieder nach Hause gegangen war, saßen Lili und Jakob noch immer gemeinsam auf der Couch und beratschlagten, wie sie am besten vorgehen sollten. Morgen früh würden sie Daniela zunächst ins Krankenhaus bringen. Lili und Teresa hatten versprochen, sie dorthin zu begleiten. Anschließend würden sie ihr Gepäck in der Pension holen, das Zimmer bezahlen und dann zu ihren Eltern fahren. Warum Lili unbedingt selbst fahren wollte, verstand Jakob nicht ganz, aber wenn sie es partout vorhatte. Das erschien ihm im Moment eher nebensächlich, wichtiger war, ob Lili und Jakob zuerst allein zu Danielas Eltern gehen sollten, um zu erklären, was geschehen war, oder ob Daniela mit dem Baby gleich mitkommen sollte in der Hoffnung, dass der kleine Sammy seine Großeltern genauso im Sturm erobern würde wie Lili. Schließlich entschieden sie sich dafür, dass Daniela zunächst mit Sammy im Auto warten sollte, bis Jakob und Lili die Eltern auf das freudige Ereignis vorbereitet hatten, um den Rest dann der Eltern- und Großelternliebe zu überlassen.

Drei können ein Geheimnis bewahren,
wenn zwei von ihnen tot sind.
(Benjamin Franklin)

Hilde

Da stiegen sie also alle drei in Lilis Auto und fuhren davon. Nein, genaugenommen waren es vier, denn um festzustellen, dass das, was die junge Frau auf dem Arm trug, ein Baby war, dazu gehörte weiß Gott nicht viel Fantasie. Außerdem hatte Teresa gestern Abend ein Paket Pampers unter dem Arm getragen, als sie zu Lili hineingegangen war, das hatte Hilde genau gesehen.

Es kränkte sie ein wenig, dass Lili sie nicht ins Vertrauen gezogen hatte. Den ganzen Abend hatte Hilde auf ihren Anruf gewartet. Sie verstand schließlich etwas von Kindern als dreifache Mutter und fünffache Großmutter und hätte Lili sicher mit dem einen oder anderen, und wenn es nur ein Rat war, aushelfen können, denn es war offensichtlich, dass Mutter und Kind bei Lili übernachtet und dass sie keinerlei Gepäck dabei hatten. Aber seit Jakob bei Lili eingezogen war und sie sich ständig diese Teresa ins Haus holte, war Hildes Rat nicht mehr gefragt, das hatte sie schon gemerkt.

Als sie später noch einmal an ihren Briefkasten beim Gartentor gegangen war - die Post war zwar schon vormittags gekommen, aber wer weiß, vielleicht war ja ein Werbeprospekt eingesteckt worden -, hatte sie Lili, Jakob und die junge Frau in der hell erleuchteten Küche am Tisch sitzen sehen. Die junge Frau hatte gegessen, während Lili ganz verzückt mit dem Baby herumgeschäkert hatte.

Wenn sie nur dahinter käme, was es mit diesem Jakob auf sich hatte! Jetzt traf er sich nicht nur in der Stadt mit allerlei Gesindel, sondern schleppte es Lili auch noch nach Hause! Hilde war gespannt, wen er als nächstes mitbringen würde. Wenn sie nicht aufpasste, würde Lili aus ihrem schönen Haus noch ein Obdachlosenasyl machen. Wenn das Rudolf und Helene wüssten, die würden sich im Grab umdrehen!

Hilde war froh, dass sie eine Familie hatte. Sie hatte es nicht nötig, sich fremde Leute ins Haus zu holen, an denen sie ihre ungestillten Mutter- und Großmuttergefühle abarbeiten konnte. Lili war einfach zu viel allein gewesen nach Rudolfs Tod. Hilde hatte sich um sie gekümmert, so gut sie konnte, aber vielleicht war es ja zu wenig gewesen, wer weiß. Nun, auch wenn Lili im Moment die Gesellschaft anderer Leute mehr schätzte als die von Hilde, sie würde trotzdem ihre Freundin bleiben. Es käme auch wieder Hildes Stunde, denn eines schönen Tages würden Lili die Augen aufgehen, und dann würde sie über Hildes Hilfe und Freundschaft sehr froh sein.

Es war schon später Nachmittag, als Lili und Jakob offensichtlich gut gelaunt nach Hause zurückkamen. Die junge Frau und das Baby waren nicht mehr bei ihnen. Hilde bemühte sich, die Gardine nicht zu berühren, falls Lili zu ihrem Küchenfenster herüberschauen würde, aber die würdigte ihr Haus keines Blickes, sie war viel zu sehr in das Gespräch mit Jakob vertieft. Sie sagte etwas zu ihm, Jakob lachte, legte den Arm um ihre Schulter und zog sie kurz an sich. Hilde hatte es genau gesehen. Nun, sie würde schon noch herausfinden, was es mit diesem jungen Mädchen auf sich hatte.

In einer friedlichen Familie kommt das Glück von selbst.
(Chinesische Weisheit)

Teresa

Sie hatten beschlossen, früh loszufahren, aber es war offensichtlich nicht früh genug, um nicht Frau Bächtle im Treppenhaus zu begegnen. Sie war gerade dabei, ihren Müll hinunterzutragen.

„Au scho unterwegs?“ fragte sie und warf einen neugierigen Blick auf Teresas Koffer, den Markus gerade nach unten trug. „Fahred Se in Urlaub?“

„Wir fahren nach Italien“, erzählte Lena begeistert, „alle zusammen, die Nonni besuchen.“

„So, so, alle mitnander nach Italien, die Nonni bsuche“, wiederholte Frau Bächtle. „Ha, na kann's ja net so schlecht bstellt sei um d' Sozialhilfe, wie mr immer hört, also i könnt mr so a Reis von meiner Rente jedenfalls net leiste. Aber klar, wenn mr an spendable Freier hat.“

In Teresa kroch die Wut hoch, und sie suchte nach einer passenden Antwort, aber Markus kam ihr zuvor.

„Wir könnten Frau Bächtle doch mitnehmen, was meinst du, Teresa?“ Lena schaute ihn entsetzt an. „Auf dem Weingut deiner Familie kann man Giftspritzen sicher gut gebrauchen.“

Frau Bächtle lief rot an.

„Also, des isch ja a bodelose Frechheit. Des nehmet Se sofort zrück, sonsch zeig i Sie a, wege Beleidigung“, ereiferte sie sich.

„Beleidigung? Aber ich bitte Sie, Frau Bächtle, da müssen Sie etwas missverstanden haben. Wir haben uns doch nur über die Anbaumethoden auf dem Weingut der

Nonni unterhalten. Also, dann schönen Tag noch. Auf Wiedersehen, Frau Bächtle."

Kaum hatte sich die Haustür hinter ihnen geschlossen, da fiel Teresa Markus lachend um den Hals und drückte ihm einen Kuss auf die Wange.

„Ach, Markus, das war großartig, ich danke dir! Du hast meinen Tag gerettet."

„War der etwa in Gefahr? Der Tag, auf den wir uns schon lange freuen? Eigentlich sollte die alte Giftspritze dir leid tun. Wer fährt denn nach Italien zu den Nonni? Und wer muss zu Hause bleiben und sich ein neues Opfer für seine Giftattacken suchen? Da sind wir doch eindeutig im Vorteil. Kein Wunder, dass sie neidisch ist und schlechte Laune hat."

Teresa beschloss, Markus recht zu geben. Sogar das Wetter war auf ihrer Seite. Je weiter sie in den Süden kamen, desto blauer wurde der Himmel.

„Es ist viel praktischer, mit zwei Kindern zu verreisen", stellte Markus fest. „Normalerweise sind wir noch nicht auf der Autobahn, da fragt Paulchen schon das erste Mal ‚Wann sind wir denn endlich da?'"

Heute saßen Lena und Paulina friedlich im Fond und spielten ‚Ich seh' etwas, was du nicht siehst'.

Im Autoradio lief die CD von Paolo Conti, die Markus ihr geschenkt hatte, weil sie nach ihrem Kinobesuch von seinem Hit *It's wonderful* so begeistert gewesen war. Teresa fand das sehr nett von Markus, vor allem weil sie wusste, dass sie sich an diesem Abend ziemlich dumm benommen hatte. Sie wollte nicht wissen, was Markus von ihr gedacht hatte. Alles hatte so nett angefangen, und dann hatte sie die gute Stimmung kaputt gemacht. Sie kam einfach nicht dagegen an, wenn diese Angst, entdeckt zu werden, in ihr hochkroch. Dann sagte sie Dinge, die sie eigentlich gar nicht sagen wollte. Ein Glück, dass Markus nicht nachtragend war.

„Hallo, Signorina, wo bist du mit deinen Gedanken?“ fragte Markus schmunzelnd. „Wie wär’s, wenn du mir von deiner Familie erzählst, damit ich sie ein bisschen kennen lerne?“

Teresa erzählte. Von Nonna Maria, dem einstmals hübschen Töchterchen des Apothekers, der alle Burschen im Ort schöne Augen machten, und von Nonno Guiseppe, der sie schließlich zum Traualtar führte. Obwohl Maria das schönste Mädchen im Dorf und eine gute Partie war, waren Guiseppes Eltern wenig begeistert von seiner Wahl. Sie hätten es lieber gesehen, wenn Guiseppe eine Winzertochter geheiratet hätte, eine, die etwas vom Weinbau verstand und vielleicht einen Weinberg mit in die Ehe brachte.

„Du kennst doch den Spruch ‚Schönheit vergeht, Hektar besteht’“, sagte Teresa, „so haben meine Urgroßeltern das wohl auch gesehen.“

Aber Nonna Maria bewies, dass sie nicht nur schön, sondern auch tüchtig war. Und dann kamen die Kinder, zuerst ein Junge, nach seinem Vater und Großvater Guiseppe getauft, dann Martha, so schön wie ihre Mutter, schließlich Frederico und zuletzt Teresas Vater Giovanni, der Liebling seiner Mutter. Er war ein Kind mit viel Fantasie, Neugier und Freiheitsdrang, dem es mit den Jahren zu eng wurde auf dem elterlichen Weingut, weit ab von Freiheit und Abenteuer. Als Nonna Marias Vater, der Apotheker, starb, und jedem seiner Enkelkinder eine nicht unerhebliche Summe vererbte, da sah Giovanni seine Stunde gekommen. Er war inzwischen volljährig und konnte mit dem Geld machen, was er wollte. So kaufte er sich ein Zirkuszelt und einen Wohnwagen, überredete

Frederico, sich ihm anzuschließen und zog los, um die Welt zu erobern. Es brach fast Nonna Marias Herz.

„Weißt du, die Nonna ist eine richtige italienische Mamma, die Familie geht ihr über alles. Und da führt sie auch das Regiment. In geschäftlichen Dingen hat der Nonno das Sagen, aber in Familienangelegenheiten würde er ihr nie reinreden. Die Nonna ist glücklich, wenn alle um ihren Tisch versammelt sind und viel zu viel von ihrem Risotto mit Steinpilzen essen, das niemand so gut kochen kann wie sie.

Jedes Jahr, wenn wir pünktlich zur Weinernte zurückkamen und bis zum Frühjahr blieben, dann war sie die glücklichste Frau der Welt. Sie sagt immer, das Erbe ihres Vaters, das Papa das Fortgehen ermöglicht hat, sei Urgroßvaters späte Rache gewesen für ihre Heirat mit Guiseppe. Marias Vater hätte sie nämlich lieber mit dem Gastwirtssohn verheiratet, der zwar ein wenig schielte und einen Kopf kleiner war als Maria, was er aber in Urgroßvaters Augen durch ein beträchtliches Vermögen wieder wett machte. Als mein Papa starb, da wollte die Nonna wenigstens ihre Enkelkinder wieder zurückhaben als kleine Entschädigung des Schicksals, aber Mama wollte in Deutschland bleiben."

Wenigstens Frederico und seine Kinder waren zurückgekommen, denn Frederico war zwar ein wunderbarer Feuerschlucker und zusammen mir seinem Sohn Carlo ein hinreißender Clown, aber die geschäftlichen Dinge hatte immer Giovanni geregelt, und Frederico konnte den Zirkus zusammen mit den Frauen nicht halten. Also kehrte er mit seiner Frau und seinen Kindern nach Italien zurück und stellte das Weingut auf den Kopf.

„Er stellte das Weingut auf den Kopf?" fragte Markus. „Was soll das heißen?"

„Nun, er traf sich mit einigen alten Freunden, die ihre Weingüter inzwischen den Zeichen der Zeit angepasst hatten. Der Wein der Langhe war bis dato wenig gefragt gewesen. Die neue Winzergeneration hatte die Anbaumethoden umgestellt. Frag mich nicht wie, ich verstehe nicht viel vom Weinbau. Soviel ich weiß, haben sie den Ertrag reduziert, den Wein veredelt und ihn statt in den großen, alten Eichenfässern im Barrique ausgebaut. Und plötzlich war der Barolo ein gefragter Spitzenwein, weit über die Region hinaus, machte den Weinen der Toscana Konkurrenz, und manchmal überstieg die Nachfrage sogar das Angebot. Eigentlich hätte das alles dem Nonno einleuchten müssen, er ist schließlich nicht dumm, aber er ist stolz und kann ein rechter Sturkopf sein. Er hat sein Handwerk vom Vater und Großvater gelernt und dieses Wissen an seine Söhne weitergegeben, und nun sollte er sich von seinem Sohn eines Besseren belehren lassen? Ausgerechnet von dem Sohn, der das Weingut vor Jahren im Stich gelassen hatte? Schließlich gelang es Frederico, meinen Onkel zu überzeugen, und eines Morgens fand der Nonno all seine alten Eichenfässer zerschlagen und zersägt in den Kellern. Nun gab es zu den neuen Fässern keine Alternative mehr. Natürlich folgte ein fürchterlicher Streit, der Nonno drohte, alle beide davonzujagen, aber schließlich gelang es der Nonna, die Streithähne zu versöhnen. Eine italienische Mamma ist bereit, ihren Söhnen alles zu verzeihen. Vielleicht rührt daher die große Verehrung der italienischen Männer für ihre Mutter. Sie wissen, dass keine Frau je wieder so nachsichtig mit ihnen sein wird. Das weiß auch der Nonno, und es war ihm klar, dass er von der Nonna keine Unterstützung erwarten durfte. Also erschien es ihm klüger, die Sache zu vergessen. Und heute ist er fest davon überzeugt, die neuen Methoden, die hätte er, fortschrittlich wie er ist, höchstpersönlich auf seinem Weingut eingeführt. Und ich habe nicht gehört, dass irgendjemand ihm da jemals widersprochen hätte."

„Kann denn die ganze Familie davon leben?" wollte Markus wissen.

„Inzwischen ganz gut. Bei der Weinlese helfen nach wie vor natürlich alle mit, aber ansonsten überlässt Frederico das Weingut inzwischen mehr oder weniger wieder Vater und Bruder. Er selbst betreibt mit seiner Frau eine kleine Agentur, die Reisen ins Piemont anbietet, vor allem von Deutschland aus. Meine Cousine Chiara hat eine Prüfung als Fremdenführerin abgelegt, sie spricht sehr gut Deutsch, und Guiseppes Frau Angelina arbeitet in einem Restaurant."

Inzwischen hatten sie die beeindruckenden Schweizer Berge mit ihren schneebedeckten Gipfeln und den tiefen, schroffen Schluchten hinter sich gelassen. Um die Mittagszeit legten sie eine Rast ein und aßen auf einer Bank die belegten Brote, hartgekochten Eier und Frikadellen, die Teresa mitgenommen hatte, und gönnten den Kindern eine Pause auf dem Spielplatz. Essen und Toben zeigten ihre Wirkung, denn bald darauf waren Lena und Paulina auf dem Rücksitz eingeschlafen.

Sie erreichten die Poebene, überflutete Reisfelder, so weit das Auge blickte. Dann endlich wurde das eintönige Bild von den sanften Hügeln des Piemont abgelöst, an dessen Hänge sich auf halber Höhe die alten terracottafarbenen Häuser schmiegten, so als seien sie nicht von Menschenhand dorthin gebaut, sondern wie die Büsche und Bäume ganz natürlich dort gewachsen. Alles war hier sanft und weich, das Licht, die Linien der Hügel und die Farben. Nicht mehr lange und sie erreichten die ersten Weinberge.

„Siehst du die einzelnen Rosenstöcke, die am Rand der Straße bei den Weinbergen stehen? Weißt du, wozu die gut sind?“ fragte Teresa.

„Keine Ahnung“, meinte Markus, „damit’s hübsch aussieht? Oder damit der Winzer seiner Liebsten jeden Abend eine Rosenblüte mit nach Hause bringen kann?“

Teresa lachte.

„Das wäre auch eine Möglichkeit. Das muss ich einmal dem Nonno vorschlagen. Nein, an den Rosenstöcken kann der Winzer sehen, ob eine Krankheit seine Weinstöcke bedroht. Wenn der Rosenstock die Krankheitssymptome anzeigt, hat der Winzer noch Zeit, seine Weinstöcke entsprechend zu behandeln.“

„Raffiniert. Ist es noch weit?“

„Nur noch ein paar Minuten. Schau mal, da links, der Golfplatz. Das war ursprünglich auch mal ein Weinberg vom Nonno. Aber es ist ein Nordhang, der hat nur Arbeit gemacht und kaum Ertrag gebracht. Der Nonno war kurz davor, Onkel Guiseppe zu enterben, als der vorgeschlagen hat, ihn zu verkaufen. Heute ist er froh, dass er’s gemacht hat. Und mein Cousin Carlo verdient sich was dazu, indem er den Platz mäht und in Ordnung hält.“

Als sie über den nächsten Hügel fuhren, lag das Weingut vor ihnen, groß, grau und behäbig eingebettet in der Senke zwischen den Weinhügeln. Die Klappläden hatten anscheinend einen neuen Anstrich bekommen, seit Teresa das letzte Mal hier gewesen war, aber ansonsten hatte sich nichts verändert. Vor dem Verkaufsraum hatte ein kleiner Laster geparkt, und die Tür zum Weinkeller stand offen. Beim Wohnhaus regte sich nichts, nicht einmal der kleine schwarze Kater, der sich vor der Tür die Nachmittagssonne auf den Bauch scheinen ließ.

Markus fuhr den schmalen Weg hinunter und parkte im Hof neben dem ausladenden Nussbaum, unter dem ein großer langer Tisch stand.

„Hup mal", sagte Teresa und war schon dabei auszusteigen. Ach, was war das für ein herrliches Gefühl, nach Hause zu kommen!

Kaum hatte Markus die Hupe betätigt, war es, als sei ein Standbild zum Leben erwacht. Aus allen Türen strömten Menschen, die ein Stimmengewirr erzeugten wie auf einem orientalischen Basar. Teresa fühlte sich umarmt und geküsst, gedrückt und zum nächsten weitergeschoben, dass ihr ganz schwindlig wurde, wunderschön schwindlig.

„Jetzt bin ich aber mal dran", sagte die Nonna, wischte sich die Hände an der Schürze ab und drückte Teresa fest an sich. Dann schob sie sie ein Stück von sich weg. „Du siehst gut aus, meine Kleine. Wie war die Fahrt? Und wo sind Lena und Paulina und Markus?"

Lena und Paulina waren in irgendeinem lärmenden Menschenknäuel verschwunden, und Markus stand etwas abseits und schien sich ein wenig fremd zu fühlen. Teresa nahm ihn bei der Hand und zog ihn in Richtung Nonna.

„Nonna, das ist Markus."

"*La ingrazio per il Suo invito gentile, Signora*", sagte Markus.

"*Parla l'Italiano, bravo!*" freute sich die Nonna.

Teresa lachte.

"Das ist leider schon alles, Nonna. Markus wollte dich gern auf Italienisch begrüßen, und wir haben die letzten zwanzig Kilometer nur diesen einen Satz geübt."

Zum Dank kramte nun auch die Nonna ihre spärlichen Kenntnisse der fremden Sprache hervor.

„Danke für bringene Teresa und Lena. Iste große, große Freude. Und nixe sagen Signora, binne Nonna."

Sie umarmte Markus und drückte ihm einen Kuss auf jede Wange.

„Ich habe für Markus das Zimmer neben deinem gerichtet, in dem sonst immer Lena schläft", wandte sie sich dann an Teresa. „Ich denke, Lena kann bei ihrer Cousine schlafen."

„Hör mal, Teresa, Paulchen und ich können auch im Hotel übernachten. Das ist überhaupt kein Problem", mischte sich Markus ein. „Ich will deiner Familie keine Umstände machen."

„Du machst doch keine Umstände, wie kommst du denn darauf?"

„Na, die Nonna hat doch eben gesagt, Lena soll in der Küche schlafen."

„Was?"

„Na ja, meine Italienischkenntnisse sind, sagen wir mal, sehr begrenzt. Ein paar Brocken Touristenitalienisch und ein paar Wörter, die aus dem Lateinunterricht hängen geblieben sind. Jedenfalls glaube ich mich zu erinnern, dass *dormire* schlafen und *cucina* Küche heißt."

„Jetzt verstehe ich", lachte Teresa. „Die Nonna hat aber nicht *‚cucina'* gesagt, sondern *‚cugina'*, und das heißt ‚Cousine'. Sie hat gesagt: *‚Penso, che Lena possa dormire da sua cugina'*, ‚ich denke, Lena kann bei ihrer Cousine schlafen'."

Teresa erklärte den Umstehenden das kleine sprachliche Missverständnis, und alle brachen in Lachen aus.

„Bevor Guiseppe seine kleine Principessa in der Küche schlafen lässt, würde er lieber selbst die Nacht auf einem

Küchenstuhl zubringen", lachte die Nonna. „Stimmt's, Guiseppe?"

„Nein, ich würde sie zwischen uns beide ins Bett legen."

„Oh, arme Lena, sie würde kein Auge zutun, der Nonno schnarcht wie ein ganzes Sägewerk. Ich meine, ich bin ja inzwischen daran gewöhnt ..."

„Das wirst du jetzt gefälligst nicht übersetzen", warnte der Nonno, „Lügen soll man nicht weiter verbreiten."

Mit dem Übersetzen hatte Teresa ohnehin ihre Schwierigkeiten. Die Sätze flogen so schnell hin und her, dass das Gespräch schon längst an einem anderen Punkt angekommen war, bevor Teresa auch nur einen Satz für Markus übersetzt hatte.

„Komm", sagte sie, „wir bringen das Gepäck nach oben."

Als Teresa die Treppe wieder herunterkam, hörte sie die Nonna in der Küche hantieren. Sie saß am Küchentisch und füllte mit unglaublicher Geschwindigkeit *Agnolotti*, die winzig kleinen Teigtaschen, mit Fleisch und Gemüse.

„Kann ich dir helfen?"

„Ja, setz dich zu mir und erzähl mir ein bisschen. Wo ist Markus?"

„Der Nonno zeigt ihm den Weinkeller."

„Oh, er scheint ihn zu mögen. Ist ja auch ein netter Kerl. Er hat schöne Augen und so einen hübschen Po."

„Nonna!"

Es war bekannt, dass die Nonna junge Männer gern ansah und über ihren Anblick schon mal ins Schwärmen geraten konnte.

„Was ist? Das ist der Vorteil vom Altwerden, da darf ich so was sagen. Es macht den Nonno schon lange nicht mehr eifersüchtig. Kein gutes Zeichen. Ich schaue hin, aber die jungen Männer schauen nicht mehr zurück. Das ist dann wieder der Nachteil am Altwerden. Also schau hin, solange du jung bist und die Männer zurückschauen. Was ist mit euch beiden?"

„Was soll sein?"

„Ich meine, hätte ich nur ein Zimmer für euch beide herrichten sollen?"

Teresa spürte, wie sie rot wurde.

„Aber nein, auf keinen Fall!"

„Schade. Überleg nicht zu lange. Er ist jung und hübsch, du bist jung und hübsch, er ist allein, du bist allein, er hat ein Kind, du hast ein Kind ..."

„Nonna, bitte hör auf", stöhnte Teresa, „das ist keine Rechenaufgabe, bei der man zwei und zwei zusammenzählt und am Ende kommt dann vier heraus."

„Im Rechnen warst du doch immer gut."

„Ja, aber im Schreiben leider nicht."

„Ach, da liegt das Problem."

„Markus hat studiert und Sarah, seine verstorbene Frau, auch."

„Na und? Du weißt doch: Männer können besser sehen als denken. Deshalb ist ihnen eine schöne Frau lieber als eine kluge."

„Ach, Nonna, das ist nicht lustig."

Die Nonna tätschelte beruhigend ihre Hand.

„Entschuldige und vergiss mein dummes Geschwätz. Außerdem bist du klug. Sei ehrlich zu Markus und versuch nicht, ihm etwas vorzumachen. Entweder, er mag dich so, wie du bist, oder er ist ohnehin nicht der Richtige. Und überlass das Denken zur Abwechslung mal deinem Herzen, das kann das nämlich manchmal besser als dein Kopf. Wenn der Nonno und ich damals auf unseren Kopf und nicht auf unser Herz gehört hätten, dann wäre ich heute mit dem schieläugigen Marcello verheiratet und der Nonno mit Antonella, die in der Gegend herumkeift wie ein altes Fischweib. Und du würdest auch nicht hier sitzen. Wäre doch ausgesprochen schade, findest du nicht?"

O doch, das fand Teresa auch.

Es war ein warmer Abend, und so hatten sie die lange Tafel unter dem Nussbaum gedeckt. Die Nonna hatte sich wieder einmal selbst übertroffen und ein wunderbares Menü gezaubert. Zuerst gab es gemischten Aufschnitt mit knusprigem, selbst gebackenem Brot, dann die *Agnolotti*, schließlich Schmorbraten in Barolosoße mit Kartoffeln und Gemüse und als Dessert *Bunet*, den schokoladigen Nachtisch, den Teresa schon als Kind heiß geliebt hatte, schwarz wie die Nacht und süß wie ein Lächeln von Lena.

„Mein Gott, war das gut", stöhnte Markus und rieb sich den Bauch, der sich deutlich unter seinem T-Shirt rundete. „Ich weiß wirklich nicht, warum es heißt ‚Essen wie Gott in Frankreich'. Wenn ich der liebe Gott wäre, würde ich lieber hier in Italien bei der Nonna essen. Du wirst dir von ihr bitte alle Rezepte geben lassen und wenn wir wieder zu Hause sind, möchte ich von dir jeden Samstag zu einem piemontesischen Gedenk-Menü eingeladen werden."

Teresa lachte und übersetzte für die Nonna, die über das Kompliment strahlte und Markus mit ihrem Weinglas zuprostete.

Als es dämmrig wurde, stellte Chiara Kerzen auf den Tisch. Sie erzeugten eine warme, heimelige Stimmung. Teresa ließ ihre Augen über die Gesichter schweifen und fühlte sich so glücklich wie schon lange nicht mehr. Glücklich und stolz, ein Teil ihrer Sippe zu sein. Alle waren laut und lustig, aber das lag nicht am Wein, denn keiner hatte zu viel getrunken. Markus legte den Arm um sie, und sie lehnte zufrieden ihren Kopf an seine Schulter.

„Was denkst du?“ wollte er wissen.

„Dass ich gern die Zeit ein wenig anhalten würde. Ich könnte ewig hier sitzen.“

„Das kann ich verstehen.“

Die Vergangenheit ist auch nicht mehr das, was sie mal war.
(Hildegard Knef)

Lili

Lili hatte die letzten Häuser hinter sich gelassen. Vor ihren Augen erstreckten sich nun Felder und baumbestandene Wiesen. Der Weg führte in einer sanften Steigung nach oben. Als junges Mädchen hatte Lili diesen Weg im Laufschritt genommen, heute ging sie langsamer und blieb sogar zweimal stehen, um wieder zu Atem zu kommen und ihrem Herzschlag Gelegenheit zu geben, sich bei seiner normalen Schlagzahl einzupendeln.

Sie sah ihn schon von weitem stehen, stark und gerade gewachsen, mit einem kräftigen Stamm und einer ausladenden Krone. Seit Lili denken konnte stand er dort, ihr Baum, und seit ihr Radius die elterliche Straße verlassen hatte, war er ihr Zufluchtsort gewesen. Er war ein guter Zuhörer, der sie nicht unterbrach, sie nicht tadelte oder ihr zürnte und sie immer getröstet nach Hause entließ.

Inzwischen fiel es Lili ein wenig schwerer, sich ihm zu Füßen auf der Erde niederzulassen, vom anschließenden Aufstehen ganz zu schweigen, aber Lili musste seinen starken Stamm mit der genarbten Rinde an ihrem Rücken spüren. Während sie ihren Kopf an ihn lehnte und über das Tal blickte, das unter ihr in der Nachmittagssonne döste, fühlte sie, wie sie allmählich ruhiger wurde.

Lili griff in ihre Rocktasche und zog den Brief heraus, der ihre Aufregung verursacht hatte. Inzwischen konnte sie die Worte, die in einer schönen Handschrift und verblasster Tinte das Papier füllten, übersetzen, ohne das französische Wörterbuch zu Hilfe zu nehmen.

Meine geliebte Hélène,

dass das Schicksal mir vergönnt hat, dich wiederzusehen und unglaublich schöne Tage mit dir zu verbringen, das kann ich noch immer kaum fassen. Welch eine wunderbare Fügung, die uns ganz unverhofft wieder zusammengeführt hat, so als wolle sie uns für unseren bitteren Abschied und diesen schrecklichen Krieg entschädigen, der uns auseinander gerissen hat. Es kann kein Zufall sein, der uns am selben Tag, zur selben Stunde an den gleichen Ort geführt hat. Wie viele Orte gibt es auf der Welt und wie viele Tage hat ein Jahr?

Noch immer kommt es mir vor wie ein Traum, wenn ich mich daran erinnere, wie ich dich plötzlich entdeckte in dem kleinen Café am Hafen von Garda. Die Art, deinen Kopf zu halten, dir die Haare aus dem Gesicht zu streichen, zu lachen, das alles war mir so vertraut, dass ich keine Sekunde zweifelte, dass du es bist, obwohl mir das gleichzeitig doch ganz und gar unmöglich erschien.

Noch sind wir beide nicht frei, das Schicksal hat es uns anders bestimmt, aber diese eine Woche im Jahr, die soll uns gehören, ganz ungetrübt von dunklen Gedanken und schlechtem Gewissen. Ich denke wie du, dass unsere Kinder noch zu jung sind, um ihnen das Elternhaus zu nehmen. Eines Tages vielleicht...

Wie schwer es mir fällt, wieder meinen Alltag zu leben, so als sei nichts geschehen in dieser Woche am Gardasee, Claires Fragen zu beantworten, von meinem Kochseminar zu erzählen und wieder für sie und die Mädchen dazusein. Wie gerne wäre ich es für dich. Und doch gibt mir unsere Begegnung auch so viel Kraft, lebe ich in der Erinnerung und in der Vorfreude.

Ich umarme und küsse dich voller Sehnsucht
Jean-Luc

Inzwischen konnte Lili den Brief fast auswendig, so oft hatte sie ihn gelesen, seit sie ihn heute Nachmittag in der Schublade aus Mamas Sekretär gefunden hatte. Zuerst hatte Lili gehofft, sie hätte etwas falsch verstanden, aber sie war sich ziemlich sicher, den Brief richtig übersetzt zu haben. Er war leider eindeutiger, als Lili lieb war. Sie konnte die Sache drehen und wenden, wie sie wollte, es gab wohl keinen Zweifel daran, dass ihre Mutter jahrelang eine Ehebrecherin gewesen war. Nun, wenn man es genau betrachtete, eine recht genügsame, die sich über Jahre hinweg mit einer einzigen gemeinsam verbrachten Woche im Jahr zufriedengegeben hatte. Aber machte das wirklich einen Unterschied? Ein bisschen Ehebruch gab es wohl genausowenig wie ein bisschen Frieden.

„Lili!"

Lili drehte sich erschrocken um und sah Jakob winkend den Weg heraufkommen. Es war nicht Freude, was Lilis Herz bei seinem Anblick erfüllte. Jakob kam über die Wiese auf sie zu.

„Da haben Sie sich aber ein hübsches Plätzchen ausgesucht. Eine Bank wäre allerdings ein wenig bequemer."

Jakob hatte recht, eine Bank wäre wirklich bequemer, aber andererseits hätte die zu viele Leute angelockt, mit denen sie ihren Baum dann hätte teilen müssen.

„Sehen Sie eine?"

Das ist nicht sehr freundlich, dachte Lili. Schließlich kann Jakob nicht ahnen, dass ich jetzt lieber alleine wäre.

„Nein, leider nicht. Haben Sie etwas dagegen, wenn ich mich zu Ihnen setze?"

Lili war zur Höflichkeit erzogen worden, und die stand ihr manchmal ärgerlich im Weg – zum Beispiel jetzt.

„Bitte", sagte sie knapp.

Jakob setzte sich neben sie auf den Boden, und Lili stellte nicht ohne Schadenfreude fest, dass auch ihm diese Übung nicht ganz leicht fiel.

„Sind Sie mir nachgegangen?"

„Aber nein, wo denken Sie hin, so etwas würde ich nie tun. Ich gehe manchmal hier spazieren. Man hat eine hübsche Aussicht von hier oben. Gibt es ein Problem?" fragte Jakob und sah sie forschend von der Seite an.

„Ein Problem? Wie kommen Sie denn darauf? Sie werden es vielleicht nicht glauben, weil Sie eine seltsame Affinität zu Menschen mit Problemen haben, aber es gibt tatsächlich noch einige Leute, die ganz normal sind."

„Ich finde es nicht unnormal, ein Problem zu haben", sagte Jakob.

„Ich weiß."

„Also?"

Lili wusste, er würde keine Ruhe geben.

„Na schön", seufzte sie, „eigentlich wollte ich es mit meinem Freund, dem Baum, besprechen, aber wo Sie nun schon mal da sind..."

„Also, wenn Sie lieber mit Ihrem Freund, dem Baum, allein sein wollen..."

Jakob machte Anstalten aufzustehen, was ihm aber nicht so recht gelingen wollte.

„Nun bleiben Sie schon sitzen. Ohne meine Hilfe kommen Sie ohnehin nicht mehr hoch, glauben Sie mir. Außerdem platzen Sie doch fast vor Neugier. Hier, lesen Sie."

Jakob faltete den Brief auseinander.

„Ich kann kein Französisch, das wissen Sie doch."

Lili übersetzte den Brief.

„Na, was sagen Sie jetzt?"

„Was soll ich sagen? Solche Dinge passieren."

„Aber doch nicht in der eigenen Familie!"

„Sie meinen, es ist wie Krebs, es trifft immer nur die anderen?"

„Ja, wahrscheinlich meine ich das", gab Lili zu. „Wenigstens weiß ich jetzt, warum Mama immer alleine an den Gardasee fahren wollte."

„Eigentlich müssten Sie Jean-Luc in diesem Urlaub, den Sie mit Ihrer Mutter gemeinsam am Gardasee verbracht haben, doch getroffen haben", überlegte Jakob.

„Darüber habe ich auch schon nachgedacht. Aber ich kann mich beim besten Willen nicht an ihn erinnern. Wahrscheinlich waren die beiden sehr vorsichtig, damit ich Papa nichts erzähle. Ich erinnere mich an eine Familie aus dem Rheinland mit einem Mädchen in meinem Alter, die wir dort kennen gelernt haben. Die haben mich oft mitgenommen, und Mama hat mich sehr darin bestärkt, obwohl sie eigentlich nicht der Typ war, der schnell Urlaubsbekanntschaften schließt. Aber jetzt ergibt das alles natürlich einen Sinn. Sie wollte mit Jean-Luc ungestört sein. Was mir jedoch viel mehr Kopfzerbrechen macht, ist die Tatsache, warum diese Reisen eines Tages aufhörten."

„Vielleicht ist Jean-Luc gestorben. Oder auch nur die Liebe", vermutete Jakob.

„Das glaube ich nicht. Eigentlich wirft der Brief mehr Fragen auf, als er beantwortet. Sagen Sie, Jakob, waren Sie schon einmal im Elsass?" Der Gedanke war Lili in diesem Augenblick gekommen. „Hätten Sie Lust, mich zu begleiten?"

„Ich soll Sie begleiten? Ins Elsass? Was wollen Sie denn da?"

„Wenn der Jean-Luc vom Gardasee der gleiche ist wie der aus Mamas Jugendtagen, und nach diesem Brief zu schließen sieht es ganz danach aus, dann muss ich mit ihm sprechen. Die Sache lässt mir keine Ruhe."

„Aber Lili, wir wissen doch gar nicht, ob er noch lebt. Falls ja, müsste er inzwischen weit über achtzig sein. Außerdem haben wir keine Adresse. Das Kuvert trägt keinen Absender. Und wozu soll das alles gut sein?"

„Wer hat vor einiger Zeit zu mir gesagt, dass man seine Wurzeln kennen muss? Sie können jetzt nicht kneifen. Eine Adresse wird sich schon finden lassen. Wir müssen die alten Fotoalben und Briefe durchforsten, vielleicht gibt es noch einen Brief, den Mama aus dem Elsass nach Hause geschrieben hat. Und Namen und Adressen lassen sich heute übers Internet finden." Lili war plötzlich voller Tatendrang. „Also, was ist? Für einen Menschen mit Helfersyndrom muss das doch eine herrliche Aufgabe sein. Kommen Sie, wir fangen am besten gleich an."

Lili rappelte sich hoch und streckte dann die Hand aus, um Jakob beim Aufstehen zu helfen. Sie bedauerte inzwischen nicht mehr, dass Jakob sich zu ihr gesetzt hatte. Ihr Freund, der Baum, hätte sie nicht nach Frankreich begleiten können.

Abends schrieb Lili in ihr Tagebuch:

Ich bin nicht glücklich über den Brief, den ich heute gefunden habe, denn er zeigt mir Mama in einem Licht, in dem ich sie nicht sehen will. Aber ich bin glücklich, weil ich jetzt weiß, dass Mama mich geliebt hat, denn Jean-Luc schreibt, dass sie meinetwegen bei Papa geblieben ist. Ein wenig habe ich immer an ihrer Liebe gezweifelt und bis zuletzt um sie gekämpft. Aber die Liebe lässt sich nicht erzwingen. Und jetzt habe ich erfahren, dass sie immer da war. So kann auch in eigentlich unerfreulichen Dingen manchmal etwas Gutes stecken.

Heutzutage kennt ein Mensch
von allen Dingen den Preis
und von keinem den Wert.
(Oscar Wilde)

Teresa

Markus war am Morgen mit seiner Mustermappe zu dem Verleger nach Turin gefahren. Er hatte Teresa die Bilder gezeigt. Es waren farbige Aquarelle, die eine ganze Seite in dem geplanten Buch einnehmen, und kleinere Schwarz-weiß-Zeichnungen, die an verschiedenen Stellen und am Rand in die Texte eingefügt werden sollten. Teresa fand sie wunderschön, zart, lebendig und voller Ausdruck und Gefühl. Besonders das Bild von der kleinen Meerjungfrau hatte es ihr angetan. Es war in Blau- und Grüntönen gehalten und strahlte eine melancholische Stimmung aus. Lena gefiel das Bild von Dornröschen und dem Prinzen auf dem Pferd am besten. Sie behauptete im Brustton der Überzeugung, Dornröschen hätte eine starke Ähnlichkeit mit Teresa. Markus gab ihr weder Recht noch stritt er es ab, er schmunzelte nur. Teresa zweifelte nicht daran, dass Markus den Auftrag bekommen würde, und auch Markus war zuversichtlich.

Es war schon spät gewesen, als sie gestern Abend die Treppe hinauf zu ihren Zimmern gegangen waren. Trotzdem hatten sie noch lange vor Teresas Zimmertür gestanden und geredet. Teresa hatte gespürt, dass Markus genau wie sie unschlüssig war, ob er seinen Gefühlen nachgeben sollte, aber schließlich hatte beiden der Mut gefehlt, und sie hatten sich nach einem freundschaftlich zarten Kuss auf die Wange ein wenig verlegen getrennt. Ob Markus an Sarah gedacht hatte?

Teresa war gerade dabei, mit der Nonna in alten Fotoalben zu stöbern, als der Nonno hereinkam. Er wirkte ziemlich aufgebracht.

„Hast du gewusst, dass heute eine Reisegruppe zur Weinprobe kommt?"

„Heute? Nein! Frederico hat nichts gesagt. Was steht denn im Terminkalender?"

„Nichts. Es ist nichts eingetragen, das ist es ja! Frederico muss es vergessen haben. Geh schnell in die Küche und bereite alles vor, es sind 43 Personen. Ich führe sie inzwischen durch die Weinkeller. Wo ist Chiara?"

„Sie ist weggefahren, um Einkäufe zu erledigen."

Der Nonno verdrehte die Augen.

„Das wird ja immer besser. Und wer dolmetscht jetzt? Der Reiseführer kommt aus Deutschland wie die ganze Gruppe, und keiner spricht mehr als fünf Worte Italienisch."

„Teresa ist doch da. Was für ein Glück, dass sie nicht mitgefahren ist!"

„Unmöglich, das kann ich nicht", sagte Teresa erschrocken.

Aber der Nonno ließ keinen Protest gelten. Sie könne Italienisch und Deutsch, brauche nur zu übersetzen, was der Nonno sage und hätte als ehemaliges Zirkuskind ja wohl kein Problem, sich vor vierzig Leute hinzustellen. Ach, wenn der Nonno wüsste! Im Zirkus, da war sie Akrobatin und nicht Dolmetscherin gewesen und die Gesichter der Leute hatte sie gar nicht gesehen, weil die hellen Scheinwerfer sie angestrahlt hatten. Aber bei allem Herzklopfen, sie durfte die Nonni jetzt nicht im Stich lassen. Außer ihr war niemand da, der gut genug Deutsch sprach.

„Sie waren gestern schon bei einer Weinprobe in der *Cascina Montelera*, also streng dich an!" sagte er zur Nonna und ging wieder hinaus.

In die *Cascina Montelera* hatte der Nonno Teresa vor zwei Jahren zu einem Weinseminar mitgenommen, ein Weingut mit der Ausstrahlung eines noblen Viersternehotels. Die Keller sahen aus, als hätte die Putzkolonne soeben das letzte Fass abgestaubt, und die Räume waren mit stilvollen Landhausmöbeln eingerichtet, die die Hand des talentierten Innenarchitekten verrieten. Die Dame, die durch die blitzblanken Keller führte, hätte mit ihrem chicen beigen Hosenanzug bestens in die Chefetage eines Turiner Bankhauses gepasst. Teresa sah an ihrer ausgewaschenen Jeans und ihrem T-Shirt hinunter, das auch schon bessere Tage gesehen hatte. Wenn sie es gewusst hätte, dann hätte sie sich wenigstens ein wenig zurechtgemacht, aber dazu war jetzt keine Zeit mehr.

„Du siehst sehr hübsch aus", beruhigte die Nonna, als könne sie Gedanken lesen. „Und jetzt geh und lass den Nonno nicht so lange warten."

„Die waren gestern in der *Cascina Montelera*, hast du das gehört? Wie sollen wir dagegen ankommen?"

„Lass den Nonno nur machen. Wir haben nicht das erste Mal Gruppen, die vorher auf einem Weingut waren, das größer und feiner ist als unseres. Es kommt nicht darauf an, die Leute mit Geld zu beeindrucken, sondern darauf, dass sie sich bei uns wohlfühlen. Wirst schon sehen. Und jetzt lauf."

Der Nonno sah ihr schon ungeduldig entgegen, als sie über den Hof auf die offene Kellertür zuging. Die Gruppe hatte sich ihm gegenüber aufgestellt, und alle sahen Teresa erwartungsvoll an. Ihr Herz klopfte.

Der Nonno begrüßte die Gruppe, stellte sich und Teresa vor, und Teresa übersetzte. Es war gar nicht so schwierig, wie sie gedachte hatte. Als der Nonno den Tank aus blitzendem Edelstahl zeigte, in dem die Weintrauben gekeltert wurde, sagte sie:

„Ich glaube, Holzbottiche, in denen hübsche junge Frauen mit geschürzten Röcken die Trauben zertreten, gibt es nur noch in der Werbung für Venenmedikamente."

Die Zuhörer lachten, und der Nonno wunderte sich:

„Was hast du gesagt?"

Teresa übersetzte es ihm.

„Und du behauptest, du könntest das nicht?"

Teresa wunderte sich selbst, denn sie merkte, dass die Sache begann, ihr Spaß zu machen.

Im hinteren Teil des Kellergewölbes, dort wo in zwei langen Reihen einander gegenüber die Fässer lagerten, hatte der Nonno Kerzen angezündet, was von den Gästen mit einem bewundernden Raunen honoriert wurde, als sie durch die Tür traten. Das Kerzenlicht verbreitete eine romantische Stimmung.

„Der Letzte macht die Ture zu!" sagte der Nonno auf Deutsch, und jetzt hatte er die Lacher auf seiner Seite. Schmunzelnd sah er zu Teresa hinüber und sagte leise auf Italienisch: „Den Satz kann ich in drei Sprachen. Das freut die Leute immer. Genauso wie meine Begrüßung. Da sage ich: ‚Ich heiße Guiseppe Sabato und spreche kein Deutsch.' Nachher wirst du noch einen deutschen Satz hören, aber den verrate ich noch nicht."

Er lautete:

„Jetzt gehe wir trinke Wein bei Maria, meine schöne Frau."

Schöne Frau Maria war in der Zwischenzeit fleißig gewesen und hatte den Raum neben der Küche zur Weinprobe hergerichtet. Auf dem langen, rohen Holztisch standen Weingläser sowie Brot, Salami und Käse. Der Nonno forderte die Gäste auf, auf den Holzbänken Platz zu nehmen.

„Ich binne fertig, jetzt rede Frau“, sagte er.

Die Leute lachten und klatschen.

„Guiseppe“, sagte die Nonna, „bitte schick mir Lena rein.“

„Lena?“ wunderte sich Teresa, aber da begann die Nonna zu sprechen, und Teresa musste übersetzen. Die Nonna erzählte, wie sie als junge Frau ohne jede Ahnung vom Weinbau hier eingeheiratet hatte und dass der Schwiegervater darauf bestanden hatte, dass sie vor der Hochzeit einen Test ablegte.

„Ich habe ihn bestanden. Heute frage ich mich manchmal, ob das klug war.“

Teresa wusste, dass die Nonna sich das nie gefragt hatte und es nur sagte, weil dieser Satz bei den Leuten gut ankam. Die Nonna schenkte nacheinander zwei Weine aus, einen Barbera und einen Barbaresco, und erklärte etwas über den Anbau und den Geschmack des Weins. Inzwischen war Lena zusammen mit Paulina hereingekommen und hatte sich zwischen die Nonna und Teresa gestellt.

„Das ist Lena, meine Urenkelin, die Tochter meiner Enkelin Teresa. Lena ist ein ganz besonderes Mädchen. Und das ist eine ganz besondere Flasche Wein, ein Barolo, der König unter den Weinen unserer Region. Diese Flasche werde ich heute nicht öffnen, sondern nachher ganz vorsichtig wieder ins Regal zurücklegen. Dort wird sie wohl noch einige Jahre auf ihren großen Tag warten müssen. Es ist ein Wein des Jahrgangs 2001, des Jahres, in dem Lena geboren wurde, und wir werden diesen Wein an ihrem Hochzeitstag trinken. Keine Angst, wir haben nicht nur die eine Flasche zur Seite gelegt. Der Barolo ist ein Wein, den man lange lagern kann, zehn, fünfzehn, zwanzig Jahre. Deshalb ist es in der Langhe üblich, bei der Geburt eines Kindes einige Flaschen Barolo für besondere Festtage zur Seite zu legen. Und da Lena ein hübsches Mädchen ist, wird sie wohl heiraten, bevor der Wein seinen Geschmack verloren hat. Ich werde Ihnen jetzt einen Barolo zum Probieren ausschenken. Natürlich nicht Lenas Barolo, den stelle ich jetzt vorsichtig wieder zurück, aber Lena und ihre Freundin Paulina dürfen mir beim Ausschenken helfen. Schaut, ihr zwei, nur so viel in jedes Glas, sonst sind wir nachher bankrott und die Gäste betrunken."

Lena und Paulina gingen herum, schenkten stolz den rubinroten Wein in die Gläser und ließen sich geduldig von den Gästen ausfragen.

„Ach, wenn ich euch doch immer hier hätte", seufzte die Nonna, als sie später die Bestellzettel durchging, „ihr seid gut fürs Geschäft."

Die Gruppe hatte viel mehr eingekauft, als Teresa zu hoffen gewagt hatte. Sie hatte einen Blick in den Kofferraum des Busses geworfen und gesehen, dass die Leute schon am Tag zuvor tüchtig in der *Cascina Montelera* eingekauft hatten. Teresa hatte inzwischen verstanden, was die Nonna gemeint hatte, als sie sagte, dass man Menschen zwar mit Geld beeindrucken, aber nicht ihr Herz gewinnen könne. Teresa war sehr mit dem Verlauf des heutigen Tages zufrieden und hoffte, dass auch Markus gute Nachrichten mitbringen würde.

Die Summe unseres Lebens
sind die Stunden,
in denen wir lieben.
(Wilhelm Busch)

Markus

Teresa war ganz aufgekratzt gewesen, als Markus gestern Abend nach Hause kam. Sie erzählte von der Weinprobe und übersetzte ein wenig verlegen, was die Nonni zu ihrem Lob zu sagen hatten. Auch die beiden Mädchen berichteten stolz, wie sie zum Gelingen der Weinprobe beigetragen hatten.

Und Markus selbst? Er schwebte auf Wolken. Der Verleger, Signor Lorenzo, war von seinen Entwürfen begeistert, und sie waren schnell handelseinig geworden. Das Buch sollte fünfzig Märchen enthalten, und Markus würde dafür etwa 300 Bilder und Zeichnungen anfertigen müssen. Eine Aufgabe, die ihn für längere Zeit beschäftigen, ihn aber auch seiner Geldsorgen entheben würde, denn Signor Lorenzo hatte ihm einen großzügigen Vorschuss gezahlt. Das Schönste aber war, dass er wieder arbeiten konnte. Das, was er in der ersten Zeit nach Sarahs Tod gemalt hatte, waren leblose Figuren mit leeren Gesichtern gewesen, die ihm nicht gefielen. Er hatte das Gefühl gehabt, Sarah habe nicht nur sein Lachen, sondern auch seine Kreativität mit ins Grab genommen, und er hatte sich das erste Mal in seinem Leben gewünscht, sich für einen anderen Beruf entschieden zu haben, einen, der seine Tage mit langweiligen Routinearbeiten füllte und ihm nichts Schöpferisches abverlangte. Er hatte sogar das Unkraut jäten im Garten dem Malen vorgezogen. Vor einiger Zeit aber war die Muse zu ihm zurückgekehrt, hatte ganz selbstverständlich wieder an seinem Arbeitstisch Platz genommen, so als hätte sie ihn nie verlassen. Plötzlich war es wieder da, dieses herrliche Gefühl, sich ganz in seiner Arbeit zu verlieren und dabei die Zeit zu vergessen, diese unbeschreibliche Mischung aus Anspannung und Entspannung und das tiefe Gefühl der Befriedigung, wenn ihm ein Bild gelungen war.

Heute wollte Teresa ihm die Umgebung zeigen, die beiden Mädchen würden auf dem Weingut bleiben. Die Nonna hatte es mit einem Augenzwinkern angeboten. Für dieses Zwinkern brauchte Markus keine Übersetzung, er glaubte zu wissen, was die Nonna ihm signalisieren wollte. Hätte Teresa ein klein wenig mehr vom Temperament ihrer Nonna geerbt und von ihrer offensichtlichen Freude am Anblick wohlgeformter Männerkörper, dann wäre die Sache einfacher. Er konnte sich die Nonna gut als junge Frau vorstellen, schön, selbstbewusst und charmant, wie sie es trotz ihres Alters immer noch war, und nie um eine Antwort verlegen. Bei der zurückhaltenden Teresa schien Markus ein behutsames Vorgehen angebracht, wenn er die Sache nicht verderben wollte. Er hätte sich gern mit der Nonna über Teresa unterhalten, sie gefragt, was es mit ihren Unsicherheiten und plötzlichen Stimmungsumschwüngen auf sich hatte, aber da standen ihm die Sprachbarrieren im Weg. Andererseits zeigte Teresa sich hier in Italien von einer ganz anderen Seite, war fröhlicher und unbeschwerter und schien die kleine Kratzbürste zu Hause gelassen zu haben.

Der liebe Gott hatte sich heute ins Zeug gelegt und lieferte Markus eine Steilvorlage: Die Sonne schien von einem strahlend blauen Himmel, die frische Morgenluft streichelte die Haut wie ein Seidentuch, Teresa war bester Laune, und sie hatten keine Kinder im Schlepptau – Markus würde seine Chance zu nutzen wissen! Er merkte schon seit längerem, dass er für Teresa mehr empfand als kameradschaftliche Freundschaft, aber er wollte sich seiner Sache ganz sicher sein. Hier, weit weg von zu Hause, an einem Ort, an dem er mit Sarah nie gewesen war, erschien ihm ein Neuanfang leichter.

Die Straße, die Teresa ihn lotste, schien auf direktem Weg in den Himmel zu führen. Viel breiter hätte Markus' Wagen nicht sein dürfen, sonst hätte er entweder links an der Hauswand gestreift oder wäre mit dem rechten Rad in den Abgrund gerutscht. Teresa wollte ihm ein Kloster zeigen, das mitten in den Weinbergen lag und außer alten Fresken einen herrlichen Ausblick zu bieten hatte. Schon jetzt hätte Markus am liebsten an jeder Ecke angehalten und Fotos in alle Himmelrichtungen geschossen. An einem Aussichtspunkt hielten sie an und genossen den Blick auf die Landschaft. Unter ihnen erstreckten sich die hügeligen Weinberge, in der Ferne, noch ein wenig im Dunst verborgen, waren die hohen, schneebedeckten Gipfel der Berge zu sehen.

„Hast du Lust, dir den Ort anzuschauen?“ fragte Teresa.

Markus hatte das Gefühl, als hätte das Städtchen die vergangenen hundert Jahre im Dornröschenschlaf verbracht. Wäre ihnen auf dem Weg durch die engen, steilen Gassen nicht hin und wieder ein Auto begegnet, er hätte geglaubt, mit einer Zeitmaschine in die Vergangenheit gereist zu sein.

„Schade, dass ich meinen Skizzenblock nicht dabei habe“, sagte Markus bedauernd beim Anblick der alten Apotheke, deren altmodische Lettern wie vor ewigen Zeiten die hölzerne Eingangstür und das Schaufenster zierten.

„Obwohl, vielleicht ist es besser so. Du hättest heute nicht mehr viel Freude an mir. Unser Ausflug würde wohl hier enden."

„Kein Problem, ich schau dir gern beim Malen zu. Aber du würdest eine Menge versäumen. Bei dem Kloster, das ich dir zeigen will, ist es mindestens genauso schön."

Markus und Teresa schlenderten Hand in Hand durch die holprigen, steil ansteigenden Gassen und machten sich gegenseitig auf malerische Häuser, Hinterhofidyllen und Schaufensterauslagen aufmerksam. Wie schön es war, dass er seine Freude und Begeisterung wieder mit jemandem teilen konnte. Bei einem kleinen Café machten sie Halt, setzten sich an eines der runden Tischchen vor dem Haus, bestellten Espresso und Cappuccino, beobachteten die Menschen, die auf der Straße vorbeigingen und spielten ihr altes Spiel ‚Menschen raten'.

„Ich liebe Paulchen abgöttisch", stellte Markus fest, „aber so ein Tag ohne sie ist auch nicht zu verachten. Und ich schätze mal, die beiden werden jede Menge Spaß haben bei deinen Großeltern."

„O ja, das glaube ich auch", lachte Teresa. „Und die Nonni an ihnen."

Markus' Blick fiel durch die offene Tür auf den kleinen Postkartenständer, der auf dem Tresen stand.

„Was hältst du davon, wenn wir Lili eine Postkarte schicken?"

„Wenig", sagte Teresa. „Karten schreiben ist spießig."

„Gar nicht wahr", widersprach Markus, „es kommt immer darauf an, was man draufschreibt. Du hast nur keine Lust."

„Außerdem kämen wir bestimmt vor der Karte zu Hause an."

„Das kommt drauf an. Wenn wir sie im Kuvert verschicken nicht."

„Oh, der Herr kennt die Geheimnisse der italienischen Post", stellte Teresa lachend fest.

„Klar, ich bin doch Italientourist im Fortgeschrittenenstatus. Wusstest du das nicht?"

„Also, ich finde Urlaubskarten im Briefkuvert doof", stellte Teresa fest. „Das ist wie, wie ..."

„Wie Revuegirls im Businesskostüm?" half Markus ihr auf die Sprünge.

Teresa lachte.

„Ja, so ähnlich. Ich finde, man muss den Briefkasten aufmachen und gleich sehen, dass eine Urlaubskarte drin liegt. Dann überlegt man, wer die wohl geschrieben hat und wo sie herkommt."

„Ich stelle fest, deine Begeisterung fürs Karten bekommen ist wesentlich größer als die fürs Schreiben. Also, mein Vorschlag zur Güte: Wir machen eine faire Arbeitsteilung. Ich schreibe die Karte, wenn du reingehst, eine hübsche Karte aussuchst und so eine Spezialbriefmarke kaufst, mit der die Post im Eiltempo befördert wird."

„Du meinst *posta prioritaria*?"

„Keine Ahnung, ob das so heißt. Klingt auf alle Fälle gut. Und dann bestellst du mir bitte gleich noch einen Espresso."

Er schob Teresa seinen Geldbeutel über den Tisch. Bis sie zurückkam, hatte er sich überlegt, was er auf die Karte schreiben würde.

Liebe Lili, ich habe mich verliebt: In Italien (Markus malte Weinberge), *ins gute Essen* (Markus malte einen Teller mit dampfenden Spaghetti), *in die Nonna, die so gerne und ungeniert jungen Männern auf den Po schaut* (Markus malte die Nonna und einen jungen Mann in entsprechender Pose) *und in Teresa, die mit der italienischen Sonne um die Wette lacht* (Markus malte ein Porträt der lächelnden Teresa neben einem Sonnengesicht).

Markus schob die Karte zu Teresa hinüber.

„Wie findest du's?"

„Lustig", sagte Teresa. „Soll ich das sein?" Teresa tippte mit dem Finger auf ihr Porträt.

„Klar, steht doch da. O nein, sag bloß, du hast schon wieder deine Brille vergessen? Es ist nicht zu glauben, meine Liebeserklärungen verpuffen wie Seifenblasen in der Luft, nur weil du zu eitel bist, deine Brille aufzusetzen", schimpfte Markus scherzhaft.

„Liebeserklärung? Was für eine Liebeserklärung?"

„Hör zu, ich lese es dir vor. Aber natürlich ist es jetzt nicht mehr halb so romantisch, als wenn du es selbst gelesen hättest."

Markus las vor, was er geschrieben hatte.

„Meinst du das ernst?"

Teresa schaute Markus unsicher an.

„Dass die Nonna jungen Männern auf den Po schielt? Klar! Das musst du doch auch schon gemerkt haben. Ein Glück, dass ich zu Hause rechtzeitig begonnen habe, meinen schlaffen Schreibtischbody beim Waldlauf zu trainieren", witzelte Markus.

„Lenk nicht ab! Du weißt genau, was ich meine. Den letzten Satz", erklärte Teresa.

„Du meinst: Ich habe mich verliebt in Teresa, die mit der italienischen Sonne um die Wette lacht?"

Markus legte Teresa den Zeigefinger unters Kinn, zog ihr Gesicht sanft ein wenig näher und küsste sie zart auf den Mund. Es fühlte sich richtig an, richtig und wunderbar.

„Du solltest an diesen Kuss keine allzu strengen Maßstäbe anlegen. Ich bin ein wenig aus der Übung", bemerkte Markus.

„Oh, darüber musst du dir keine Gedanken machen, mir geht's genauso. Aber ich habe gehört, wenn man aus der Übung ist, dann hilft nur eins: üben, üben, üben", sagte Teresa und setzte es gleich in die Tat um. „Schade, es wird behauptet, dass Urlaubsflirts in der Regel keine lange Lebensdauer haben."

„Das ist kein Urlaubsflirt", widersprach Markus, „das weißt du ganz genau. Ich bin schon länger in dich verliebt und hätte dich auch schon zu Hause küssen können."

„Aha. Und warum hast du's nicht getan?"

„Ich brauchte erst ein wenig Ermutigung und Unterstützung", erklärte er.

„Und die hast du jetzt bekommen? Und wer oder was hat dich ermutigt und unterstützt, wenn man fragen darf?"

„Das Urlaubsgefühl, die Unbeschwertheit, die Luft, das Licht, aber vor allem die Nonna."

„Die Nonna? Weil sie auf unsere Mädchen aufpasst?"

„Das natürlich auch. Aber vor allem waren es ihre Blicke."

„Ihre Blicke?"

„Na ja, wie soll ich das erklären. Sie waren so ermutigend. Ermutigende Blicke eben."

„Ermutigende Blicke, so, so." Teresa warf den Kopf zurück und lachte. „Die Nonna ist die schamloseste Kupplerin aller Zeiten. Wenn sie findet, dass zwei Leute zusammenpassen, dann kennt sie keine Gnade. Aber ich hätte nicht gedacht, dass das auch ohne Sprache funktioniert."

„Oh, die Nonna beherrscht viele Sprachen, internationale sozusagen: die Augensprache, die Körpersprache, die Sprache des Herzens... Aber du hast schon recht, es ist wirklich schade, dass ich mich nicht mit ihr unterhalten kann“, stellte Markus bedauernd fest.

„O nein, ich glaube, das ist ganz gut so. Und jetzt lass uns gehen, sonst sitzen wir heute Abend noch hier.“

Die Pforten des kleinen Klosters waren geschlossen, als Markus und Teresa dort ankamen. Montags war Ruhetag, entnahmen sie dem Schild neben dem Eingang.

„Das darf doch nicht wahr sein“, stöhnte Teresa, „ich wollte dir schrecklich gern die alten Fresken zeigen. Aber wir könnten klingeln. Manchmal machen die Schwestern eine Ausnahme und lassen Besucher auch am Ruhetag ein.“

Markus war nicht allzu traurig über das verschlossene Schmiedeeisentor. Ihm stand der Sinn heute mehr nach Teresa als nach einer alten Nonne.

„Nein, lass nur. Ich finde, das Wetter ist ohnehin viel zu schön, um eine düstere Kirche zu besichtigen. Sicher komme ich irgendwann in meinem Leben mal wieder hierher. Jetzt sind die Fresken so alt geworden, da wird es auf ein paar Monate mehr oder weniger nicht ankommen. Du hast doch gesagt, von hier oben hätte man so eine schöne Aussicht.“

„Dazu müssen wir aber noch ein Stück hinaufsteigen“, sagte Teresa, „schaffst du das?“

„Na hör mal, wofür hältst du mich“, empörte sich Markus und begann den Weg hinaufzurennen. „Wer zuerst oben ist, bekommt einen Kuss!“

Teresa hatte ihn schnell eingeholt, und so kamen sie atemlos gemeinsam auf dem Hügel an.

„Unentschieden", stellte Markus fest. „Das macht entweder keinen Kuss oder zwei. Ich plädiere für zwei."

„Einverstanden. Aber erst einmal muss ich wieder Luft kriegen", japste Teresa und ließ sich ins Gras fallen.

Der Ausblick von hier oben war atemberaubend schön. Sie waren die einzigen Menschen weit und breit, so, als hätte der liebe Gott dieses wunderschöne Panorama ganz für sie allein geschaffen. Lange Zeit saßen sie stumm aneinandergeschmiegt und genossen den Blick auf die friedliche Landschaft. Erst als eine Gruppe deutscher Touristen auftauchte, die sich lautstark darüber aufregte, dass man ihnen im Hotel nicht gesagt hatte, dass das Kloster heute geschlossen war, standen sie auf und gingen zurück zum Auto.

„Und jetzt Frau Fremdenführerin?"

„Ich schlage vor, wir fahren nach Alba. Das ist nicht weit von hier. Auf dem Weg dorthin siehst du noch etwas von der Landschaft, und Alba ist eine hübsche Stadt. Turin verschieben wir auf morgen. Oder ist dir nicht nach einem Stadtbummel?"

„Mir ist nach allem, solange du dabei bist und es dir Freude macht. Alba ist gut. Ich möchte dir nämlich gern etwas kaufen."

„Nein", protestierte Teresa, „das möchte ich nicht."

„Aber ich möchte. Ich möchte, dass du eine Erinnerung an heute hast. Und ich möchte feiern, dass ich den guten Abschluss mit Signor Lorenzo gemacht habe. Und ich möchte mich bedanken, dass du mich hierher gebracht hast und ich diese wunderschöne Gegend und deine Familie kennen lernen durfte. Das sind doch drei gute Gründe, oder etwa nicht? Und der Nonna möchte ich auch etwas kaufen."

„Für die ermutigenden Blicke?" lachte Teresa.

„Du hast's erfasst."

Sie fanden in Alba einen kleinen alternativen Schmuckladen, in dem es hübschen, jedoch nicht zu teuren Modeschmuck gab. Markus kaufte für Teresa einen silbernen Ring mit einem Amethyst und für die Nonna eine Bernsteinbrosche.

„Glaubst du, sie gefällt ihr?"

„Ganz bestimmt", versicherte Teresa. „Im Übrigen würde ihr alles gefallen, was du ihr schenkst. Ich glaube, sie hat einen Narren an dir gefressen."

„*Per me?*" fragte die Nonna erstaunt, als Markus ihr das hübsch verpackte Päckchen in die Küche brachte, wo sie am Herd stand und ihr unübertreffliches *Risotto* zubereitete. Sie wusch sich die Hände, setzte sich an den Küchentisch und packte das Päckchen vorsichtig aus.

„*Com' è bella!*" rief sie aus, als sie die Brosche sah. „*Ma è troppo cara!*"

Markus freute sich, dass er offensichtlich ihren Geschmack getroffen hatte.

„Nein, das ist nicht zu teuer, überhaupt nicht. Hauptsache die Brosche gefällt Ihnen."

Die Nonna überschüttete Markus mit einem Wortschwall, der vermutlich das eben Gesagte in vielen Worten wiederholte. Markus schaute hilfesuchend zu Teresa, aber bevor die übersetzen konnte, entschloss sich die Nonna, die internationale Sprache zu Hilfe zu nehmen. Sie nahm Markus' Kopf in beide Hände und drückte ihm einen Kuss auf den Mund.

„Danke", sagte sie, „viele, viele Danke!"

Dann schaute sie spitzbübisch zu Teresa hinüber:

„*Due più due fa quattro?*"

"*Forse*", entgegnete Teresa lächelnd. Vielleicht.

„Hat sie gesagt ‚zwei und zwei macht vier', oder habe ich das falsch verstanden?"

„Nein, das hast du ganz richtig verstanden."

„Und was soll das bedeuten?"

„Ach, weißt du, es gibt doch in jeder Familie solche Sprüche, die nur innerhalb der Familie eine Bedeutung haben. Eine familiäre Geheimsprache sozusagen. Ich müsste furchtbar weit ausholen, um dir das zu erklären."

Damit musste Markus sich wohl zufrieden geben. Dann sagte Teresa etwas auf Italienisch, das Markus nicht verstand. Die Nonna sah lachend zu ihm herüber.

„Was hast du gesagt?" wollte Markus wissen.

„Ich habe gesagt, dass die Brosche ein Dankeschön ist für ihre ermutigenden Blicke."

Zufrieden lächelnd wandte die Nonna sich wieder ihrem *Risotto* zu. In diesem Moment stürmten Paulchen und Lena in die Küche und umarmten Markus und Teresa.

„Wir haben dem Nonno im Weinberg geholfen", erklärte Paulchen atemlos. „Ohne uns hätte der das heute nicht geschafft. Und ich kann schon ganz viele Wörter auf Italienisch: Weinberg und Traube und Rebstock und Schere und Erde. Willst du mal hören?"

Aber bevor Paulchen loslegen konnte, fiel Lena ihr ins Wort:

„Der Nonno hat gesagt, wir müssen im Herbst unbedingt wiederkommen und bei der Weinernte helfen. Kommen wir, Mama? Bitte, bitte, sag ja!"

„Ja", sagte Markus an Teresas Stelle, „wir kommen."

„Juchhu!" schrie Paulchen und drückte Markus noch ein bisschen fester. „Versprochen?"

„Versprochen. Großes Indianerehrenwort!"

Markus hob die Hand zum Schwur.

Auch dieser Abend war warm genug, um draußen unter dem Nussbaum zu sitzen. Als alle um den großen Tisch versammelt waren, erhob sich der Nonno und hielt feierlich eine kleine Ansprache. Kaum hatte er geendet, da schauten alle zu Markus und Teresa herüber und klatschten in die Hände. Markus wurde ein wenig verlegen, denn er hatte wieder einmal kein Wort verstanden und wusste nicht, warum sie beide im Mittelpunkt des Interesses standen.

„Würdest du bitte mal übersetzen", sagte er zu Teresa, die ein feuchtes Schimmern in den Augen hatte und im Moment offensichtlich damit überfordert war, ihm aus der Patsche zu helfen.

„Ich mach' das schon", kam Chiara ihm zu Hilfe. „Also, der Nonno sagt, dass die Nonna ihn gebeten hat, heute eine besondere Flasche Wein zu öffnen, eine von den Flaschen, die er in Teresas Geburtsjahr zur Seite gelegt hat. Das ist bei uns so Sitte. Allerdings will er wirklich nur eine Flasche öffnen, denn eigentlich sind diese Flaschen für Teresas Hochzeitsfeier gedacht. Jeder wird also nur einen kleinen Schluck bekommen. Aber die Nonna und der Nonno möchten gern, dass wir mit diesem Wein auf euch beide anstoßen, weil heute ein besonderer Tag ist."

Inzwischen war der Nonno herumgegangen und hatte ein wenig von dem kostbaren Wein in jedes Weinglas gefüllt. Nun hob er sein Glas und sagte:

„Alla salute di Marco e Teresa!"

Und alle wiederholten:

„Alla salute di Marco e Teresa!"

"Sind wir jetzt verlobt?" fragte Markus unsicher. Das ging ihm nun doch etwas zu schnell.

„Nein", lachte Chiara, „nur keine Angst. Das mag vielleicht für die Nonna gelten, aber sicher nicht für den

Rest der Familie. Für uns geht das auch ohne Verlobung in Ordnung."

Da erhob der Nonno noch einmal seine Stimme und wandte sich diesmal direkt an Markus. Als er geendet hatte, lachten alle.

„Was hat er gesagt?"

„Er hat gesagt", übersetzte Chiara, „wenn du Teresa nicht glücklich machst, dann kommt er höchstpersönlich nach Deutschland und... wie sagt man das auf Deutsch?"

„Liest mir die Leviten?"

„Genau."

„Bitte sag ihm, dass ich mich schrecklich freuen würde, wenn er mich einmal in Deutschland besuchen käme, aber nicht, um mir die Leviten zu lesen, sondern weil ich mich für seine Gastfreundschaft bedanken möchte und für die Herzlichkeit, mit der Paulchen und ich hier aufgenommen wurden. Das gilt natürlich für die ganze Familie. Und sag ihm auch, dass ich nichts lieber tun werde, als Teresa glücklich zu machen, und dass ich mich freue, dass ich euch alle kennen lernen durfte. Ach ja, und dass ich verspreche, bis zum nächsten Mal ein bisschen besser Italienisch zu lernen. Salute!"

Markus hob sein Glas, und alle taten es ihm gleich und klatschten in die Hände, als Chiara übersetzte, was er gesagt hatte. Die Kerzen zauberten ein Leuchten in Teresas Augen, aber vielleicht kam das Strahlen auch von innen heraus. Sie drückte unter dem Tisch verstohlen seine Hand.

„Du brauchst nicht mehr so heimlich zu tun", sagte Markus zu ihr, „du bist soeben verkauft worden, hast du das nicht gemerkt? Und es hat mich nicht einmal zehn Kamele gekostet, sondern nur eine kleine Bernsteinbrosche."

Markus ließ seinen Blick über die laut palavernde und gestikulierende Tischrunde gleiten und wusste, dass er schrecklich gern ein Teil dieser wunderbaren, verrückten, lauten Familie wäre, aber dass er vermutlich auch in zehn Jahren noch nicht einmal die Hälfte dessen verstehen würde, was hier gesprochen würde.

Drei Dinge sind aus dem Paradies geblieben:
die Sterne der Nacht,
die Blumen des Tages
und die Augen der Kinder.
(Dante Alighieri)

Lili

„Eine Karte von Markus und Teresa aus Italien", berichtete Lili und legte sie Jakob neben seinen Kuchenteller. „Die beiden sind verliebt. Ist das nicht eine wunderbare Neuigkeit?"

„Nein, eigentlich nicht", bemerkte Jakob zwischen zwei Bissen.

„Sie freuen sich nicht für die beiden?"

„Doch, natürlich freue ich mich, aber es ist keine Neuigkeit. Oder haben Sie nicht bemerkt, dass die beiden ineinander verliebt sind?"

„Natürlich habe ich es bemerkt, aber die beiden offensichtlich nicht. Und deshalb ist es eine wunderbare Neuigkeit. Na ja, manchmal braucht man eben ein wenig Abstand vom Alltag, um die Liebe zu entdecken. Ach", seufzte Lili, „ein wenig beneide ich die beiden, so eine junge Liebe ist etwas Bezauberndes. Aber ich gönne es ihnen von ganzem Herzen. Und für Lena und Paulina ist es doch wunderschön, jetzt wieder Mama und Papa zu haben."

„Moment, Moment, immer langsam mit den jungen Pferden", warf Jakob ein, „die beiden sind verliebt, von Heirat und Familie ist noch lange nicht die Rede."

„Aber daran gibt es doch gar keinen Zweifel."

„Sagen das die Sterne?"

„Nein, das sage ich", entgegnete Lili ein wenig schnippisch, denn sie mochte es nicht, wenn Jakob sie wegen ihrer ‚Sternengläubigkeit', wie er es nannte, aufzog. „Und jeder Mensch, der Augen im Kopf hat und ein bisschen gesunden Menschenverstand, der wird mir recht geben. Noch ein Stück Kuchen?"

Jakob hob erschrocken die Hände.

„Du lieber Himmel, nein! Er schmeckt ganz köstlich, aber seit ich bei Ihnen wohne, habe ich schon zwei Kilo zugenommen. Das kann auf keinen Fall so weitergehen."

„Ich finde, die zwei Kilo stehen Ihnen ganz ausgezeichnet", stellte Lili mit einem wohlwollenden Blick auf Jakob fest. „Im Übrigen sieht man sie überhaupt nicht."

Jakob lachte.

„Wenn man sie nicht sieht, wie können sie mir dann stehen? Abgesehen davon spüre ich sie. Meine Hose spannt."

„Vielleicht kann man etwas herauslassen. Sobald Teresa wieder zurück ist, werden wir ihr die Hose zeigen. Außerdem ..." Lili zögerte.

„Ja?"

„Na ja, ich meine, Sie könnten sich ja vielleicht auch einmal eine neue kaufen."

Jakob runzelte unwillig die Stirn.

„Gefällt Ihnen meine Hose nicht? Sie ist doch noch wie neu."

„Nehmen Sie das jetzt bitte nicht persönlich, Jakob, aber sie ist ..., na ja, wie soll ich sagen, sie ist ein wenig altmodisch."

Bevor das Gespräch schwierig werden konnte, klingelte es an der Tür. Lili stand auf. Wer das wohl war? Sie erwartete niemanden. Markus und Teresa waren noch verreist. Hilde vielleicht? Aber es war nicht Hilde. Vor der Tür stand Daniela, den kleinen Sammy im Arm. Lili hätte sie kaum wiedererkannt, so sehr hatte sie sich verändert, seit Lili sie das letzte Mal gesehen hatte. Aus dem blassen, verstörten jungen Mädchen mit dem strähnigen Haar und den verweinten Augen war eine strahlende junge Frau geworden.

„Daniela, was für eine Überraschung. Komm herein! Jakob wird sich freuen, euch zu sehen. Mein Gott, der kleine Sammy hat sich ja schwer herausgemacht."

„Es tut mir leid, dass ich so unangemeldet komme, aber meine Eltern haben in der Stadt etwas zu erledigen, und da dachte ich, es würde sie vielleicht freuen zu sehen, dass es Sammy gut geht. Und ich wollte auch noch einmal danke sagen."

Daniela hielt Lili einen Blumenstrauß entgegen, den Lili in der Freude über den Anblick der beiden noch gar nicht gesehen hatte.

„Hoffentlich komme ich nicht ungelegen. Ich hätte vielleicht vorher anrufen sollen."

„Aber nein. Nun kommt schon herein, bevor ihr unter der Tür festwachst."

Sie führte die beiden ins Wohnzimmer.

„Schauen Sie mal, wer uns besuchen kommt", sagte sie zu Jakob. „Setz dich, Daniela, du isst doch bestimmt ein Stück Kuchen. Er ist ganz frisch. Möchtest du Tee oder lieber Kaffee?"

„Bitte machen Sie sich meinetwegen keine Umstände. Ich trinke, was Sie fertig haben", erklärte Daniela mit einem Blick auf die Teekanne, die auf dem Tisch stand. Lili stellte ein zusätzliches Gedeck auf den Tisch und versorgte Daniela mit Tee und Kuchen. Wie sehr sie sich freute, Daniela und den kleinen Sammy zu sehen! Sie hatte schon oft an die beiden gedacht, überlegt, wie es ihnen wohl ginge, aber sie wollte nicht aufdringlich sein und hatte sich deshalb nicht mehr bei ihnen gemeldet. Was für ein Glück, dass Jakob den beiden damals begegnet war! Nicht auszudenken, was sonst aus ihnen geworden wäre. Auch Jakob war vom Besuch der jungen Frau sichtlich angetan.

„Darf ich dir Sammy abnehmen? Dann kannst du in Ruhe deinen Tee trinken“, sagte Lili nicht ganz selbstlos.

Was für ein hübscher kleiner Bursche Sammy geworden war! Richtige Pausbäckchen hatte er bekommen. Lili schäkerte ein wenig mit ihm und war ganz entzückt, als er sie mit einem zahnlosen Lächeln belohnte. Daniela erzählte, dass sie ihre Ausbildung wieder aufgenommen hatte, während sie Sammy bei ihren Eltern gut aufgehoben wusste. Sie waren ganz vernarrt in den kleinen Jungen und noch immer sehr betroffen, dass Daniela sie damals nicht ins Vertrauen gezogen hatte.

„Sie glauben, sie seien schlechte Eltern, weil ich nicht zu ihnen gekommen bin. Aber so ist das nicht. Ich hab’ mich halt so geschämt und wollte nicht, dass sie sich für mich schämen müssen“, erklärte Daniela.

„Sie werden es schon noch verstehen“, tröstete Jakob. „Hauptsache, es ist jetzt wieder alles in Ordnung.“

„In drei Wochen ist Taufe, und ich möchte Sie gern dazu einladen“, sagte Daniela. „Ohne Sie wäre Sammy jetzt irgendwo bei fremden Leuten. Ich darf gar nicht daran denken.“ Sie hielt ein wenig inne. „Ich wollte sie eigentlich auch fragen, ob Sie nicht Sammys Paten werden wollen, aber der Pfarrer und meine Eltern..., also die meinen...“

„Die meinen, wir wären zu alt dazu“, vollendete Lili.

„Nein, nein“, wehrte Daniela verlegen ab.

Lili lachte.

„Aber sie haben doch völlig recht. Paten sollten nicht viel älter sein als die Eltern, damit sie einspringen können, wenn den Eltern etwas zustößt." Sie sah den kleinen Sammy liebevoll an. „Ich bin immer für Sammy da, wenn du einmal Hilfe brauchst. Aber auch wenn ich's nicht wahrhaben will, ich komme langsam in ein Alter, in dem man sich auf seine Kraft und Gesundheit nicht mehr hundertprozentig verlassen kann. Und deshalb finde ich es sehr vernünftig, wenn du dir jüngere Paten für den kleinen Sammy suchst. Oder was meinen Sie, Jakob?"

„Ganz Ihrer Meinung", brummte Jakob, „obwohl Sie das mit dem Alter und der nachlassenden Kraft nicht unbedingt so betonen müssen. Ich fühle mich jedenfalls noch ganz fit."

„Da wäre noch etwas", sagte Daniela. „Wären Sie einverstanden, wenn ich Sammy mit zweitem Vornamen Jakob nennen würde? Weil ohne Sie..." Sie ließ den Satz unvollendet.

„Also, ich würde mich sehr geschmeichelt fühlen", meinte Jakob und sah auch ganz so aus.

In diesem Moment klingelte es schon wieder. Jakob wollte aufstehen, aber Lili bedeutete ihm, sitzen zu bleiben und ging mit dem kleinen Sammy auf dem Arm selbst zur Tür. Diesmal war es Hilde mit Lilis Gartenschere in der Hand.

„Was ist denn das?" fragte sie erstaunt, als sie den kleinen Sammy sah.

„Na, nach was sieht's denn aus?"

„Dumme Frage, nach einem Baby natürlich."

„Bravo, der Kandidat hat 99 Punkte."

„Sei nicht so sakrisch", beschwerte sich Hilde.

„Sakrisch? Oh, du meinst sicher sarkastisch. Entschuldige. Aber ich nehme an, du willst auch gar nicht wissen, was das ist, sondern wer."

„Nun hör mit dem lehrerinnenhaften Getue auf", beschwerte sich Hilde, „du weißt genau, dass mich das auf die Palme bringt."

Hilde hatte recht, und Lili schämte sich. Sie wusste, dass sie Hilde mit Worten überlegen war, und es war nicht nett, das auszuspielen. Zu ihrer Entschuldigung konnte sie nur anführen, dass sie sich wieder einmal mächtig über Hilde geärgert hatte. Schließlich war sie sich ziemlich sicher, dass die nicht gekommen war, um ihr die Gartenschere zurückzugeben, die sie sich ausgeliehen hatte, sondern weil sie vor Neugier fast platzte. Bestimmt war ihr Danielas Besuch nicht entgangen.

Andererseits musste Lili zugeben, dass sie ihre Freundschaft mit Hilde in der letzten Zeit sehr vernachlässigt hatte. Bisher hatte sie ihre Geheimnisse ganz gern mit Hilde geteilt, aber seit Jakob bei ihr wohnte, hatte sie einen neuen Gesprächspartner. Lili fühlte sich wie damals als Kind, als sie zu Weihnachten die schöne Babypuppe mit den Schlafaugen geschenkt bekommen hatte, Marlene. Ihre Vorgängerin Klara, kleiner, steifer und lange nicht so hübsch wie Marlene, hatte tagelang unbeachtet in der Ecke gelegen, bis Lilis Gerechtigkeitssinn sich meldete und sie Klara wieder hervorholte und fortan für zwei Puppenkinder sorgte. Nicht mit der gleichen Liebe, aber mit dem gleichen Verantwortungsgefühl. Nein, der Vergleich war nicht ganz stimmig. An Lilis Gefühlen zu Hilde hatte sich eigentlich nichts geändert, aber es gab plötzlich so viel Neues und Aufregendens in ihrem Leben, dass sie Hilde ein wenig aus den Augen verloren hatte, und das war nicht gerecht.

„Also, um deine Frage zu beantworten: Das ist Samuel Jakob."

„Samuel Jakob? Mein Gott, was für ein Name, das arme Kind! Sagtest du Jakob? Hat Jakob irgendwas mit dem Kind zu tun? Ich meine, Jakob ist nicht gerade ein Allerweltsname. Es wäre doch wirklich ein seltsamer Zufall. Ist er der Großvater?" Hildes Augen weiteten sich in der Hoffnung auf eine sensationelle Neuigkeit, und sie setzte fast flüsternd hinzu: „Oder vielleicht sogar der Vater?"

„Der Findelvater, sozusagen", erklärte Lili.

„Der Findelvater? Ist das etwas Unanständiges?"

„O nein, im Gegenteil, es ist etwas höchst Ehrenhaftes", erklärte Lili.

„Der Kleine ist doch nicht etwa so ein Tortenkind, oder?" Hilde beäugte Sammy ein wenig misstrauisch, und Lili brauchte einen Moment, bevor sie darauf kam, was Hilde meinte.

„Du meinst ein Retortenbaby? Nein, nein, er ist ganz normal auf die Welt gekommen. Na ja, fast jedenfalls. Ich würde dich ja gern hereinbitten, aber Daniela, das ist Sammys Mutter, die ist ein wenig schüchtern, und wir haben persönliche Dinge zu besprechen. Aber was hältst du davon, wenn wir mal wieder zusammen ins Kino gehen? Da läuft gerade ein schöner Film, *Der Duft von Lavendel* heißt er. Er handelt von zwei alten Damen, die am Strand einen jungen Mann auflesen und bei sich zu Hause aufnehmen. Das wäre doch genau der richtige Film für uns beide, was meinst du?"

Hilde strahlte.

„Zwei alte Damen und ein zugelaufener Mann? Ja, der Film könnte wirklich zu uns passen", lachte Hilde, „auch wenn man uns weiß Gott nicht alte Damen und Jakob schon gar nicht einen jungen Mann nennen kann. Aber vielleicht können wir trotzdem noch etwas lernen. Ich finde, das ist eine wunderbare Idee! Wir waren schon so lange nicht mehr im Kino. Und anschließend könnten wir noch eine Kleinigkeit essen gehen. Was meinst du, sollen wir gleich morgen gehen? Ich hätte Zeit!"

„Gut", sagte Lili, „abgemacht. Ich ruf' dich noch mal an, wegen der Uhrzeit. Aber jetzt muss ich rein, hier zieht's. Das ist sicher nicht gut für den Kleinen."

„Halt, deine Schere", rief Hilde, „deshalb bin ich doch gekommen."

Nein, bist du nicht, dachte Lili, aber ich freue mich trotzdem auf morgen Abend.

Abends schrieb Lili in ihr Tagebuch:

Ich habe mich so gefreut, dass Daniela und der kleine Sammy gekommen sind. So ein Baby ist doch die wunderbarste Sache der Welt! Ich glaube, nichts bringt mehr Glück ins Leben eines Menschen als ein Kind, und ich finde es sehr traurig, dass so viele junge Menschen sich dieses Glück entgehen lassen. Ich würde alles darum geben, wenn ich es hätte erleben dürfen.

Ich bin auch sehr froh, dass ich mich wieder an Hilde ‚erinnert' habe. Sie ist eine gute Freundin, auch wenn sie ihre Macken hat, aber die habe ich schließlich auch. Und Freundschaften muss man pflegen, sonst verkommen sie, wie ein Haus, das man nicht in Ordnung hält. Ich gelobe Besserung!

Von all den Befürchtungen,
die man hegt,
treffen zum Glück nur die schlimmsten zu.
(Stendhal)

Teresa

Diesmal fiel Teresa der Abschied von Italien und von ihrer Familie leichter als sonst, denn sie fuhr zusammen mit Markus nach Hause und sie hatte ihre junge Liebe im Gepäck. Außerdem hatte Markus fest versprochen, im Herbst zur Weinernte wiederzukommen.

Sie fuhren über den Ortasee zurück, den Teresa zum ersten Mal sah und der sie mit seiner altmodischen, verwunschenen Schönheit betörte. Markus stellte den Wagen auf dem großen Parkplatz ab, dann spazierten sie über den Fußpfad hinunter zum See. Bei den Seegrundstücken führte ein schmaler Plattenweg direkt am Ufer entlang. Lena und Paulina sprangen voraus, und Teresa stand tausend Ängste aus, weil der Weg keine Begrenzung zum See hatte und sie befürchtete, eins der Mädchen könne ins Wasser fallen.

„He, du Glucke", schimpfte Markus spaßhaft, „du kannst ja vor lauter Angst die herrliche Aussicht gar nicht genießen. Guck doch mal, wie wunderschön es hier ist! Außerdem bin ich ausgebildeter Rettungsschwimmer, falls tatsächlich jemand ins Wasser fällt."

„Bist du nicht", sagte Teresa. „Du bist ein Schwindler."

„Aber ein netter", lachte Markus und küsste Teresa.

Sie schauten durch die Zäune auf die prächtigen Villen und die gepflegten Gärten, ganz ohne Neid, denn sie besaßen Reichtümer anderer Art und wollten heute mit niemandem tauschen. In Orta S. Giulio schlenderten sie durch die engen Gässchen, drückten sich in die Hauseingänge, wenn ihnen eins der wenigen einheimischen Autos entgegenkam und setzten sich schließlich in ein Café an der Piazza Motta, um ein Eis zu essen und einen Abschieds-Espresso zu trinken.

Teresa schaute verträumt hinaus auf den See und die kleine Insel S. Giulio, die sich im glatten Wasser spiegelte. Markus folgte ihrem Blick.

„Die Insel sieht so friedlich aus. Und dabei sollen dort einmal Drachen gehaust haben."

„Drachen? Du meinst richtige Drachen?"

Paulina und Lena schauten ehrfürchtig zu der kleinen Insel hinüber.

„Ja, richtige Feuer speiende Drachen, aber die sind schon lange tot, schon sechszehnhundert Jahre."

„Ist das viel?"

„Sehr viel. Der heilige Julius hat sie verjagt, aber vorher mussten sie noch das Baumaterial für eine Kirche heranschleppen."

„Man merkt, dass du Kinderbücher illustrierst", lachte Teresa. „Die Geschichte hast du doch gerade erfunden."

„Irrtum", konterte Markus. „Sie steht in meinem Reiseführer. Wenn sie also erfunden ist, dann nicht von mir."

„Egal, es ist eine hübsche Geschichte", sagte Teresa. „Ich würde mir die Insel gern einmal ansehen. Aber ich fürchte, dazu reicht unsere Zeit nicht."

„Wir kommen wieder", versprach Markus. „Wenn wir im Herbst zu deiner Familie fahren, legen wir in Orta eine Zwischenstation ein. Hier gibt es sicher schnuckelige, romantische Hotels mit Seeblick."

„Ich glaube nicht, dass wir Leute sind, die sich schnuckelige, romantische Hotels mit Seeblick leisten können", warf Teresa ein.

„Du vergisst, dass ich gerade eine große Karriere als Buchillustrator starte", warf sich Markus scherzhaft in die Brust.

Teresa lachte. Träumen war schön. Warum nicht? Vielleicht eines Tages... Heute hielt Teresa fast alles für möglich.

Der Alltag hatte sie wieder. Aber noch immer war er in Pastelltönen gezeichnet, so wie Markus' Bilder für sein Märchenbuch. Er arbeitete mit Feuereifer, und ein Bild wurde schöner als das andere.

„Du bist meine Muse", sagte er, und Teresa lächelte glücklich.

Teresa öffnete den Briefkasten. Werbung und ein Brief. Teresa brauchte ihn nicht zu öffnen, sie sah schon am Logo, woher er kam, vom Arbeitsamt. Das verhieß nichts Gutes. Teresas Hände zitterten, als sie die Treppe hinaufrannte und an Markus' Tür Sturm klingelte.

„Teresa! Ist was passiert? Du bist ja ganz blass. Was ist los? Ist was mit Lena? Nun komm erst mal rein."

„Ein Brief, da ist ein Brief gekommen vom Arbeitsamt."

„Agentur für Arbeit heißt das jetzt", verbesserte Markus. „Und was steht drin?"

„Keine Ahnung. Ich hab' ihn noch nicht aufgemacht."

„Aber warum regst du dich denn dann so auf?"

„Mach du ihn auf und lies, was drin steht. Ich kann das nicht, ich hab' Angst."

Markus drückte sie auf die Couch, setzte sich neben sie, öffnete den Brief und las.

„Hm. Also, so ganz erfreulich ist es wirklich nicht."

Teresas Herz klopfte bis zum Hals. Behördenbriefe waren nie erfreulich. Ein Glück, dass wenigstens Markus bei ihr war.

„Was schreiben sie denn? Nun sag schon!"

„Na ja, eine Katastrophe ist es auch nicht gerade."

„Markus, bitte!"

„Also", erklärte Markus, „sie schreiben, dass deine Wohnung ein paar Quadratmeter zu groß ist, um genau zu sein 5,3. Du sollst dir entweder eine neue Wohnung suchen oder für deine jetzige Wohnung den Aufpreis zahlen, 35 Euro."

35 Euro mehr im Monat, das war eine utopische Summe für Teresa. Sie kam gerade so über die Runden, obwohl sie Kleidung fast ausschließlich im Secondhand-Laden kaufte oder selbst nähte und auch sonst sparte, wo es ging. Seit sie Lilis Nähmaschine hatte, konnte sie sich etwas dazu verdienen, davon legte sie immer etwas zur Seite. Aber vor vier Wochen war ihre Waschmaschine kaputtgegangen, und ihr ganzes Erspartes musste sie in die Reparatur stecken und zudem noch vierzig Euro von dem ihr monatlich zur Verfügung stehenden Geld.

„Aber ich will nicht umziehen", jammerte Teresa und fühlte, wie ihr Tränen in die Augen schossen, „es ist so ideal hier. Du wohnst hier, und Lena und Paulina können zusammen spielen und zusammen in den Kindergarten gehen und nächstes Jahr in die Schule."

Igor, der merkte dass etwas nicht in Ordnung war, setzte sich neben Teresa und legte tröstend seinen großen, schweren Kopf auf ihre Knie. Markus zog ein Taschentuch aus der Hosentasche und tupfte ihr die Tränen von den Augen.

„He, nun beruhige dich mal. Wer spricht denn von ausziehen?"

„Die sprechen von ausziehen, die auf ihrer blöden Behörde! Die haben doch keine Ahnung, wie schwierig das ist, als alleinstehende Mutter überhaupt eine Wohnung zu finden! Ich möchte nicht, dass Lena in irgend so einem verratzten Viertel aufwachsen muss und mit irgendwelchen unerzogenen Kindern spielen, bloß weil es da die einzigen erschwinglichen Wohnungen gibt!"

„Jetzt pass mal auf", sagte Markus, während Teresa ihre Nase putzte, „ich koch' uns jetzt mal einen Tee, und du beruhigst dich inzwischen. Und dann überlegen wir in aller Ruhe, welche Möglichkeiten wir haben."

„Möglichkeit Nummer 1", sagte Markus fünf Minuten später, „wir schauen, wie groß meine Wohnung ist, vielleicht können wir ganz einfach tauschen."

„Nein, das möchte ich nicht. Außerdem ist deine Wohnung auch nicht kleiner als meine, ganz bestimmt nicht."

„Möglichkeit Nummer 2: Ich gebe dir die 35 Euro im Monat."

„Das kommt überhaupt nicht in Frage!"

„Möglichkeit Nummer 3: Wir ziehen zusammen."

„Dann zahlt das Amt überhaupt kein Wohngeld mehr. Und ich kann dir nicht die Hälfte von der Miete bezahlen. Und außerdem will ich mit dir zusammenziehen, wenn wir beide es wollen und nicht, weil irgendeine Behörde es will."

„Ich fände es ganz in Ordnung", stellte Markus fest und nippte an seinem Tee.

„Aber ich nicht", sagte Teresa trotzig.

„Was willst du denn überhaupt?"

„Dass alles so bleibt, wie es ist", sagte Teresa und brach erneut in Tränen aus.

Markus nahm sie in den Arm.

„Du bist gerade wie ein bockiges Kind", stellte er fest. „Denk mal in Ruhe darüber nach. Und schluck deinen verdammten Stolz hinunter. Ich würde sehr gern mit dir zusammenziehen, nicht wegen der Behörde, sondern weil ich dich liebe. Und weil ich es mir schön vorstelle, morgens neben dir aufzuwachen. Und praktisch wäre es auch. Und ehrlich. Und überhaupt."

Teresa musste unter Tränen lachen. Aber dann wurde sie wieder ernst und sagte:

„Nein. Wir müssen eine andere Lösung finden."

„Und welche?"

„Keine Ahnung."

Teresa hatte den ganzen Tag und die ganze Nacht darüber nachgedacht. Sie konnte es drehen und wenden, wie sie wollte: Es gab keine Lösung, jedenfalls keine, die sich mit ihr, ihrem Stolz und ihren Vorstellungen vom Leben vereinbaren ließ. Markus hatte davon gesprochen, in der Zeitung nach einem Job für sie zu suchen oder nach einer neuen Wohnung. Er wollte sich auch an der Volkshochschule erkundigen, ob sie dort nicht einen Italienischkurs geben könne. Da war Teresa klar geworden, dass es nur eine Lösung gab, wenn sie nicht wollte, dass Markus ihr Geheimnis entdeckte.

Sie hatte einen schönen Traum geträumt. In Italien schien alles so einfach, die Alltagsprobleme waren weit weg. Sie hatte sich eingebildet, es spiele keine Rolle zwischen ihnen, weil sie es so gern glauben wollte, aber sie hatte sich getäuscht. Sie liebte Markus, und der Gedanke, dass alles zu Ende sein sollte, war schrecklich. Aber sie konnte ihm die Wahrheit nicht sagen, denn alles konnte sie besser ertragen, als die Verachtung in seinen Augen zu sehen.

Als das Telefon nicht klingelte,
wusste ich sofort,
dass du es warst.
(Dorothy Parker)

Markus

Markus hatte sich vorgenommen, die Stunden zu nutzen und an seinen Bildern zu arbeiten, während Paulchen im Kindergarten war, und er war deshalb wenig begeistert, als das Telefon klingelte. Das änderte sich schnell, als er Teresas Stimme hörte.

„Hallo, Teresa. Na, hast du den ersten Schrecken verdaut?“

„Ich hab’ mich entschieden“, sagte Teresa. „Ich werde zu meiner Familie nach Italien gehen. Das ist das Beste.“

„Wenn du meinst. Aber ich fürchte, die werden dir nicht weiterhelfen können. Meinst du nicht, es würde genügen, sie anzurufen?“

Markus konnte verstehen, dass Teresa in ihrer Not zuerst an ihre Familie dachte, aber außer, dass sie ihr finanziell unter die Arme griffen, sah er nicht, wie sie Teresa bei der Job- oder Wohnungssuche behilflich sein sollten.

„Du verstehst nicht. Ich werde meine Wohnung hier aufgeben und ganz nach Italien ziehen. Noch ist Lena nicht in der Schule, es wird also keine großen Probleme geben.“

Teresas Stimme klang so nüchtern, als würde sie ihm die Wasserstandsmeldungen vorlesen. Markus war wie vor den Kopf geschlagen.

„Es wird keine großen Probleme geben? Und was ist mit mir? Komme ich bei deiner einsamen Entscheidung auch irgendwo vor? Auf die Entfernung wird man nicht mal von einer Wochenendbeziehung sprechen können, von einer Sommer- und Weihnachtsferienbeziehung vielleicht."

„Es wird keine Beziehung mehr geben, Markus. Es ist aus."

Markus war, als hätte man ihn in einen Kübel mit Eiswasser getaucht. Der Schock war so groß, dass er kaum atmen konnte. Das konnte einfach nicht wahr sein. Er musste Teresa falsch verstanden haben.

„Hör mal, Teresa, wenn ich gestern im Eifer des Gefechts irgendwas gesagt habe, was dich verletzt hat, dann tut's mir leid."

„Es hat nichts mit dir zu tun", erklärte Teresa, und zum ersten Mal hörte Markus ein leises Beben in ihrer Stimme. „Es liegt an mir. Aber ich kann dir das nicht erklären, du würdest es nicht verstehen."

„Versuch's doch einfach mal. Vielleicht bin ich ja klüger, als du denkst."

„Das ist es ja gerade", sagte Teresa so leise, dass er sie kaum verstehen konnte.

„Und wenn dieses blöde Schreiben wegen deiner Wohnung nicht gekommen wäre, hättest du dann auch Schluss gemacht?"

„Ja", sagte Teresa, „ein bisschen später vielleicht, aber... ja."

Die Ruhe, mit der Teresa das alles vorbrachte, so als handle es sich bei dieser Trennung um eine gottgewollte Angelegenheit, brachte Markus in Rage.

„Himmelherrgott, Teresa, du machst mich wahnsinnig! Warum? Warum machst du alles kaputt? Und warum sagst du mir das, verdammt noch mal, am Telefon? Du wohnst genau ein Stockwerk über mir. Ist es dir zu anstrengend, die Treppe herunterzukommen und es mir persönlich zu sagen? Oder bist du zu feige, mir dabei in die Augen zu sehen?"

„Ja", sagte Teresa, als sei es das Selbstverständlichste von der Welt. „Wenn es dir recht ist, können die Mädchen zusammen spielen, solange wir noch hier wohnen, aber ich möchte nicht, dass du Lena zur Vorlesestunde oder in den Kindergarten mitnimmst."

„Hast du Angst, dass ich sie entführe?"

Noch gestern hätte Teresa über diesen Satz gelacht, aber gestern, das war in einem anderen Leben.

„Nein, ich möchte nicht, dass du mir den Gefallen tust. Ich hab' das nicht verdient."

„Teresa, was redest du für einen hirnverbrannten Unsinn? Was ist los mit dir?"

„Leb wohl, Markus."

Markus stand lange Zeit unbeweglich mit dem Hörer in der Hand, nachdem Teresa längst aufgelegt hatte. Er hatte das Gefühl, gleich aus einem schlechten Traum aufwachen zu müssen. Die Wut, die er während des Telefongesprächs verspürt hatte, war verflogen und einem Gefühl vollkommener Leere gewichen.

Nach Sarahs Tod hatte er gedacht, er könne sich nie mehr verlieben, aber dann war Teresa gekommen. Er hatte lange gewartet, bis er sich selbst und ihr seine Liebe eingestanden hatte, er wollte sich seiner Sache ganz sicher sein. Sie wäre nicht nur ihm eine gute Partnerin, sondern auch Paulchen eine wunderbare Mutter gewesen. Ein Glück, dass Teresa jetzt seine Gedanken nicht lesen konnte. Sie würde womöglich denken, er sei nur auf der Suche nach einer Mutter für Paulchen gewesen. Aber das stimmte nicht. Er war gar nicht auf der Suche gewesen. Aber er hätte sich nie auf eine Frau eingelassen, die nicht mit Paulchen zurecht kam. Er hatte auch immer bedauert, dass Paulchen als Einzelkind aufwachsen musste. Lena und Paulina verstanden sich so gut. Markus wusste, dass Teresa Lena über alles liebte. Wie konnte sie ihr das antun? Es musste mehr passiert sein als das Schreiben der Behörde, aber was? Markus war in Versuchung, zu Teresa hinaufzugehen, aber sein Stolz war ihm im Weg. Er würde nicht um ihre Liebe betteln.

Stattdessen ging er in die Küche, um sich Kaffee zu kochen. Sicher nicht das geeignete Getränk, um zur Ruhe zu kommen, aber er musste sich irgendwie beschäftigen und nach Malen war ihm gerade nicht zumute. Seine Hand zitterte so stark, dass er einen ganzen Löffel Kaffeepulver auf der Arbeitsplatte verschüttete. Entnervt ließ er sich auf einen Küchenstuhl sinken.

Er war versucht, Florian anzurufen. Florian war immer seine erste Anlaufstelle, wenn Markus ein Problem hatte, und Florian kannte sich mit Frauen aus. Aber Markus konnte Florian nicht anrufen, er wollte die Telefonleitung nicht blockieren. Bestimmt hatte Teresa in ihrer Panik, die das Schreiben bei ihr ausgelöst hatte, überreagiert und würde ihn gleich anrufen, um die Sache richtig zu stellen. Er kannte doch inzwischen ihre unmotivierten Stimmungsumschwünge. Anfangs hatte er gedacht, er würde damit nicht klar kommen. Aber er liebte Teresa und wusste, dass jeder Mensch seine Eigenheiten hatte, mit denen man sich wohl oder übel arrangieren musste. Markus starrte das Telefon an wie die Schlange das Kaninchen und wartete darauf, dass es klingelte, aber es stand stumm in der Ecke und rührte sich nicht.

Seufzend machte Markus sich wieder an die Arbeit. Er malte gerade ein Bild zu dem Märchen *Das Mädchen mit den Schwefelhölzern*. Hölzern - ja, genau so sah das kleine Mädchen aus, als er mit dem Bild fertig war, wie eine seelenlose Gliederpuppe. Vielleicht sollte er lieber die Illustration zum *Kleinen Zinnsoldaten* malen, der durfte steif und leblos sein. Die Muse, das treulose Weib, hatte ihn also schon wieder verlassen. Immer, wenn es brenzlig wurde und er sie am nötigsten brauchte, machte sie sich aus dem Staub. Weiber!

Vielleicht sollte er darüber nachdenken, wieder als Gerichtszeichner zu arbeiten. Damit hatte er sich als Student etwas dazu verdient. Nicht dass es ihm besonders viel Spaß gemacht hätte, aber das Konterfei von Angeklagten aufs Papier zu bannen, die nicht gefilmt und fotografiert werden durften, das erforderte nur handwerkliches Können und klappte auch ohne Musenkuss. Nach hübschen, bunten Bildern stand ihm im Moment ohnehin nicht der Sinn. Genaugenommen stand ihm der Sinn überhaupt nicht nach Malen. Ärgerlich warf Markus den Pinsel zur Seite und beschloss, die Arbeit für heute ruhen zu lassen. Er würde ohnehin nichts Vernünftiges zustande bringen.

Erst wenn man über eine Sache redet,
ist sie auch geschehen.
(Oscar Wilde)

Lili

Es war schön gewesen mit Hilde im Kino. *Der Duft von Lavendel* war ein leiser, anrührender Film, ganz nach Lilis Geschmack. Die beiden alten Schauspielerinnen hatten großartig gespielt, ihre erwachenden Gefühle für den jungen Mann, ihre Zuneigung, die sie eifersüchtig hüteten, wirkten so echt und glaubhaft, ganz ohne Kitsch und Peinlichkeit, dass Lili noch einige Minuten berührt sitzen blieb, als der Film zu Ende war.

Eigentlich liebte Lili Geschichten mit Happy End, aber wie hätte das in diesem Film aussehen sollen? Manche Geschichten schlossen von vornherein aus, dass sie ausgehen konnten wie im Märchen: *Und sie lebten glücklich bis an ihr Ende.* Trotzdem empfand Lili den Schluss nicht als traurig, sondern verließ das Kino mit dem Gefühl, etwas Schönes gesehen zu haben, etwas, das so, wie es war, seine Ordnung hatte.

Sie stellte fest, dass auch Hilde der Film angerührt hatte, was sie ein wenig erstaunte. Sie hatte befürchtet, Hilde könne sich darüber lustig machen. Beim anschließenden Essen sprachen sie noch lange über das Gesehene, und Lili freute sich, wieder einmal einen Abend gemeinsam mit Hilde zu verbringen. Sie sollte es öfters tun.

Heute hatte sie beschlossen, alle Unterlagen, von denen sie sich Aufschluss über Jean-Luc erhoffte, zusammenzusuchen.

In einem alten Album hatte sie Fotos von Mamas Aufenthalt im Elsass gefunden. Auf einem der Bilder stand

Mama Arm in Arm mit einem jungen Mann und einem jungen Mädchen vor einem großen Fachwerkhaus, dem Cheval blanc, wie der altmodische Schriftzug auf der Fassade verriet. Es musste wohl der Gasthof sein, in dem Mama das Kochen lernen sollte und statt dessen der Liebe begegnet war. Lili versuchte herauszufinden, ob es sich bei diesem Jean-Luc um denselben handelte, den Mama später am Gardasee getroffen hatte, aber selbst mit Hilfe einer Lupe konnte Lili das nicht eindeutig feststellen. Doch der Brief von Jean-Luc, den sie neulich gefunden hatte, ließ ohnehin kaum einen Zweifel daran. Ein Foto auf der Seite fehlte. Die Bildunterschrift besagte, dass es sich um ein Bild von ‚Hélène und Jean-Luc' gehandelt hatte. Ob Mama es aus dem Album entfernt hatte, um Fragen aus dem Weg zu gehen oder um es an einem besonderen Ort aufzubewahren? Vielleicht würde Lili es an einem anderen Platz finden.

In einer Schatulle war sie auf zwei Briefe von Jean-Lucs Mutter an ihre Großmutter gestoßen. Im ersten drückte diese ihr Bedauern darüber aus, dass der Kriegsausbruch die beiden Jungverliebten getrennt hatte und dass sie hoffe, die beiden würden nach dem Krieg wieder zueinander finden.

In einem zweiten Brief, wenige Wochen später geschrieben, gab Marie Philippe ihrem Befremden Ausdruck, dass Hélène sich entschlossen hatte, ihr Herz so schnell einem anderen zu schenken. In Anbetracht der Tatsache, dass sie Großmutters beste Freundin war, hatte sie ihre Worte vorsichtig gewählt, aber zwischen den Zeilen war deutlich herauszulesen, dass ihr Mutterherz Hélènes Verhalten nicht billigte.

Weitere Briefe von Marie Philippe hatte Lili bisher nicht gefunden. Vielleicht hatte ihre Großmutter nur diese beiden aufbewahrt, vielleicht gab es auch keine weiteren, weil ein Briefverkehr zwischen den feindlichen Ländern unmöglich geworden war oder weil die Freundschaft der beiden Frauen durch Helenes Verhalten einen dauerhaften Schaden erlitten hatte.

Seit Lili Jean-Lucs Brief an Mama gefunden hatte, versuchte sie sich an ihren gemeinsamen Gardaseeurlaub zu erinnern. Das Treffen der beiden musste damals stattgefunden haben, und es war sehr wahrscheinlich, dass Lili dabei gewesen war, aber sie konnte sich beim besten Willen nicht daran erinnern. Sie hoffte auf ihre Träume, aber auf die war genauso wenig Verlass wie auf ihr Gedächtnis.

Der Brief von Jean-Luc an Mama war c/o an eine Kollegin von Mama adressiert, mit der Mama viele Jahre befreundet gewesen war. Es war also anzunehmen, dass diese Ruth in Mamas Geheimnis eingeweiht war. Lili hätte sie gerne besucht und zu der Angelegenheit befragt, aber Ruth war schon drei Jahre vor Mama gestorben und hatte ihr Geheimnis vermutlich mit ins Grab genommen. Auch von Jean-Luc konnte Lili keine weiteren Briefe finden. Anscheinend hatte Mama sie alle vernichtet, bis auf diesen einen. Ob Mama ihn bewusst aufgehoben oder einfach nur vergessen hatte? Auch das würde Lili wohl nie erfahren.

Es war nicht allzu viel, was sie in Erfahrung bringen konnte, aber gerade dieses Wenige stachelte Lilis Neugier an und bestärkte sie in ihrem Entschluss, nach Frankreich zu fahren und der Sache auf den Grund zu gehen.

An diesem Abend fiel es Lili schwer, etwas in ihr Tagebuch zu schreiben, denn sie war sich nicht sicher, ob das Stöbern in Mamas Vergangenheit sie glücklich machte.

Schließlich schrieb sie:

Es ist ein gutes Gefühl, endlich in Angriff zu nehmen, was ich schon lange vor mir hergeschoben habe. Ob mich das, was ich vielleicht erfahren werde, (sofern es mir gelingt, Jean-Luc zu finden und er bereit ist, mit mir zu sprechen), glücklich machen wird, weiß ich nicht. Jedenfalls habe ich das dringende Bedürfnis, endlich Licht in die Sache zu bringen, und Jakob bestärkt mich darin. Apropos Jakob: Es ist in jedem Fall ein Glück, dass ich die Sache nicht allein durchziehen muss. Zu zweit ist man stärker, heißt es, und das stimmt.

Bleibt stets einander zugekehrt
und trennt euch erst,
wenn einer stört.
(Schlesischer Hochzeitsspruch)

Jakob

Jakob hörte, wie unten die Haustür ins Schloss fiel. Lili kam von ihrem Vorlesenachmittag nach Hause. Aber anstelle ihrer zuklappenden Wohnungstür vernahm Jakob nun das Geräusch eiliger Schritte auf der Treppe nach oben und dann ungeduldiges Klopfen an seiner Eingangstür.

„Lili, ist etwas passiert? Kommen Sie herein!"

Lili ließ sich nicht zweimal auffordern, ging zielstrebig ins Wohnzimmer und ließ sich heftig atmend aufs Sofa fallen.

„Eigentlich hätte ich gewarnt sein müssen", schnaufte Lili. *„Machen Sie sich auf eine menschliche Enttäuschung gefasst,* stand heute Morgen in meinem Horoskop, aber auf so etwas kann man nicht gefasst sein. Niemals wäre ich darauf gekommen, dass damit Teresa gemeint sein könnte."

„Teresa? Was ist mit ihr?"

Lili war offensichtlich nicht gewillt, gleich auf den Punkt zu kommen und damit Jakobs Neugier zu stillen.

„Lena und Paulina sind heute nicht zur Vorlesestunde gekommen. Deshalb habe ich bei Markus angerufen. Ich war in Sorge, es könnte was passiert sein. Sie haben bisher noch nie beide gefehlt. Und da erzählt mir Markus, dass Teresa sich von ihm getrennt hat."

Lili hielt theatralisch inne und wartete offensichtlich auf eine Reaktion von Jakob.

„Hm“, sagte der.

„Ist das alles, was Sie dazu zu sagen haben?“

„Na ja, was soll ich denn sagen?“

„Dass sie das nicht machen kann, zum Beispiel!“ empörte sich Lili. „Da macht ihr der netteste junge Mann, den man sich vorstellen kann, den Hof, stört sich nicht an ihrem Kind, wäre Lena ein wunderbarer Vater und Teresa ein guter Mann, und sie tritt ihr Glück mit Füßen.“

„Nun, wir wissen ja nicht, was vorgefallen ist“, gab Jakob zu bedenken.

„Was vorgefallen ist, kann ich Ihnen sagen. Teresa hat ihm erklärt, dass sie nach Italien ziehen will, zu ihrer Familie.“

„Nun ja, das ist doch ganz vernünftig. Ich habe mich ehrlich gesagt schon lange gewundert, dass Teresa nicht zu ihrer Familie zieht“, wandte Jakob ein.

„Aber sie hat Markus vor vollendete Tatsachen gestellt! Sie hat ihn nicht einmal gefragt, ob er mitkommen will. Ich meine, Markus ist kein Finanzbeamter, der nicht ohne weiteres das Land wechseln kann. Er kann auch in Italien malen. Der arme Kerl ist wie vor den Kopf gestoßen. Markus ist ein Krebs. Das sind sehr gefühlsbetonte Menschen. Sie können mir ihrer guten Laune die ganze Welt anstecken, sprühen vor Witz und Charme, wenn es ihnen gut geht, aber wenn sie traurig sind, dann fallen sie in ein tiefes Loch, aus dem sie ohne die Hilfe anderer kaum herausfinden. Sie empfinden eine Zurückweisung noch viel schlimmer als andere Menschen.“ Lili redete sich richtig in Rage. „Es war sicher nicht leicht für ihn, sich noch einmal auf die Liebe einzulassen. Wenn man einen geliebten Menschen verloren hat, dann hat man Angst davor, diesen Schmerz noch einmal erleben zu müssen. Ich glaube nicht, dass ich das noch einmal ertragen könnte. Na ja, zum Glück stand das ja nie zur Debatte. Mir ist nach Rudolf kein Traummann mehr über den Weg gelaufen."

„Ach, wie können Sie nur so grausam sein, Lili. Mit einem einzigen Satz machen Sie all meine Hoffnungen zunichte", stöhnte Jakob in gespielter Niedergeschlagenheit. Dabei war er froh, diese Worte von Lili zu hören. Anfangs hatte er befürchtet, sie könne seine freundschaftlichen Gefühle missverstehen und sich falsche Hoffnungen machen, das hätte die Sache und seinen bevorstehenden Abschied sehr kompliziert. Es war nicht Liebe, was er Lili schenken wollte, sondern etwas ganz anderes.

„Aber im Ernst. Irgendeinen Auslöser muss es für Teresas Verhalten doch gegeben haben", beharrte Jakob. Als Lili ihm von dem Schreiben der Behörde, Teresas Wohnung betreffend, erzählte, fiel es Jakob wie Schuppen von den Augen. Er glaubte, sich Teresas Verhalten erklären zu können.

„Teresa hat Lena verboten, mit Markus zur Vorlesestunde zu fahren", erzählte Lili. „Sie möchte keine Gefälligkeiten mehr von ihm annehmen. Daraufhin wollte auch Paulina nicht gehen. Dass Teresa den Kindern das antut! Ich kann es einfach nicht begreifen."

„Ich glaube, es ist an der Zeit, dass ich Ihnen etwas von Teresa erzähle", sagte Jakob. „Aber vorher sollten Sie vielleicht einen Cognac trinken. Das stärkt die Nerven."

Jakob holte die Cognacflasche und ein Glas aus dem Schrank und schenkte Lili großzügig ein.

„Also, neulich war ich am Bahnhof. Da sah ich zufällig Teresa. Sie wollte sich am Automaten eine Fahrkarte lösen. Mich hat sie offensichtlich nicht bemerkt. Schließlich sprach sie eine junge Frau an, erst auf Italienisch, dann in gebrochenem Deutsch. Ob sie ihr wohl helfen könne, eine Fahrkarte nach Esslingen zu lösen. Können Sie sich denken warum?"

„Na ja, vermutlich, weil sie mit den blöden Automaten genauso wenig zurechtkommt wie ich, es aber nicht zugeben will. Ich verstehe wirklich nicht, was das jetzt mit unserem Problem zu tun hat."

„Wenn Teresa zum Einkaufen geht, schreibt sie sich keinen Einkaufszettel, sondern merkt sich die Einkäufe mit einem Trick. Wenn sie in ein Restaurant geht, bestellt sie etwas, von dem sie annimmt, dass es mit Sicherheit auf der Karte steht, Schnitzel im deutschen Restaurant, Spaghetti beim Italiener, Gyros beim Griechen. Merken Sie was?"

„Was soll ich denn merken?" entgegnete Lili ungeduldig.

„Teresa würde gern Freundschaften schließen", fuhr Jakob unbeirrt fort, „aber bisher hat sie jede nach einer gewissen Zeit abgebrochen. Einmal war sie mit einer jungen Mutter aus dem Kindergarten befreundet, so lange, bis die ihr Elternzeitschriften mitbrachte und sich mit ihr über bestimmte Artikel unterhalten wollte."

„Wollen Sie damit andeuten, dass Teresa bindungsunfähig ist?"

„Nun, ihre so genannte Bindungsunfähigkeit hat eine Ursache. Warten Sie, ich gebe Ihnen noch einen Tipp. Einmal hat Teresa an einer Supermarktkasse gearbeitet. Da kann eigentlich nichts schief gehen, hatte sie gedacht. Ich muss die Waren nur über den Scanner ziehen und den richtigen Betrag kassieren. Im Rechnen bin ich gut. Aber Teresa hatte das Gemüse außer Acht gelassen."

Lili schaute Jakob ärgerlich an.

„Ich glaube wirklich, Sie machen sich lustig über mich. Ich habe keine Lust auf Rätselraten. Was, um Gottes willen, hat denn das Gemüse damit zu tun, dass Teresa sich von Markus getrennt hat?"

„Oh, eine ganze Menge. Beim Gemüse muss man den Preis auf Listen nachschauen, die über der Kasse hängen. Und die konnte Teresa nicht lesen."

„Weil sie wieder einmal ihre Brille vergessen hatte", kombinierte Lili.

„Teresa besitzt gar keine Brille."

„Aber..."

„Ja, ich weiß, das erzählt sie jedem. Das ist einfacher, als ihr wirkliches Handicap einzugestehen. Es ist sogar einfacher, sich von Markus zu trennen, obwohl Teresa vermutlich gerade das Herz bricht."

„Jakob, wenn Sie mir jetzt nicht sofort sagen, was mit Teresa los ist..."

Lili ließ den Satz unvollendet.

„Es ist doch ganz einfach: Teresa kann nicht lesen und schreiben, sie ist Analphabetin."

Lili sah Jakob sprachlos an.

„Unmöglich. Hat sie Ihnen das gesagt?"

„O nein, das sagt Teresa niemandem, außer Herrn Hansen, der wusste es. Aber er ist von alleine drauf gekommen und hat es Teresa auf den Kopf zu gesagt. Er wollte sie auch dazu überreden, einen Kurs mitzumachen, aber dazu war sie nicht bereit."

„Aber Teresa ist doch eine intelligente, junge Frau. Wie ist so etwas möglich?"

Nun, allzu viel Phantasie gehört eigentlich nicht dazu, wenn man Teresas Geschichte kennt. Teresa, das Zirkuskind, das alle paar Wochen eine andere Schule besuchte, dort ein neues Lesebuch vorfand, neue Gesichter, neue

Lehrer, die neue Klasse schon ein ganzes Stück weiter im Lehrstoff als die vorige, und keiner, der sich für das kleine Mädchen und seinen Fortschritt richtig zuständig fühlte. Teresa gehörte zu den Stillen, machte nicht auf sich aufmerksam, versuchte, sich anzupassen, nicht aufzufallen, und plötzlich war der Anschluss verpasst. Auch von der Familie war keine Unterstützung zu erwarten, die hatte mit ganz anderen Problemen zu kämpfen.

„Und jetzt brauche ich Ihre Hilfe", sagte Jakob.

„Meine Hilfe?"

„Na ja, wozu sind Sie schließlich Lehrerin. Ihnen dürfte es doch nicht schwer fallen, Teresa das Lesen beizubringen."

Das Klingeln des Telefons unterbrach ihre Unterhaltung.

„Hier ist Hugo. Ein Glück, dass du mir deine Telefonnummer gegeben hast", tönte es Jakob laut aus dem Hörer entgegen.

Jakob sah Hugo vor sich, groß gewachsen und hager, mit einem grauen Stoppelbart und der schwarzen Baseballkappe auf dem Kopf, die er selbst zum Schlafen nicht abnahm. Hugo war auf dem Bahnhof zu Hause, seit seine Scheidung und der Alkohol sein geordnetes Leben aus der Bahn geworfen hatten.

„Hör mal", sagte Hugo, „da sind die zwei kleinen Mädels auf dem Bahnhof, und ich fress' nen Besen, wenn an der Sache nicht was oberfaul ist."

„Was für Mädchen?" wollte Jakob wissen.

„Na, die zwei Kleinen, mit denen ich dich neulich getroffen habe, du weißt schon. Ne kleine Blonde mit Augen wie Kastanien und ne Dunkle, die aussieht wie die Rotbäckchenwerbung persönlich. Die, mit denen du in den Zoo gefahren bist."

Jetzt fiel bei Jakob der Groschen.

„Ach, du meinst Lena und Paulina. Was ist mit ihnen?“

„Also, ich hab’ mich ein bisschen rangepirscht, weil mir das komisch vorkam, die beiden Zwerge ganz allein auf em Bahnhof. Und was soll ich dir sagen? Die haben versucht, Fahrkarten nach Italien zu kaufen. Haben irgendwas von ner Nonne gefaselt, aber das Geld hat wohl nich gereicht.“

„Und jetzt?“

„Stehn se rum und beratschlagen.“

„Hör zu, Hugo, du musst sie irgendwie aufhalten, bis ich da bin. Ich komme, so schnell ich kann.“

Er hatte schon fast den Hörer aufgelegt, als er Hugo rufen hörte:

„Halt, warte! Wie soll ich das denn machen? Die buchten mich doch ein, schneller als ich gucken kann, wenn ich die zwei Gören anspreche.“

„Lass dir was einfallen“, sagte Jakob, „du machst das schon.“

„Aber nur, weil du’s bist. Und den Anwalt zahlst du. Und die Kaution auch“, hörte Jakob noch, dann hatte er schon aufgelegt.

„Wo ist Ihr Autoschlüssel?“ fragte er Lili.

„Hier. Aber ich habe einen doppelten Cognac getrunken. Ich kann unmöglich fahren. Was ist denn los?“

„Erklär’ ich Ihnen unterwegs“, sagte Jakob, während er seine Schuhe anzog. „Und da Sie offensichtlich ein Alkoholproblem haben, fahre ich.“

„O nein“, stöhnte Lili, aber darauf konnte Jakob jetzt wirklich keine Rücksicht nehmen.

Die Schutzengel unseres Lebens
fliegen manchmal so hoch,
dass wir sie nicht mehr sehen können,
aber sie verlieren uns niemals aus den Augen.
(Jean Paul Richter)

Lena

Lena verstand die Welt nicht mehr. Sie hatte es begriffen, als Mama ihr erklärt hatte, dass sie die Wohnungsmiete nicht mehr bezahlen konnte und sie deshalb zu den Nonni nach Italien ziehen würden. Aus ihrer Wohnung auszuziehen, fand Lena zwar traurig, aber sie war gern in Italien, und deshalb freute sie sich sogar ein bisschen auf den Umzug. So lange, bis Mama ihr erklärte, dass Paulina und Markus nicht mitkommen würden. ‚Aber warum?' hatte Lena gefragt, doch außer ‚Das verstehst du nicht' keine Antwort bekommen.

Lena hasste den Satz ‚Das verstehst du nicht'! Mama könnte doch wenigstens versuchen, es ihr zu erklären. Seither war nur noch Traurigkeit und Wut in ihrem Bauch, und als Mama ihr heute erklärt hatte, sie könne nicht mit Markus zur Vorlesestunde fahren, da war das Maß voll gewesen. Sie hatte gepackt, denn sie wusste nun, was sie tun musste. Wenn es jemanden gab, der Mama wieder zur Vernunft bringen konnte, dann war es die Nonna. Lena hatte gemerkt, dass die Nonna Markus und Paulina mochte, und sie war sich ganz sicher, dass sie sich freuen würde, wenn auch die beiden auf dem Weingut lebten. Da wohnten so viele Leute, da kam es auf zwei mehr wirklich nicht an. Und auch für Igor würde sich noch ein Plätzchen finden. Er musste eben lernen, sich ordentlich zu benehmen und nicht mit den Katzen herumzustreiten. Wenn sie ihm sagte, dass er sonst ganz allein hier bleiben musste, würde er sich sicher Mühe geben.

Lena hätte die Nonna gern angerufen, aber sie kannte ihre Telefonnummer nicht, und deshalb blieb ihr nichts anderes übrig, als nach Italien zu fahren. In ihrem kleinen rotblau karierten Koffer, den die Nonna ihr zum letzten Geburtstag geschenkt hatte, lag noch der Zettel mit Nonnas Adresse. Die Nonna hatte ihn ihr einmal vor der Heimreise auf dem Bahnhof zugesteckt. ‚Falls du irgendwo verloren gehst.' Ein Glück, dass Lena ihn nicht weggeworfen hatte.

Lena packte ihren Teddy, ihren rosafarbenen Schlafanzug, ihr Lieblings-T-Shirt, eine Unterhose und ihre Zahnbürste dazu und stellte fest, dass im Koffer noch viel Platz war. Sie hätte gern noch ihr Märchenbuch eingepackt, aber das war viel zu schwer. Wer weiß, wie weit sie den Koffer tragen musste.

Während Mama laut in der Küche hantierte, stellte Lena den Koffer heimlich neben der Eingangstür im Treppenhaus ab. Hoffentlich nahm ihn niemand mit! Halt, fast hätte sie das Wichtigste vergessen! Lena schlich vorsichtig in Mamas Schlafzimmer, wo auf dem Tisch mit der Nähmaschine die Spardose stand, in die Mama ihr Nähgeld steckte. Lenas Herz klopfte so laut, dass sie befürchtete, Mama könne es hören. Sie wusste, dass es sehr schlimm war, Mama das Geld wegzunehmen, aber es gab keine andere Möglichkeit. Außerdem, beruhigte sich Lena, lieh sie sich das Geld ja nur aus, sie würde es so schnell wie möglich wieder zurückgeben.

Mama stand an der Spüle und wusch das Geschirr ab.

„Ich geh dann", sagte Lena und fühlte einen dicken Kloß in ihrem Hals, der ihr das Sprechen schwer machte.

Sich eine Sache auszudenken, war das eine, sie in die Tat umzusetzen, etwas ganz anderes. Aber jetzt gab es kein Zurück mehr.

Mama drehte sich um. An ihren roten Augen und dem verquollenen Gesicht konnte Lena sehen, dass sie geweint hatte.

„Wohin?"

„Zu Paulina, spielen. Oder ist das auch verboten?"

Normalerweise würde Mama sich eine so freche Antwort von Lena nicht gefallen lassen, aber bestimmt hatte sie ein schlechtes Gewissen wegen der verpassten Vorlesestunde, und Lena half die schnippische Antwort, ihr Herzklopfen und das Zittern in ihrer Stimme zu übertönen.

„Es tut mir leid, Lena, wirklich. Ich würde dir das alles gern erklären, aber ich kann nicht. Vielleicht später einmal."

Die Wut in Lenas Bauch begann zu schrumpfen. Das war wieder die Mama, die Lena kannte und die sie lieber hatte als jeden anderen Menschen auf der Welt, und wenn sie noch lange hier herumstand, dann würde sie vielleicht der Mut verlassen und sie würde da bleiben. Aber dann würde sie bald ohne Paulina und Markus und Igor mit einer traurigen Mama in Italien leben und das wollte Lena auf keinen Fall. Sie musste die Sache in Ordnung bringen.

„Sei bitte spätestens um sechs wieder hier. Ich möchte nicht hinter dir hertelefonieren."

Das konnte Lena sich denken. Und das würde ihr einen Vorsprung verschaffen. Bis Mama merkte, dass sie nicht bei Paulina war, und bis Markus merkte, dass Paulina nicht bei Lena war, saßen die beiden vermutlich schon längst im Zug nach Italien.

Alleine traute Lena sich nicht, nach Italien zu reisen, aber es war schwieriger als sie gedacht hatte, Paulina zum Mitkommen zu überreden. Paulina hatte keine Wut auf Markus, die ihr beim Fortgehen helfen konnte, im Gegenteil, sie hatte Mitleid mit ihm. Sie kam sich gemein vor, ihn jetzt auch noch im Stich zu lassen, aber sie sah ein, dass sie Lena helfen musste. Wozu waren sie schließlich Freundinnen? Außerdem würde es Markus froh machen, wenn die Sache klappte.

Igor wollte unbedingt mitkommen und Lena hätte ihm den Wunsch gern erfüllt, aber sie wusste nicht, ob Igor auch eine Fahrkarte brauchte und ob ihr Geld dafür reichte. Außerdem war Paulina der Meinung, wenigstens Igor solle bei Markus bleiben, damit der nicht ganz allein war. Das verstand Igor natürlich nicht, deshalb legte er sich beleidigt in seinen Korb und sah Lena und Paulina vorwurfsvoll an, als sie leise die Tür hinter sich schlossen.

Den Weg zum Bahnhof kannte Lena, sie war schon öfters mit Mama hingefahren. Alle Busse fuhren irgendwann zum Busbahnhof, man musste nur lang genug sitzenbleiben, und gleich gegenüber vom Busbahnhof lag der Bahnhof. Lena wusste auch, wo man die Fahrkarten kaufen musste.

„Zwei Fahrkarten, bitte. Nach Italien."

„Italien ist groß. Wohin nach Italien?" fragte der Mann hinter dem Schalter, der so hoch war, dass Lena kaum darüber schauen konnte.

„Zur Nonna", erklärte Lena. Und als der Mann sie verständnislos ansah, holte sie den Zettel mit Nonnas Adresse aus ihrem Koffer und schob ihn zu dem Mann hinüber.

„Monforte d'Alba", las der Mann, „nie gehört. Ich glaube nicht, dass es da eine Bahnstation gibt. Wie heißt denn die nächst größere Stadt?"

Tja, wenn Lena das wüsste. Sie hatte vergessen, wie die Stadt hieß, in der der Nonno sie immer abgeholt hatte.

„Habt ihr denn überhaupt Geld?" wollte der Mann wissen.

Lena holte die Frühstücksbox mit dem Geld aus ihrem Koffer und leerte den ganzen Inhalt aus.

„Ach du lieber Himmel", entfuhr es dem Mann. „Hast du dein Sparschwein geschlachtet?" Er begann, die Scheine und Münzen zu sortieren. „Das wird aber kaum für zwei Fahrkarten nach Italien reichen. Mit viel Glück vielleicht nach München."

Das konnte doch nicht sein, dass zwei Fahrkarten nach Italien so viel kosteten! Lena jedenfalls hatte noch nie so viel Geld auf einem Haufen gesehen.

„Ich glaube, wir müssen nur die Hälfte bezahlen", wandte sie ein. Aber das hätte sie wohl besser nicht gesagt, denn jetzt runzelte der Mann die Stirn und sah Lena misstrauisch an.

„Sag mal, seid ihr zwei denn ganz allein unterwegs? Wo ist denn eure Mama? Ich weiß nicht, ob ich euch beiden überhaupt eine Fahrkarte verkaufen darf, selbst wenn ihr wüsstet wohin und genug Geld hättet."

Paulina zupfte Lena am T-Shirt und flüsterte:

„Komm, lass uns gehen."

Lena sammelte das Geld ein und packte es wieder in ihren Koffer.

„Auf Wiedersehen", sagte sie, dann suchte sie mit Paulina das Weite.

„Und jetzt?" fragte Paulina kleinlaut.

„Ich muss überlegen." Lena setzte sich auf eine Bank, stellte den Koffer neben sich und stützte ihr Kinn in die Hände. Sie war sich so sicher gewesen, dass es kein Problem wäre, zwei Fahrkarten zu kaufen. Dann hatte sie plötzlich eine Idee.

„Weißt du noch, wie wir neulich getankt haben auf dem Weg nach Italien? Da war doch dieser nette Lastwagenfahrer, der uns Gummibärchen geschenkt hat und der gefragt hat, ob wir nicht lieber mit ihm nach Italien fahren wollen, weil ihm dann nicht so langweilig ist. So einer würde uns sicher mitnehmen."

„Papa hat gesagt, ich darf mit niemand Fremdem mitfahren", wandte Paulina ein.

„Ich eigentlich auch nicht", gab Lena zu, „aber das ist schließlich ein Notfall. Und ich glaube, in Notfällen gilt das nicht."

Lena bemerkte den Mann erst, als er sich neben sie setzte. Er hatte einen struppigen Bart, trug ein nicht mehr ganz sauberes T-Shirt und eine Kappe, die ein wenig schief auf seinem langen Kopf saß, aber er sah freundlich aus.

„Hallo", sagte er, „ich bin Hugo. Und du bist Paulina, stimmt's? Oder bist du Lena?"

„Ich bin Lena, das ist Paulina. Aber woher weißt du das?"

„Von Jakob."

„Du kennst Onkel Jakob? Woher?"

„Oh, ich kenne ne Menge Leute", erklärte Hugo.

„Kennst du auch einen Lastwagenfahrer?"

„Einen Lastwagenfahrer? Lass mich mal überlegen. Nein, ich glaube, einen Lkw-Fahrer kenne ich nicht, aber ansonsten jede Menge interessanter Leute. Einen Banker zum Beispiel."

„Einen Banker? Was ist denn das?"

„Das ist jemand, der bei einer Bank arbeitet. Er kassiert Geld und verleiht es und in diesem speziellen Fall hat er es leider auch veruntreut", erklärte Hugo.

„Er hat Geld herumgestreut?"

Hugo lachte.

„Das wär's. Na, die Bank hätte Zulauf! Nein, er hat es veruntreut, das heißt, er hat's unterschlagen, also gestohlen, sozusagen. Und deshalb ist er für ein paar Jahre in den Knast gekommen."

„Ins Gefängnis? Weil er Geld gestohlen hat?" Lena wurde ganz heiß, wenn sie an das Geld in ihrem Koffer dachte.

„Na ja, es war ne ganze Menge. Und jetzt hat Kurt, der Banker, nur noch so viel, wie in eine Plastiktüte passt, und er arbeitet nicht mehr auf einer Bank, sondern wohnt auf einer - im Stadtpark, weil seine Familie nichts mehr von ihm wissen will. C'est la vie."

Lena verstand kein Wort.

„Das ist Französisch und heißt: So ist das Leben", erklärte Hugo. „Wollt ihr Bonbons? Da drüben kann man welche kaufen. Oder lieber ein Eis?"

„Ich darf von Fremden nichts annehmen", meldete sich Paulina zu Wort, an der Lena heute ganz neue, ungewohnt brave Seiten entdeckte.

„Hugo ist kein Fremder", stellte Lena klar, die gern ein Eis gehabt hätte, „er ist doch ein Freund von Onkel Jakob."

„Na, dann kommt mal mit", sagte Hugo, stand auf, nahm die Mädchen bei der Hand und steuerte den Eiswagen an. „Was für eine Sorte wollt ihr denn?"

„Ich will Vanille", meldete sich Paulina.

„Und ich Stracciatella."

„Na so was", staunte Hugo und ließ seinen Blick nach allen Seiten schweifen, so als suche er jemanden, „so klein und spricht schon perfekt Italienisch."

„Klar, Lena ist doch eine Viertel-Italienerin", erklärte Paulina. „Wir wollen nach Italien zu ihren Nonni."

„Zu den Nonnen? Warum denn ausgerechnet zu den Nonnen? So hübsche Mädchen wir ihr? Weggesperrt hinter Klostermauern? Also ich weiß nicht. Das wäre doch ein Jammer. Euch werden die Jungs nur so hinterher laufen, bis da mal die Knöpfe dran sind."

„Was denn für Knöpfe?"

„Ach, das sagt man so."

Lena nahm ihr Eis in Empfang und bedankte sich artig. Es schmeckte gut und weckte ihre Lebensgeister.

„Also, wenn du keinen Lastwagenfahrer kennst, kannst du dann wenigstens lesen?" wollte sie wissen.

„Natürlich kann ich lesen. Was für eine Frage!"

„Gut", stellte Lena zufrieden fest, „dann guck doch mal bitte, ob einer von den Zügen nach Italien fährt."

„Aber wir haben doch gar keine Fahrkarten", wandte Paulina ein.

Paulina war wirklich keine einfache Reisegefährtin.

„Na und?"

„Ihr wollt als blinde Passagiere reisen?" Hugo lachte. „Also eins muss man euch lassen, Mumm habt ihr."

Ich, dachte Lena, nicht wir. Paulina war immer die erste, wenn es darum ging, auf ein Klettergerüst zu steigen oder mit der Schaukel hoch hinaufzufliegen, aber heute ließ ihr Mut sie offensichtlich im Stich.

„Trotzdem", sagte Hugo, „ich würd's lieber lassen. Ihr würdet nicht mal unentdeckt bis zur Grenze kommen. Außerdem halten hier auf dem Bahnhof gar keine Züge nach Italien, soviel ich weiß. Da müsstet ihr erst nach

Stuttgart fahren und dort umsteigen. Kommt, wir setzen uns noch mal hin, und während ihr euer Eis esst, erzählt ihr mir, warum ihr unbedingt zu den Nonnen wollt."

„Doch nicht zu den Nonnen. Zu den Nonni, das sind Lenas Opa und Oma, auf Italienisch heißt das so", stellte Paulina richtig.

„Komischer Name", brummte Hugo und ließ seinen Blick wieder suchend umhergleiten. „Nun seht mal, wer da kommt", rief er dann und zeigte mit dem Finger Richtung Eingang. „Das gibt's ja nicht."

Jetzt entdeckte Lena, wen Hugo meinte. Onkel Jakob und Tante Lili kamen, die Arme schwenkend, auf sie zugelaufen.

„Lena, Paulina!"

Tante Lili umarmte die beiden Mädchen, während Onkel Jakob Hugo auf die Schulter klopfte und meinte:

„Gut gemacht, Hugo, danke, das werd' ich dir nicht vergessen."

„Ach was", Hugo machte ein verlegenes Gesicht, „du hast mir schließlich auch schon geholfen. Eine Hand wäscht die andere."

Lena warf einen Blick auf Hugos Hände und stellte fest, dass die Hände sich wohl nicht besonders sorgfältig gewaschen hatten. Dann versuchte sie, Tante Lili klar zu machen, dass sie nicht mit ihr nach Hause kommen, sondern unbedingt zur Nonna nach Italien reisen musste.

„Ich versteh dich ja", sagte Tante Lili, „ich finde auch, dass Mama und Markus sich wieder vertragen sollten. Ich werde mit Mama reden. Und wenn das nichts nützt, frage ich Mama nach der Telefonnummer deiner Nonna, damit du mit ihr sprechen kannst. Vielleicht kann die Nonna ja herkommen. Aber wahrscheinlich wird das gar nicht nötig sein. Jetzt fahren wir jedenfalls erst mal nach Hause. Und während Onkel Jakob und ich mit der Mama reden, bleibt ihr beide bei Markus. Sag mal, hattet ihr denn überhaupt Geld für die Fahrkarten?"

Lena beichtete.

„Ich tu's nachher gleich zurück. Es ist noch alles da. Fast alles. Aber ich glaube, der Bus war nicht so teuer. Ich habe dem Mann einen Schein gegeben und ganz viele Münzen zurückgekriegt. Ich wollte das Geld nicht stehlen, ehrlich, nur leihen."

Tante Lili sah nicht böse aus.

„Ich glaub's dir, Lena. Und ich verspreche, dass ich dich bei deiner Mama nicht verpetzen werde. Aber du musst mir auch etwas versprechen: Wenn's wieder mal ein Problem gibt, dann kommst du zuerst zu mir. Gemeinsam werden wir schon eine Lösung finden, und wenn wir zusammen nach Italien fahren. Die Sache hätte böse ausgehen können, wenn Hugo euch nicht gesehen hätte. Versprochen?"

Lena nickte. Wenn sie ehrlich war, dann musste sie zugeben, dass sie ein bisschen erleichtert war. Bald würde sie wieder bei Mama sein, und heute Nacht würde sie zu Hause in ihrem Bett schlafen und vielleicht schaffte es Tante Lili ja wirklich, Mama zur Vernunft zu bringen.

„Ich darf aber nicht ohne Kindersitz fahren", sagte Paulina, als Tante Lili sie aufforderte, in ihr Auto einzusteigen.

Lena verdrehte die Augen.

„O Mann, Paulina, nun steig schon ein", drängte sie, „oder willst du lieber mit dem Bus nach Hause fahren?"

„Paulina hat ja recht", meinte Jakob, „aber wir sind heute in einer besonderen Mission unterwegs, da gelten Ausnahmeregelungen. Dein Schutzengel passt heute besonders gut auf dich auf, Paulina, da geht's auch mal ohne Kindersitz."

„Max sagt, es gibt keine Schutzengel", wandte Paulina ein.

„Wer immer dieser Max ist, eins steht fest, er hat keine Ahnung", brummte Onkel Jakob. „Ich verstehe die Leute nicht. Sie glauben an allen möglichen Unsinn, an Wettervorhersagen und Börsenberichte und manche sogar an Horoskope", er warf Tante Lili einen schrägen Blick zu, „aber an Schutzengel, da glauben die Allerwenigsten. Und wenn sie's tun, dann müssen sie sich dafür auslachen lassen. Was für eine Welt!"

„Und Sie sind sich da ganz sicher?" fragte Tante Lili. „Ich meine, was die Schutzengel angeht."

„Ganz sicher", bestätigte Onkel Jakob.

„Das beruhigt mich", seufzte Tante Lili und stieg neben Onkel Jakob ins Auto, das sich ruckelnd und bockend in Bewegung setzte.

Bildung ist wunderbar.
Doch sollte man sich von Zeit zu Zeit erinnern,
dass wirklich Wissenswertes nicht gelehrt werden kann.
(Oscar Wilde)

Lili

Teresa war erstaunt, Jakob und Lili zu sehen. Und als die beiden erzählten, was sie hergeführt hatte, wurde sie noch eine Spur blasser, als sie heute ohnehin schon war.

„Mein Gott, wenn ich mir vorstelle, was da alles hätte passieren können! Was für ein Glück, dass Ihr Bekannter die beiden gesehen hat. Wie kommt Lena nur auf so eine Idee? Wo ist sie überhaupt?"

„Wir hielten es für besser, sie erst einmal unten bei Markus zu lassen", erklärte Jakob.

„Teresa, liebst du Markus?" fragte Lili.

„Ich verstehe nicht, was das jetzt damit zu tun hat."

„Oh, eine ganze Menge", erklärte Lili. „Wenn ich das richtig sehe, dann liebst du Markus, und Markus liebt dich. Es könnte also alles in bester Ordnung sein, wenn du nicht plötzlich und aus völlig unerfindlichen Gründen mit Markus Schluss gemacht hättest."

„Ich kann Ihnen das nicht erklären", sagte Teresa mit verschlossener Miene, „und ich finde, ehrlich gesagt, dass das auch niemanden etwas angeht außer Markus und mich."

„Da hast du recht", stimmte Lili zu. „Nur weiß Markus nicht, was Jakob und ich wissen. Und deshalb wird der arme Kerl noch in zehn Jahren da unten sitzen und sich das Hirn zermartern, was er bloß falsch gemacht hat."

„Ich habe ihm gesagt, dass es nichts mit ihm zu tun hat."

„Na wunderbar. Das wird er dir nur nicht glauben, wie soll er auch. Oder würdest du's an seiner Stelle glauben?"

Und dann erzählte Lili, dass sie Teresas Problem kannten. Zuerst sah Teresa sehr erschrocken aus, aber dann hatte Lili den Eindruck, dass sie erleichtert war. Und als sie ihr den Vorschlag unterbreitete, ihr Lesen und Schreiben beizubringen, ging ein Lächeln über ihr Gesicht.

„Das würden Sie wirklich tun?"

„Oh, Lili brennt geradezu darauf", behauptete Jakob. „Vierzig Jahre lang hat sie Kindern das Lesen beigebracht und, seit sie pensioniert ist, hat sie regelrechte Entzugserscheinungen."

„Also wirklich, Jakob!"

„Sie kann's nicht zugeben", schmunzelte Jakob. „Ob es in diesem Haushalt wohl auch etwas zu trinken gibt? Diese ganze Aufregung hat mich schrecklich durstig gemacht."

Teresa ging rasch in die Küche, um Kaffee zu kochen.

Lili ließ ihren Blick durchs Wohnzimmer schweifen. Es war einfach, aber gemütlich und liebevoll eingerichtet und wie auch das letzte Mal, als Lili hier gewesen war, sauber und aufgeräumt. Damals war ihr allerdings nicht aufgefallen, dass kein einziges Buch im Regal stand und keine Zeitung oder Zeitschrift auf dem Tisch lag. Sie hatte nicht darauf geachtet.

Lili versuchte, sich ihr Leben als Analphabetin vorzustellen: Ein Leben ohne die Möglichkeit, Straßenschilder, Fahrpläne, Briefe und Mitteilungen lesen zu können, ohne die Zeitung zum Frühstückstee und den Roman abends auf dem Sofa. Es war ihr unvorstellbar! Lesen gehörte zu Lilis Leben so selbstverständlich wie atmen, essen und schlafen. Sie dachte auch an Teresas Scham und die daraus resultierende ständige Angst, ihr Handicap könne entdeckt werden. Sie musste sich die notwendigen Informationen auf andere Art beschaffen, und, seit ihre Mutter weggezogen und Herr Hansen gestorben war, gab es in Teresas Leben niemanden mehr, den sie ins Vertrauen ziehen und um Hilfe bitten konnte. Aber das würde sich jetzt ändern.

Teresa brachte Kaffee und Kekse.

„Könnten wir uns vielleicht vormittags zum Lernen treffen, wenn Lena im Kindergarten ist?" fragte Teresa, während sie Tassen auf den Tisch stellte. „Ich findc, sie muss nicht unbedingt erfahren, was wir da machen. Und bis sie in die Schule kommt, kann ich ihr vielleicht schon bei den Hausaufgaben helfen."

Der Gedanke zauberte ein Lächeln auf Teresas Gesicht.

„Aber natürlich", nickte Lili und gab einen Löffel Zucker in ihre Tasse, „da bin ich ganz deiner Meinung. Der Unterricht ist allerdings an eine Bedingung geknüpft."

Teresa und Jakob sahen Lili verwundert an.

„Also, was die Bezahlung angeht..."

„O nein, nein, darum geht es nicht", wehrte Lili ab. „Das wäre ja noch schöner, wenn ich für die Stunden etwas nehmen würde, das ist Freundschaftsdienst."

„Was ist es dann?"

„Du musst Markus reinen Wein einschenken."

„Ich soll ihm sagen, dass ich nicht lesen kann?" fragte Teresa entsetzt.

„Genau."

„Nein, niemals. Das darf Markus nie erfahren. Und jetzt muss er es ja auch nicht mehr. Ich werde Lesen lernen und dann wird alles gut."

„Teresa, das wird ein paar Monate dauern. Willst du den armen Kerl so lange warten lassen? Wenn du Pech hast, hat er sich bis dahin anderweitig getröstet oder er ist an gebrochenem Herzen gestorben. Außerdem kannst du euer gemeinsames Leben doch nicht auf einer Lüge aufbauen."

„Haben Sie Ihrem Mann immer alles gesagt?"

„Nein, nicht alles", gab Lili zu. „Ich glaube, ein paar Geheimnisse gibt es in jeder Ehe. Es kommt allerdings darauf an, wie groß und wichtig sie sind."

Lili dachte daran, dass sie Rudolf nie von ihrer Leidenschaft für die Königshäuser dieser Welt erzählt hatte. Dieses Geheimnis hatte sie mit Hilde geteilt. Wenn eine Adelshochzeit im Fernsehen übertragen wurde, dann hatte Hilde sie eingeladen, und sie hatten gemeinsam vor dem Fernseher gesessen und Pralinen naschend das Brautkleid und die Hüte der Gäste bewundert. Auch die Zeitschriften mit den bunten Glanzfotos hatte sie sich von Hilde ausgeliehen und sie heimlich gelesen, wenn Rudolf nicht zu Hause war. Wenn er davon erfahren hätte, dann hätte er vermutlich darüber geschmunzelt und vielleicht auch ein bisschen gelästert, aber er hätte sich nicht hintergangen gefühlt. Mit Teresas Geheimnis war das etwas ganz anderes.

„Aber ich kann das Markus nicht erzählen." Teresa stiegen Tränen in die Augen. „Er würde mich verachten."

„Finden Sie nicht, dass das nur Teresa und Markus etwas angeht?" warf Jakob, dem Teresa offensichtlich leid tat, in die Debatte. „Ich finde, Sie sollten sich da nicht einmischen."

„So, finden Sie? Ausgerechnet Sie? Ich kenne niemanden, der sich mehr ins Leben anderer Leute einmischt."

„Nur, um ihnen zu helfen.“

„Genau das will ich ja auch.“

Lili setzte sich neben Teresa aufs Sofa und legte den Arm um sie.

„Du musst es ihm erzählen, Teresa, seinetwegen und deinetwegen. Markus wird dich verstehen, genauso wie wir das tun. Es gibt nichts, wofür du dich schämen müsstest. Und falls Markus das anders sieht, dann wird es wirklich das Beste sein, wenn du dich von ihm trennst, denn dann hat er dich und Lena nicht verdient. Wenn du ihm die Wahrheit nicht erzählst, dann wirst du nie wissen, wie er wirklich zu dir steht. Und du wirst die Angst nie loswerden, dass er es eines Tages doch noch erfährt. Und sollte das passieren, dann wird er vermutlich sehr böse auf dich sein, weil du ihm kein Vertrauen geschenkt hast.“

„Vielleicht haben Sie recht. Ich muss in Ruhe darüber nachdenken.“

„Tu das“, sagte Lili. „Schlaf eine Nacht drüber. Und vielleicht war Lenas Idee ja gar nicht so dumm, mit der Nonna zu sprechen. Vielleicht solltest du sie anrufen. Sie scheint eine kluge Frau zu sein.“

„Ich bin froh, dass Sie es jetzt wissen“, sagte Teresa und putzte ihre Nase.

„Siehst du. Und du wirst noch viel froher sein, wenn Markus es weiß. Ich ruf’ dich dann an wegen der Unterrichtsstunden.“

„Können Sie mich jetzt verstehen?“ fragte Jakob, als sie sich auf den Nachhauseweg machten. „Es macht doch Freude, anderen Leuten zu ihrem Glück zu verhelfen, oder nicht?“

Das musste Lili zugeben.

„Aber es ist auch ganz schön aufregend."

„Zugegeben. Aber besser, als an Langeweile zu sterben."

„Ich schätze, diese Gefahr ist sehr gering geworden, seit Sie bei mir eingezogen sind", lachte Lili. „Vorsicht, die Ampel schaltet auf Rot!"

Lili hielt sich am Türgriff fest, als Jakob so heftig auf die Bremse stieg, dass Lili Angst bekam, der Hintermann könne ihnen auffahren.

„Ich glaube, ich sollte wieder öfter Auto fahren. Es macht mir richtig Spaß. So ein ferngesteuertes Auto ist eine feine Sache."

„Automatikwagen, Jakob, nicht ferngesteuert. Das kommt vielleicht noch, aber ich glaube, das werden wir beide nicht mehr erleben."

„Wer weiß, wer weiß", schmunzelte Jakob und sah sehr zufrieden aus.

Abends schrieb Lili in ihr Tagebuch:

Ich bin froh, dass mein Auto und ich wieder heil zu Hause gelandet sind. Aber viel glücklicher bin ich, dass Lena und Paulina wieder gesund daheim sind. Und am allerglücklichsten werde ich sein, wenn Teresa zur Vernunft kommt und sich mit Markus versöhnt. Es wäre so schön, wenn aus den vieren eine Familie werden würde. Jakob hat recht, es macht Freude, andere Leute glücklich zu machen.

Das Glück verlässt uns nicht.
Es verreist nur von Zeit zu Zeit.
(Verfasser unbekannt)

Markus

Lilis Augen waren groß und rund vor Erstaunen, als sie Markus die Tür öffnete.

„Markus, was für eine Überraschung! Komm doch herein!" Dann sah sie den Levkojenstrauß in seiner Hand. „Blumen? Sind die für mich? Hab' ich was nicht mitgekriegt?"

„Ja", strahlte Markus, „dass Teresa und ich uns versöhnt haben. Und dafür möchte ich mich bedanken. Ohne Sie hätte Teresa mir vermutlich nie erzählt, dass sie nicht lesen kann und wäre in ein paar Wochen auf Nimmerwiedersehen aus meinem Leben verschwunden."

„O Markus, das ist eine wunderbare Nachricht!" Lili umarmte Markus stürmisch. „Entschuldige, aber ich freue mich so. Die halbe Nacht hab' ich nicht geschlafen vor lauter Angst, dass Teresa stur bleiben könnte. Teresa ist ein Steinbock, das sind wunderbare Menschen, pflichtbewusst, zuverlässig und treu, aber leider manchmal auch ein wenig schwerblütig und sich selbst im Weg. Und wenn sie glauben, dass ein Weg richtig ist, dann gehen sie ihn zu Ende, ganz egal, was andere Leute dazu sagen. Als ich dann heute Morgen in meinem Horoskop gelesen habe, dass ein Wunsch in Erfüllung geht, habe ich Hoffnung geschöpft, dass die Sache doch noch gut ausgeht. Mein Gott, ich rede und rede, aber ich bin so aufgeregt. Komm doch rein!"

Lili führte Markus ins Wohnzimmer und forderte ihn auf, sich zu setzen.

„Ich will nur schnell eine Blumenvase holen und den Sekt. Du trinkst doch ein Glas Sekt mit mir, zur Feier der guten Nachricht?“

Sekt am frühen Nachmittag?

„Also ich weiß nicht recht. Haben Sie denn überhaupt welchen kalt gestellt? Sie wussten doch gar nicht, dass es etwas zu feiern gibt.“

„Ich habe immer eine Flasche im Kühlschrank. Man weiß ja nie. Manchmal kommen die Gelegenheiten zum Feiern ganz unverhofft, so wie jetzt. Und ich finde, man sollte sich keine Gelegenheit entgehen lassen.“ Als sie Markus’ erstauntes Gesicht sah, lachte sie. „Ich bin ein Stier, das sind Genussmenschen“, und damit war sie schon draußen.

Markus ließ seinen Blick über den Couchtisch gleiten. Der Tisch war übersät mit Fotoalben, Briefen und Schriftstücken. Offensichtlich hatte er Lili gerade beim Stöbern oder Sortieren gestört.

Lili, die mit einer Vase in der einen und der Sektflasche in der anderen Hand wieder zur Tür hereinkam, hatte offensichtlich seinen Blick aufgefangen.

„Du musst dieses Durcheinander entschuldigen, aber ich bin gerade auf der Suche nach meiner Vergangenheit, oder besser gesagt nach der Vergangenheit meiner Mutter.“

Markus sah sie fragend an.

„Ich erzähle es dir später“, vertröstete ihn Lili, „zuerst wollen wir anstoßen.“

Lili füllte Sekt in zwei Gläser und reichte eines davon Markus.

„Auf euch beide“, sagte sie, „dass ihr glücklich werdet. Schade, dass Jakob nicht da ist, er ist vor einer halben Stunde weggegangen. Eigentlich ist es sein Verdienst, dass die Sache gut ausgegangen ist. Ich wäre nie auf die Idee gekommen, dass Teresa Analphabetin ist."

„Ich auch nicht", bestätigte Markus, „dabei gab es genügend Hinweise, aber der Gedanke war für mich so fern jeder Vorstellung. Wenn ich denke, wie viele Missverständnisse es in unserer Beziehung gab, nur weil Teresa sich jedes Mal, wenn es brenzlig wurde, eingerollt und ihre Stacheln gezeigt hat wie ein ängstlicher Igel. Ich bin wirklich aus allen Wolken gefallen, als sie heute Morgen zu mir kam und es mir erzählte. Sie hat übrigens auf Ihren Rat gehört und gestern Abend mit der Nonna telefoniert."

„Und die hat ihr zugeredet?"

Markus lachte.

„Und ob. Ich glaube, die Nonna kann mich ganz gut leiden, mich und meinen Po."

Lili hustete, sie hatte sich am Sekt verschluckt.

„Hab' ich richtig gehört? Deinen Po?"

„Die Nonna sieht gern junge Männer", erklärte Markus lachend. „In allen Ehren, versteht sich, und vor allem sieht sie gern ihre Pos. Und ich habe wohl das Glück, dass Mutter Natur mich zu ihrem Wohlgefallen ausgestattet hat, behauptet Teresa. Jedenfalls würde sie es Teresa nie verzeihen, wenn dieses Hinterteil nicht in die Familie einheiraten würde. Sie müssen die Nonna unbedingt einmal kennen lernen, ich glaube, sie würde Ihnen gefallen. So, und jetzt sind Sie dran. Was ist das für eine Geschichte mit Ihrer Mutter?"

Lili zögerte einen Augenblick, dann gab sie sich einen Ruck und erzählte.

„Vielleicht ist es albern, aber ich habe das Gefühl, dass ich erst wieder ruhig nach vorne schauen kann, wenn ich die Vergangenheit geklärt habe. Ich will mit Jakob nach Frankreich fahren, um nach Jean-Luc zu suchen", erklärte Lili.

„Lebt er denn noch? Er muss doch schon ziemlich alt sein."

„Mama wäre jetzt 85", sagte Lili, „also müsste Jean-Luc auch etwa so alt sein, vermutlich sogar ein wenig älter. Leider kann ich bisher nirgends eine genaue Adresse finden, ich kenne nur seinen Namen und den Ort, in dem er vor dem Krieg gewohnt hat. Jakob meint, man könne so etwas übers Internet herausfinden, aber was das angeht, verstehen wir beide davon soviel wie eine Kuh vom Schlittschuhlaufen."

Markus lachte.

„Aber das ist doch kein Problem. Wenn Sie mir die Angaben geben, dann kann ich ja mal mein Glück versuchen. Versprechen kann ich nichts, aber bei Männern ändert sich durch eine Heirat ja wenigstens nicht der Name, zumindest damals noch nicht. Ich fürchte, in fünfzig Jahren wird die Ahnenforschung um einiges schwieriger sein. Vielleicht haben wir ja Glück, und dieser Jean-Luc ist an seinem Wohnort geblieben."

„O Markus, würdest du das tun? Das wäre wunderbar!"

„Ich freue mich, wenn ich mich revanchieren kann."

Lili hatte sich inzwischen schon das dritte Glas Sekt eingeschenkt. Ihre Wangen hatten sich ein wenig gerötet, und der Alkohol schien ihre Zunge zu lösen.

„Markus, da ist etwas, was ich dich schon lange einmal fragen wollte, aber meistens sind wir ja nicht allein, und ehrlich gesagt hab' ich mich auch nicht getraut."

Markus war gespannt, was nun kommen würden.

„Du musst mir nicht antworten, wenn du nicht möchtest. Aber hast du, ich meine, hast du nie mit dem

Schicksal oder mit Gott gehadert, als damals deine Frau gestorben ist? Weißt du...", Lili knetete ihre Hände und suchte verlegen nach Worten, „damals, als mein Mann gestorben ist, da war ich so verbittert, dass ich mit Gott und der Kirche nichts mehr zu tun haben wollte. Meine Güte, entschuldige Markus, ich bin unmöglich, dir an einem so glücklichen Tag wie heute mit solchen Geschichten zu kommen. Ich glaube, ich habe zu viel getrunken. Vergiss ganz einfach, was ich gesagt habe."

Nein, das würde Markus nicht tun, er würde versuchen, Lili eine Antwort zu geben, so wie er sie damals bekommen hatte. Markus war nie ein eifriger Kirchgänger gewesen, aber nach Sarahs Tod hatte er manchmal das Bedürfnis gehabt, sich in die Kirche zurückzuziehen, nicht während des Gottesdienstes, sondern wenn der Kirchenraum leer und still war. Dort hatte er mit Sarah gesprochen, mit seinem Schicksal gehadert, geweint und nach einer Antwort gesucht, warum Sarah so früh und so sinnlos sterben musste. Eines Tages hatte er in der Kirche den Pfarrer getroffen und sie waren miteinander ins Gespräch gekommen.

„Gott ist unser Vater, und wir werden ihn wohl nie ganz verstehen", hatte der Pfarrer ihm erklärt. „So wie Ihre kleine Tochter auch Sie nicht immer verstehen wird. Ich will versuchen, es Ihnen an einem Beispiel zu erklären. Nehmen Sie an, Ihrer Tochter geht es gut, aber sie muss geimpft werden. Sie wird nicht begreifen, warum der Arzt ihr Schmerz zufügt und sie sich anschließend vielleicht unwohl fühlt. Sie haben Ihre Tochter zum Arzt gebracht und ihn nicht daran gehindert, ihr das anzutun, und trotzdem wird sie nicht einen Augenblick an ihrer Liebe zweifeln, sondern sich vertrauensvoll von Ihnen trösten lassen. Vielleicht ist es dieses bedingungslose

Vertrauen, das Jesus meint, wenn er davon spricht, wir müssten werden wie die Kinder, um ins Himmelreich zu kommen. Und ich denke, es ist dieses Vertrauen, das Ihnen in Ihrer jetzigen Situation helfen kann, auch wenn niemand von uns versteht, warum etwas so Schreckliches passieren musste."

„Das klingt ja ganz hübsch", meinte Lili skeptisch, „aber hat dir das wirklich geholfen? Woran ist deine Frau eigentlich gestorben?"

„Es war ein Unfall. Sie war auf dem Weg zum Arzt, Vorsorgeuntersuchung. Sie war im vierten Monat schwanger. Es hatte geregnet, und die Straße war nass. Ein junger Kerl hatte die Kurve zu schnell genommen und kam ihr auf ihrer Spur entgegen. Sie hat wohl noch versucht, auszuweichen, ist von der Straße abgekommen und gegen einen Baum geprallt. Sie war sofort tot."

„Mein Gott, wie schrecklich", sagte Lili.

„Das Schlimmste war, dass ich mich nicht von ihr verabschieden konnte. Von einer Sekunde auf die andere war sie einfach nicht mehr da. Im Nachhinein legt man jedes Wort auf die Goldwaage und überlegt, was man irgendwann einmal falsch gemacht oder unterlassen hat."

„Das kenne ich", seufzte Lili, „aber ich konnte von Rudolf wenigstens Abschied nehmen."

„Dafür hatte ich Paulchen. Sie saß in ihrem Kindersitz auf der Rückbank und hat wie durch ein Wunder keinen Kratzer abbekommen. Nur hab' ich dieses Wunder anfangs gar nicht begriffen. Ich habe immer nur gefragt, warum Sarah sterben musste."

„Sie müssen doch einen schrecklichen Hass auf diesen Autofahrer haben."

„Weiß Gott, den hatte ich", sagte Markus, „bis ich ihm bei der Verhandlung im Gerichtssaal begegnet bin. Er hatte nichts getrunken und er war auch gar nicht so schnell gefahren, aber er hatte seinen Führerschein gerade mal drei Wochen. Ihm fehlte einfach die Erfahrung, er hat die Situation falsch eingeschätzt, das war alles. Eigentlich war er ein armes Schwein. Es hätte mir genauso passieren können. Am Anfang hab' ich geglaubt, es würde mir helfen, wenn ich wütend sein könnte, auf den Fahrer oder auf Gott oder das Schicksal oder auf wen auch immer, aber dann hab' ich gemerkt, dass es mich nur bitter macht.

Der Schmerz über Sarahs Tod wird nie ganz vergehen, es gibt keinen Tag, an dem ich nicht an sie denke, sie nicht vermisse, aber ich tue es inzwischen ohne Bitterkeit, und es gibt auch wieder Dinge, die mir Freude machen. Ich glaube, ich erlebe sie heute bewusster als früher, weil ich weiß, wie kostbar sie sind und wie schnell sich alles ändern kann. Ich würde auch nichts mehr aufschieben. Sarah hat sich immer gewünscht, einmal nach Venedig zu reisen, aber wir hatten einfach nicht das Geld dazu. Es wäre unvernünftig gewesen. Als sie dann gestorben war, hat mich der Gedanke, dass wir es aufgeschoben haben, fast um den Verstand gebracht."

„Ich verstehe, was du meinst", sagte Lili, „Rudolf und ich, wir wollten immer zusammen eine Schiffsreise machen. Wenn Mama einmal nicht mehr lebt, haben wir gedacht. Dann war Mama gestorben, und Rudolf wollte die Sache gleich in Angriff nehmen, aber mir kam das ungehörig vor, so kurz nach Mamas Tod. Wir sollten das Trauerjahr abwarten, hab' ich gedacht. Und bevor das Trauerjahr um war, habe ich um Rudolf getrauert. Man sollte viel mehr auf sein Herz hören und weniger auf die Meinung anderer Leute. So, jetzt aber Schluss mit den alten Geschichten. Schließlich fängt gerade eine neue an, und auf die wollen wir trinken. Auf dich und auf Teresa und auf euer Glück." Lili hob ihr Sektglas und prostete Markus zu. „Außerdem finde ich, könntest du ruhig Du zu mir sagen. Mit Teresa werde ich es bei nächster Gelegenheit nachholen. Einverstanden?"

„Gern", sagte Markus und stieß mit Lili an. „Darf ich Sie ..., ich meine, darf ich dich auch etwas fragen?"

„Nur zu, gleiches Recht für alle."

„Warum bist du eigentlich mit Jakob immer noch per Sie."

„Oh", Lili strich mit der Hand verlegen über ihren Rock, „weißt du, Leute meiner Generation duzen sich nicht so schnell. Ich finde, es ist besser so. Man wahrt bei aller Freundschaft eine gesunde, höfliche Distanz zueinander."

„Du willst ihn wohl auf Abstand halten?" Markus schmunzelte.

„Na ja, so würde ich das nicht ausdrücken. Aber irgendwie hast du schon recht. Jakob ist ein sehr netter Mann, vielleicht könnte man sogar sagen, ein guter Freund, aber so wie mit dir und Teresa könnte es mit uns beiden nie werden."

„ Warum nicht? Ich finde, ihr würdet sehr gut zusammenpassen. Oder hat er das falsche Sternzeichen?" lachte Markus.

„Du sollst dich nicht über mich lustig machen", schimpfte Lili scherzhaft. „Nein, ganz im Gegenteil, er ist Jungfrau wie mein verstorbener Mann, und Stiere und Jungfrauen harmonieren sehr gut zusammen. Jungfrauen sind zuverlässig und bodenständig und geben Stieren die Sicherheit, die sie zum Leben brauchen, und beide lieben die Familie und ein gemütliches Heim..." Als sie sah, dass Markus schmunzelte, unterbrach sie ihren Redefluss. „Also jedenfalls stehen uns unsere Sternzeichen nicht im Weg. Es ist wohl ganz einfach so, dass es nach Rudolf keinen Mann mehr für mich geben kann. Rudolf war die Liebe meines Lebens. Ich vermisse ihn, morgens beim Frühstück, abends beim Zubettgehen, ich vermisse sogar seine Marotten. Rudolf hat zum Beispiel nie seine Teetasse leergetrunken. Bei der letzten Tasse hat er immer einen Rest übrig gelassen. Ich glaube nicht, dass ich mich noch einmal an die Eigenheiten eines Menschen anpassen könnte. Also die ganze Zeit mit Jakob zusammen in einer Wohnung leben, mit ihm das Bad und womöglich auch noch das Bett teilen ... Nein, das wäre wirklich nichts für mich! Ich hätte auch nicht die Kraft, noch einmal von einem Mann Abschied zu nehmen oder ihn zu pflegen, so wie ich Mama gepflegt habe. In Jakobs Alter muss man so etwas zumindest in Erwägung ziehen. Vielleicht ist es falsch, so zu denken, und sollte die Liebe anklopfen, dann würde ich all diese Bedenken vermutlich über Bord werfen. Aber bisher hat sie noch nicht angeklopft."

„Sieht Jakob das genauso?"

„Ich denke schon. Er hat jedenfalls noch keine Annäherungsversuche unternommen. Du kannst uns also ganz beruhigt zusammen nach Frankreich fahren lassen."

Markus lachte.

„Deshalb hab' ich nicht gefragt. Ich hätte mich halt gefreut, wenn du auch wieder jemanden fürs Herz gehabt hättest, so wie ich Teresa."

„Das ist lieb von dir", Lili tätschelte Markus' Hand, „aber glaub mir, es ist gut, so wie es ist. Jakob hat mir sehr geholfen, wieder nach vorne zu schauen und nicht nur zurück. Es geht mir wie dir, ich stelle fest, dass es wieder eine Menge Dinge im Leben gibt, die mir Freude machen, ganz neue sogar, wie das Tanzen und einer jungen Frau das Lesen beizubringen."

„Teresa ist ganz selig. Sie kann es kaum erwarten, bis sie Lena das erste Mal eine Geschichte vorlesen kann. Sie meint, sie sei froh, dass ich ein geübter Hausmann bin, denn sie käme bald nicht mehr dazu, zu kochen und die Wäsche zu waschen, weil sie beim Lesen so viel nachzuholen hat. Sie träumt davon, den ganzen Tag auf dem Sofa zu sitzen und ein Buch nach dem anderen zu lesen." Markus trank sein Glas leer und schaute auf die Uhr. „Jetzt muss ich aber gehen. Ich habe in den letzten Tagen nicht viel auf die Reihe bekommen, es wird Zeit, dass ich mich an die Arbeit mache. Bitte grüß Jakob von mir. Ach, fast hätte ich's vergessen, das ist für ihn, ein kleines Dankeschön."

Markus reichte Lili die Weinflasche, die er für Jakob mitgebracht hatte.

„Vielen Dank. Auch dafür, dass du mir zugehört und von dir erzählt hast. Es hat mir geholfen. Warte einen Moment. Ich will dir nur schnell Jean-Lucs Namen und den Ort aufschreiben, in dem er gewohnt hat. Es wäre nett, wenn du mal im Internet nachschauen könntest."

„Klar, mach' ich gern", versprach Markus.

Reisen veredelt den Geist
und räumt mit Vorurteilen auf.
(Oscar Wilde)

Lili

„Du willst mit Jakob verreisen?" Hilde konnte es nicht fassen. „War das seine Idee?"

„Nein, meine. Ich habe etwas in Frankreich zu erledigen, und Jakob ist so nett, mich zu begleiten, damit ich nicht allein fahren muss. Da fehlt mir doch ein wenig die Traute."

Lili schenkte Hilde Tee ein.

„Du hättest *mich* fragen können", sagte Hilde.

„Ach, weißt du, mit einem Mann an der Seite, da fühlt man sich doch gleich sicherer."

„Ha", Hildes Tonfall ließ keinen Zweifel daran, wie sie darüber dachte, „sicherer, wenn du da mal nicht den Bock zum Gärtner machst."

Lili beschloss, nicht auf diese Bemerkung einzugehen.

„Du musst übrigens nicht die Blumen gießen", sagte sie stattdessen. „Wir werden vermutlich nur eine Nacht wegbleiben."

„Du willst dort mit ihm übernachten?"

„Na ja, in einem Tag wird es wohl kaum zu schaffen sein", erklärte Lili.

„Um deinen Ruf bist du wohl gar nicht besorgt? Mein Gott, was nur Rudolf dazu sagen würde. Seine Lili mit einem Cowboy unterwegs nach Frankreich."

„Mit einem Cowboy?" Lili überlegte. „Oh, du meinst vermutlich Callboy." Sie lachte. Jakob ein Callboy, das musste sie ihm unbedingt erzählen. „Aber da liegst du völlig falsch. Es handelt sich hier nicht um eine Vergnügungsreise."

„Sondern?"

„Ich möchte in den Ort fahren, wo Mama vor dem Krieg bei Großmutters Freundin zu Besuch war, um das Kochen zu lernen", erklärte Lili.

„Und was versprichst du dir davon?"

„Nun ja, es sieht so aus, als gäbe es da einen dunklen Punkt in Mamas Vergangenheit."

Lili wusste, dass es gefährlich war, Hilde davon zu erzählen, denn Hilde konnte Geheimnisse nicht besonders gut für sich behalten. Hildes Gesichtsausdruck wurde gleich um eine Spur aufmerksamer, sie war ganz Ohr.

„Einen dunklen Punkt? Du meinst ein Verbrechen?"

Das letzte Wort flüsterte sie fast.

„Nun ja, das nicht gerade. Mama hatte wohl eine Liaison."

„Eine Li... Du meinst einen Liebhaber?"

„Es sieht so aus. Aber kein Wort, Hilde, zu niemandem, hörst du? Wenn ich von Frankreich zurück bin, werde ich vielleicht mehr wissen. Aber wenn mir zu Ohren kommt, dass du auch nur einer Menschenseele davon erzählt hast, dann erfährst du kein Wort von mir."

„Aber Lili, du kennst mich doch."

„Eben."

Hilde setzte eine beleidigte Miene auf.

„Was willst du denn damit sagen?"

„Dass es nicht unbedingt deine hervorstechende Eigenschaft ist, Geheimnisse für dich zu behalten. Ich möchte wetten, morgen weiß die ganze Straße, dass ich mit Jakob nach Frankreich gefahren bin, um etwas über Mamas Liebhaber herauszufinden."

„Da sieht man, wie wenig du mich kennst“, erwiderte Hilde gekränkt. Sie war allerdings viel zu neugierig, mehr über Helenes Liebhaber zu erfahren, um länger die Beleidigte zu spielen. Lili war jedoch im Moment nicht bereit, mehr preiszugeben. Nur so konnte sie Hildes Geschwätzigkeit im Zaum halten.

Diese Klatschsucht war auch der Grund dafür, weshalb Lili ihr nicht erzählt hatte, dass sie Teresa das Lesen beibrachte. Das musste Hilde nicht wissen. Da Teresa nicht Auto fahren konnte, fanden die Stunden für gewöhnlich bei ihr statt. Und weil Hilde nicht wusste, wohin Lili fuhr, brauchte sie sich auch nicht zu wundern, warum Lili und Teresa sich inzwischen dreimal in der Woche trafen. Teresa war eine fleißige und aufmerksame Schülerin mit einer so ausgesprochen schnellen Auffassungsgabe, dass Lili gar nicht verstehen konnte, dass sie das Lesen und Schreiben nicht schon in der Schule gelernt hatte. Es war wohl so, wie Jakob vermutet hatte, dass der häufige Schulwechsel dafür verantwortlich war und die Tatsache, dass kein Erwachsener sich für Teresas schulischen Fortschritt wirklich verantwortlich fühlte.

Jetzt richtete sich Lilis Aufmerksamkeit zunächst einmal auf ihre Reise in die Vergangenheit. Einen Jean-Luc Philippe hatte Markus im Internet nicht finden können. Das *Cheval Blanc* gab es noch, aber die Besitzer hießen inzwischen Jeanne und Pierre Colliard. Einen Moment hatte das Lili schwankend gemacht, ob es überhaupt sinnvoll war, ins Elsass zu fahren. Offensichtlich hatte Jean-Luc sein Restaurant verkauft und lebte möglicherweise gar nicht mehr. Aber Jakob hatte ihr zugeredet, die Reise zu unternehmen. 'Es wird Ihnen keine Ruhe lassen, wenn Sie's nicht tun, und wenn Sie nichts herausfinden, dann haben wir zwei nette Tage im Elsass verbracht und

Hilde ein wenig Gesprächsstoff geliefert. Das ist doch schließlich auch was, oder nicht?' Jakob war ein kluger Mann und wenn er recht hatte, dann hatte er recht.

„Du musst mir noch die Adresse von eurem Hotel geben", sagte Hilde und nahm einen von Lilis Schokoladenkeksen.

„Ich weiß nicht, wo wir übernachten werden, wir fahren aufs Geratewohl."

„Dann ruf mich wenigstens an, wenn ihr im Hotel seid", beharrte Hilde. „Es ist auch zu ärgerlich, dass du kein Handy hast. Jeder Mensch hat heutzutage ein Handy."

„Hast du eins?"

„Ich brauche keins."

„Na siehst du, ich auch nicht", lachte Lili.

„Ich fahre aber auch nicht mit zwielichtigen Männern ins Ausland."

„Wir fahren nach Frankreich, das ist unser zivilisiertes, befreundetes Nachbarland, wie du vielleicht weißt, und Jakob ist mein solider Untermieter und kein zwielichtiger Mann", stellte Lili richtig. „Willst du noch einen Tee?"

Hilde nickte.

„Solider Untermieter, dass ich nicht lache! Was ist nun mit seinem Haus? Wie lange dauert denn diese Renovierung noch?"

Fast hätte Lili geantwortet ‚Hoffentlich noch lange', aber daraus hätte Hilde mit Sicherheit falsche Schlüsse gezogen.

„Sag nichts", winkte Hilde ab, „ich sehe schon, dass du es nicht weißt. Es interessiert dich überhaupt nicht."

„Stimmt. Jakob bezahlt pünktlich seine Miete und ist ein angenehmer Mensch, das ist alles, was mich interessiert, und das andere geht mich nichts an."

„Ach, du bist viel zu vertrauensselig", seufzte Hilde.

„Ja", sagte Lili, „es ist wirklich erstaunlich, dass ich so alt geworden bin, ohne einem schrecklichen Verbrechen zum Opfer zu fallen."

„Nur, weil deine Mutter und Rudolf auf dich aufgepasst haben", stellte Hilde im Brustton der Überzeugung fest. „Versprichst du mir, dass du mich morgen Abend anrufen wirst?"

„Ich werd's versuchen, aber ich verspreche nichts. Nachher kommt irgendwas dazwischen, und du alarmierst die Polizei, weil du nichts von mir hörst."

„Mal nicht den Teufel an die Wand und sprich nicht von Polizei", stöhnte Hilde, „sonst mache ich kein Auge zu, bis du wieder da bist."

Einerseits nervte Hildes Besorgtheit, andererseits war es wunderbar, dass es jemanden gab, der sich um sie sorgte. Und deshalb schrieb Lili abends in ihr Tagebuch:

Es ist schön, dass es jemanden gibt, dem es nicht schnurzpiepegal ist, was mit mir passiert, auch wenn es nur Hilde ist. Sie strich energisch den Nebensatz *auch wenn es nur Hilde ist* aus, denn das war wirklich nicht nett, schließlich war Hilde ihre beste Freundin. Dann schrieb sie weiter: *Ich freue mich darauf, morgen mit Jakob nach Frankreich zu fahren. Vorfreude ist auch ein Glück und nicht das schlechteste, denn man kann sich alles so schön ausmalen, wie es in Wirklichkeit vielleicht gar nicht wird.*

Es kam nicht oft vor, dass Lili mit ihrem Auto große Strecken zurücklegte. Früher war Rudolf für die weiteren Fahrten zuständig gewesen, und nach Rudolfs Tod hatte Lili keine Lust mehr zum Verreisen gehabt. Jetzt stellte sie fest, dass es ihr Spaß machte, mit Jakob unterwegs zu sein. Jakob an ihrer Seite zu wissen, gab ihr eine gewisse Sicherheit. Markus hatte ihnen am Computer eine genaue Streckenplanung ausgedruckt, besser gesagt zwei, für den Hinweg die schnellste Route über die Autobahn, für den Rückweg die landschaftlich schönste mit Zwischenstationen in sehenswerten Orten. Jakob hatte die Routenplanung auf dem Schoß liegen und sagte Lili rechtzeitig, wenn sie sich einordnen oder abbiegen musste. Das machte das Fahren bequem und stressfrei.

„Sie brauchen es nur zu sagen, wenn ich Sie ablösen soll“, meinte Jakob mit einer Spur Hoffnung in der Stimme.

Lili wusste, dass Jakob nur auf die Gelegenheit wartete, das Steuer zu übernehmen, aber sie war auch so schon aufgeregt genug und hatte keine Nerven, sich mit französischen Polizisten herumzuschlagen, falls Jakob einfiel, er müsse wieder einmal einen Geschwindigkeitsrekord brechen.

„Danke, noch geht's sehr gut. Ich hoffe, es macht Ihnen nichts aus, dass wir auf dem schnellsten Weg nach Ingerswiller fahren, aber ich will die Sache hinter mich bringen. Wenn Sie Lust haben, können wir uns ja auf dem Nachhauseweg das eine oder andere anschauen.“

„Sie sind der Boss“, sagte Jakob, „ich bin nur Ihr Begleiter.“

Lili warf ihm einen Blick von der Seite zu und lächelte.

„Ich freue mich über Ihre Begleitung. Was macht eigentlich Ihre Renovierung? Geht's voran?“

„Oh, ja, ja“, Jakob rutschte ein wenig unbehaglich auf seinem Sitz hin und her. „Es wird nicht mehr allzu lange dauern, dann sind Sie mich wieder los.“

„Schade.“ Lili meinte es ehrlich. „Ich werde Sie vermissen. Aber Sie werden mich doch ab und zu besuchen kommen? Ich könnte Ihnen etwas Gutes kochen.“

„Klingt verführerisch“, sagte Jakob, ohne ihre Frage zu beantworten.

Sie erreichten Ingerswiller am späten Nachmittag. Markus hatte ihnen auch einen Ortsplan ausgedruckt. Das *Cheval Blanc* lag an der Hauptstraße. Sie konnten es eigentlich nicht verfehlen. Jakob hatte das Foto aus Lilis Fotoalbum in der Hand und hielt angestrengt Ausschau.

„Da, da vorne rechts ist es. Es sieht immer noch genauso aus, das Fachwerk, die Geranien vor den Fenstern. Na ja, frisch gestrichen scheint es zu sein.“

Lili hatte vor dem Restaurant genügend freie Parkplätze zur Auswahl. Es war keine Zeit für Gäste. Sie hoffte, jetzt überhaupt jemanden anzutreffen.

Die Tür ließ sich öffnen, aber die Gaststube war leer. Als Lili ein lautes ‚Hallo' in den Raum rief, wurde hinter dem Tresen eine Tür geöffnet, und ein junges Mädchen mit einem hübschen, offenen Gesicht und dichten, dunklen Haaren betrat den Raum. Sie hatte aus Lilis Hallo das Deutsche wohl herausgehört oder sie vermutete es auf Grund von Lilis Aussehen, jedenfalls bemühte sie sich, mit Lili Deutsch zu sprechen.

„*Bonjour, Madame,* wir haben noch geschlossen, leider. Abendessen gibt es ab 19 Uhr.“

„Entschuldigen Sie die Störung. Wir kommen nicht zum Essen, wir suchen jemanden. Vielleicht können Sie uns helfen, aber ich fürchte, Sie sind zu jung“, erklärte Lili. Die junge Frau war höchstens fünfundzwanzig. „Wir suchen den ehemaligen Besitzer des Restaurants, Monsieur Jean-Luc Philippe.“

Ein Lächeln breitete sich auf dem Gesicht der jungen Frau aus.

„Das ist mein *grand-père*“, sagte sie.

„Ihr Großvater?"

„*Oui.* Das Restaurant gehört jetzt Mama und Papa. Mama ist die Tochter von *grand-père.*"

Das erklärte den anderen Namen.

„Und ich bin seine..."

„Enkelin", ergänzte Lili.

„*Oui,* seine Enkelin."

Lili wagte kaum, die nächste Frage zu stellen, weil sie sich vor der Antwort fürchtete.

„Lebt Ihr Großvater noch?"

„O ja. Aber was wollen Sie von ihm?"

„Meine Mutter und Ihr Großvater haben sich einmal sehr gut gekannt", erklärte Lili. „Meine Mutter war vor dem Krieg hier, um das Kochen zu lernen. Meine Großmutter und Ihre Urgroßmutter waren Freundinnen. Ich würde Ihren Großvater gern besuchen, um mit ihm über die alten Zeiten zu sprechen."

„Er wird sich freuen", sagte die junge Frau mit einem reizenden Akzent. „Aber er wohnt nicht mehr hier, er wohnt in einem Haus für alte Menschen."

„Einem Altersheim."

„Ja. Ich kann Ihnen erklären, wie Sie hinkommen. Aber vielleicht ist die Zeit nicht gut. Vielleicht ist es besser, wenn Sie ihn erst morgen besuchen. Um diese Zeit ist Großvater immer schon ein wenig müde. Sein Kopf..."

„Ich verstehe", sagte Lili, die das Problem von ihrer Mutter nur allzu gut kannte. „Ist er verwirrt?"

„Nein, nein. Er hatte eine *apoplexie.* Ich kenne das deutsche Wort nicht. Er sitzt seither im Rollstuhl, und seine linke Hand ist gelähmt."

„Oh, Sie meinen einen Schlaganfall?"

„Vielleicht. Aber er kann sprechen und ist nicht wirr im Kopf. Und an die alten Zeiten erinnert er sich noch sehr gut, besser als an die neuen“, lachte die junge Frau. „Was er gestern gegessen hat, das weiß er oft nicht mehr, aber was er gekocht hat, als der Oberbürgermeister von Straßburg 1963 bei ihm zu Gast war, das weiß er noch ganz genau, mit Vorspeise und Nachtisch. Leider haben wir keine Fremdenzimmer.“

„Das ist kein Problem“, beruhigte Lili, „sicher können Sie mir ein Hotel empfehlen.“

„Vielleicht haben Sie Lust, Tante Véronique einen Besuch zu machen. Sie wohnt oben. Wenn Ihre Mutter vor dem Krieg hier war, kennen die beiden sich vielleicht.“

Véronique? Lili erinnerte sich an das Foto und die Bildunterschrift: *Hélène, Jean-Luc und Véronique vor dem Haus.*

„Oh, das wäre wunderbar. Ich würde Ihre Tante sehr gern kennen lernen. Entschuldigen Sie. Ich habe mich noch nicht einmal vorgestellt. Ich bin Lili Brenner, und das ist ein Freund von mir, Jakob Riedel.“

„Chantal Colliard“, stellte die junge Frau sich vor und gab ihnen die Hand. „Ich werde Sie nach oben führen. Tante Véronique wird sich bestimmt freuen.“

Chantal führte sie über eine alte, ausgetretene Holztreppe nach oben in den ersten Stock. Bei der zweiten Tür rechts blieb sie stehen und klopfte.

„Bitte warten Sie hier einen Moment“, sagte sie, als von drinnen eine Stimme antwortete, und betrat den Raum. Durch die leicht geöffnete Tür konnte Lili Chantals junge und eine brüchige, alte Stimme hören, die sich auf Französisch unterhielten, den Wortlaut konnte Lili nicht verstehen. Dann ging die Tür auf, und die junge Frau bat sie herein.

„Ich gehe wieder nach unten in die Küche“, sagte sie. „Kommen Sie einfach herunter, wenn Sie fertig sind. Für

Tante Véronique ist das Treppensteigen inzwischen recht mühsam."

Lili und Jakob betraten das Zimmer. Es war nicht besonders groß und mit alten, dunklen Möbeln eingerichtet. In einem hochlehnigen Sessel am Fenster saß eine großgewachsene alte Frau. Kurz geschnittenes weißes Haar umrahmte ein rundes Gesicht mit hohen Wangenknochen.

„Bitte entschuldigen Sie, wenn ich sitzen bleibe", sagte sie in flüssigem Deutsch, „aber es dauert immer, bis meine alten Knochen in Bewegung kommen, wenn ich lange gesessen habe. Sie sind also Hélènes Tochter? Mein Gott, diese Ähnlichkeit."

Lili stellte sich und Jakob vor und wunderte sich über Véroniques Äußerung, denn bisher hatten weder sie noch sonst jemand eine Ähnlichkeit mit ihrer Mutter feststellen können. Aber die letzte Begegnung zwischen Véronique und ihrer Mutter lag mehr als sechzig Jahre zurück, da war die Erinnerung vielleicht nicht mehr so frisch, oder Véronique hatte einfach etwas Nettes sagen wollen.

„Bitte, nehmen Sie doch Platz", sagte die alte Dame und deutete auf ein bequemes Sofa, das an der Wand stand. „Sie möchten etwas von den alten Zeiten hören, sagt Chantal."

Lili bestätigte das und zeigte ihr das Foto, das im Jahr 1939 vor dem Restaurant aufgenommen worden war.

„Oh, das war ein wunderbarer Sommer", Véronique lächelte in Gedanken an diese Zeit. „Ich erinnere mich sehr gut an Ihre Mutter, an Hélène. Wir haben rasch Freundschaft geschlossen. Hélène hat schnell Französisch gelernt, aber das Kochen, na ja." Sie lachte. „Sie ist lieber mit Jean-Luc und mir schwimmen gegangen, im

Weiher, hinten beim Wald, als in der Küche Gemüse zu putzen. Und dann wurden Jean-Luc und Hélène ein Liebespaar, und ich war furchtbar eifersüchtig, weil Hélène ihre Zeit jetzt lieber mit Jean-Luc verbrachte als mit mir. Entschuldigen Sie, ich bin unhöflich. Möchten Sie etwas trinken?"

„Nein danke", sagte Lili, „bitte erzählen Sie weiter."

„Nun ja, dann kam dieser schreckliche Krieg, und alles wurde mit einem Schlag anders. Wir sollten plötzlich nicht mehr Freunde sein, sondern Feinde. Hélène musste zurück nach Hause, wir haben alle so geweint, denn wir hatten uns lieb gewonnen, und Jean-Luc musste in den Krieg. Und dann haben wir wenige Wochen später die Nachricht erhalten, dass Hélène geheiratet hatte. Wir konnten es nicht begreifen. Ich war so wütend auf Hélène, dass ich auf ihre Briefe nicht mehr geantwortet habe. Wir haben es vor Jean-Luc geheimgehalten, so lange es ging, doch als er es erfahren hat, hat es ihm das Herz gebrochen."

Lili fühlte sich schuldbewusst, obwohl sie nichts dafür konnte.

„Später hat Ihr Bruder geheiratet?"

„Ja, ich glaube, es war 1947 oder 48. Er wollte eine Familie haben und er brauchte eine Frau fürs Restaurant, aber ich glaube, es war keine Liebesheirat, jedenfalls nicht so eine Liebe wie mit Hélène. Claire war hübsch, aber berechnend und launisch. Andererseits war sie sehr geschäftstüchtig, alleine hätte Jean-Luc das Restaurant nie so weit gebracht, er war ein wunderbarer Koch, aber kein Geschäftsmann. Gemeinsam waren die beiden ein unschlagbares Gespann. Und seine Töchter hat Jean-Luc vergöttert. Mit Claire hat er sich arrangiert, würde ich sagen."

„Lebt seine Frau noch?“

„Nein, sie ist vor acht Jahren gestorben. Sie war viele Jahre krank, multiple Sklerose. Sie war erst Mitte vierzig, als es anfing.“

„Haben sich Jean-Luc und meine Mutter noch einmal getroffen?“

Lili wusste es ja, aber sie wollte erfahren, ob das auch Véronique bekannt war.

„Nicht, dass ich wüsste“, sagte die.

„Sie sind sicher nicht gut auf mich zu sprechen, nach allem, was meine Mutter Ihrem Bruder angetan hat. Es ist sehr nett, dass Sie mich trotzdem empfangen haben“, sagte Lili und meinte es ehrlich.

„Ach wissen Sie“, Véronique schaute einen Moment nachdenklich aus dem Fenster, „in meinem Alter beginnt man, die Dinge ein wenig milder zu sehen. Vielleicht würde ich heute auch nicht mehr so hart über Hélène urteilen wie damals. Sie war noch sehr jung, und ich weiß ja nicht, welche Gründe sie hatte. Und die Kinder sollte man nicht für die Sünden ihrer Eltern verantwortlich machen. Sie können ja nichts dafür. Trotzdem wüsste ich gern, warum Hélène damals so schnell einen anderen geheiratet hat. Sie hat Jean-Luc wirklich geliebt, da bin ich mir sicher. Ich habe oft darüber nachgedacht. Wissen Sie es?“

„Nein“, sagte Lili, „leider nicht. Vielleicht bin ich deshalb hier, weil ich hoffe, es herauszufinden.“

„Warum fragen Sie nicht einfach Ihre Mutter?“ fragte Véronique.

„Sie ist vor drei Jahren gestorben, und ich habe erst nach ihrem Tod von dieser Liebesgeschichte erfahren.“

„Wenn Sie etwas herausfinden, dann sagen Sie es mir bitte“, bat Véronique. „Es würde mich wirklich interessieren.

Aber ich fürchte, dass Jean-Luc Ihnen nicht weiterhelfen kann. Er hat es ja selbst nicht begriffen."

Lili versprach es und verabschiedete sich dann.

„Ich kann Ihnen gar nicht sagen, wie gespannt ich darauf bin, Jean-Luc kennen zu lernen. Ich bin so froh, dass ich nicht zu spät gekommen bin", sagte sie, als sie mit Jakob die Treppe hinunterstieg. „Jetzt fragen wir Chantal nach einem netten Hotel für heute Nacht und dann rufen wir Hilde an, damit die Arme ruhig schlafen kann, ohne Alpträume von meuchelmordenden Franzosen."

Das Hotel war klein, aber die Zimmer waren sauber und liebevoll eingerichtet. Überall im Haus standen Vasen mit Wiesenblumen, und vor den Fenstern blühten üppig Geranien in allen Farben. Wo Blumen gediehen und geliebt wurden, fühlte Lili sich wohl. Nachdem sie ihre wenigen Habseligkeiten ausgepackt und Hilde angerufen hatte, klopfte sie an Jakobs Zimmertür.

„Ich bin fertig", sagte Jakob. „Und was machen wir jetzt? Es ist erst fünf, noch ein wenig früh fürs Abendessen."

„Ich ...", Lili zögerte.

„Na, was denn, heraus mit der Sprache."

„Véronique hat doch von dem Weiher erzählt, in dem meine Mutter und die anderen damals geschwommen sind. Ich würde ihn mir gern einmal ansehen."

„Ich weiß zwar nicht, was Sie sich davon versprechen", sagte Jakob, „aber warum nicht. Große Sehenswürdigkeiten werden wir hier ohnehin nicht finden."

Sie fragten an der Rezeption nach dem Weg. Obwohl es nicht weit war, beschlossen sie, mit dem Auto hinzufahren. Das letzte Stück mussten sie allerdings zu Fuß gehen, denn von der Straße führte nur ein schmaler Pfad durch die Wiesen zum Weiher, der an drei Seiten von Wald umstanden war. Still und verwunschen schimmerte er in der tief stehenden Sonne, der hintere Teil lag im Schatten der Bäume.

„Ich würde mich ehrlich gesagt nicht wundern, wenn gleich ein paar Nixen aus dem Wasser auftauchten", meinte Lili. „Ich muss Markus einmal herschicken, das wäre ein wunderbares Motiv für eins seiner Märchenbücher."

„Ich wusste gar nicht, dass Sie so eine romantische Seele sind", sagte Jakob und legte ihr seinen Arm um die Schulter. Lili ließ sich die vertrauliche Geste widerspruchslos gefallen.

„Ich kann mir schon denken, dass Mama lieber hier mit Jean-Luc und Véronique geschwommen ist anstatt in der Küche Kartoffeln zu schälen", schmunzelte sie. „Was aus den beiden wohl geworden wäre, wenn der Krieg nicht dazwischen gekommen wäre? Vielleicht ein Ehepaar."

„Vielleicht. Aber irgendwie wäre das schade, dann gäbe es Sie ja nicht."

„Na ja, ob das so ein großer Verlust für die Menschheit wäre?" lachte Lili.

„Jetzt machen Sie ‚fishing for compliments'", stellte Jakob tadelnd fest. „Es gibt eine Menge Menschen, die Sie vermissen würden, allen voran Hilde, aber auch Markus und Teresa, Lena und Paulina, die anderen Kinder aus der Lesegruppe, die Leute aus dem Tanzkurs ..."

Lili konnte sich nicht verkneifen zu fragen:

„Und Sie? Würden Sie mich gar nicht vermissen?"

„Na und ob, vor allem Ihren Sauerbraten und Ihre Schokoladenkekse", neckte Jakob. „Apropos Tanzgruppe, macht Ihnen das Tanzen noch Spaß?"

Lili strahlte.

„Und ob. Mehr denn je. Langsam kann ich mir die Figuren besser merken. Am Anfang war es eine Katastrophe, kaum hatte ich die Schritte einigermaßen drin, sagte der ‚Caller' schon eine neue Figur an. Es gibt immerhin 68 Grundschritte. Aber anfangs haben da wohl alle Probleme. Und es sind alle sehr nett und geduldig mit mir. Vor allem Fred."

„Fred? Sie sind schon per du?"

Lili fühlte, wie ihr das Blut in die Wangen stieg und ärgerte sich.

„Alle sind per du, bei Squaredancern nennt man sich beim Vornamen, das ist so üblich. Es herrscht ein netter, freundlicher Ton untereinander. Ich habe mich schnell bei ihnen wohlgefühlt."

„Und dieser Fred ist besonders nett?" Jakob ließ nicht locker. Lili ärgerte sich, dass sie Fred überhaupt erwähnt hatte.

„Ja, er ist nett, die anderen aber auch."

„Was macht er denn so, dieser Fred?"

War Jakob etwa eifersüchtig? Der Gedanke amüsierte Lili.

„Er ist Rentner. Früher war er Tanzlehrer. Und inzwischen fährt er zweimal im Jahr auf einem Kreuzfahrtschiff mit. Letztes Jahr war er in der Karibik, und im Herbst geht's ins Mittelmeer. Er bekommt die Passage umsonst, dafür muss er abends mit den weiblichen Passagieren tanzen. Auf den Schiffen sind immer viele alleinstehende Damen, und fast jeden Abend ist Tanz. Da müssten die Damen dann alleine herumsitzen und den Paaren beim Tanzen zusehen. Fred sagt, es macht ihm solchen Spaß, und die Damen wären ihm sehr dankbar."

„Das kann ich mir denken", lachte Jakob.

„Das ist alles höchst anständig“, bemerkte Lili ärgerlich. „Fred hat gar kein Interesse, mit den Damen etwas anzufangen. Aber seit seine Frau gestorben ist, fühlt er sich zu Hause sehr einsam. Außerdem reist und tanzt er gern....“

„Verstehe“, brummte Jakob, „und er hat Sie noch nicht gefragt, ob Sie nicht mal mitkommen wollen?“

Sollte Lili ihm die Wahrheit erzählen? Womöglich machte Jakob sich über sie lustig oder zog falsche Schlüsse. Andererseits war er ein sehr feinfühliger Mensch, auch wenn er das manchmal hinter seiner scherzhaften Art zu verbergen suchte. Und Lili hatte ihm für so viel zu danken, nicht zuletzt dafür, dass er sie ermuntert hatte, sich dieser Squaredance-Gruppe anzuschließen.

„Nun ja, er hat mich schon gefragt. Ich habe ihm erzählt, dass Rudolf und ich immer mal so eine Reise mitmachen wollten. Das Geld wäre kein Problem, ich könnte es mir leisten. Aber ich weiß nicht, ob es mir ohne Rudolf überhaupt Freude machen würde. Es käme mir wie Verrat vor, die Reise ohne ihn zu machen. Außerdem beherrsche ich gar keine Standardtänze, und Squaredance wird auf dem Schiff sicher nicht getanzt.“

„Wegen Rudolf würde ich mir keine Gedanken machen. So wie ich ihn kenne, würde er sich für Sie freuen, ganz bestimmt. Er hätte sicher auch nichts dagegen, falls Sie sich noch einmal verlieben sollten.“

„Sie meinen doch nicht etwa in Fred?“

„Warum nicht? Oder ist er so hässlich?“

Hässlich? O nein, hässlich war Fred ganz und gar nicht. Er war groß und schlank und wenn er tanzte, bewegte er sich wie ein junger Mann. Jakob sollte ihn mal im Smoking sehen. Neulich hatte Fred Lili Fotos von der letzten Kreuzfahrt gezeigt, er im schwarzen Smoking mit rotem Kummerbund. Todschick hatte er ausgesehen! Lili konnte sich vorstellen, dass die Damen gern mit ihm tanzten und beim Abschied die eine oder andere Träne zerdrückten.

Dass Lili sich immer freute, wenn sie beim Partnerwechsel bei Fred landete, erzählte sie Jakob nicht, auch nicht, dass die Sympathie wohl auf Gegenseitigkeit beruhte.

„Nein“, sagte Lili, „hässlich ist er nicht, und ich weiß, dass Rudolf mir jedes Glück der Welt gönnen würde, aber so einfach ist das nicht.“ Lili zog fröstelnd die Schultern hoch. „Es wird frisch. Ich glaube, wir sollten langsam gehen. Ich habe keine Jacke dabei.“

Da sie in einem Garni-Hotel übernachteten, beschlossen sie, im *Cheval Blanc* zu Abend zu essen. Lili verband damit die Hoffnung, Jean-Lucs Tochter Jeanne kennen zu lernen. Und tatsächlich kam sie an ihren Tisch, kaum dass Jakob und sie sich gesetzt hatten. Die Ähnlichkeit mit ihrer Tochter Chantal war unverkennbar. Sie war Lili auf Anhieb sympathisch.

„Guten Abend, Madame, Monsieur“, sagte sie. „Sie waren heute Nachmittag schon einmal hier, nicht wahr? Chantal hat mir davon erzählt.“

„Das stimmt“, bestätigte Lili und stellte sich und Jakob vor. „Sie haben eine sehr nette Tochter, und sie spricht fast so gut Deutsch wie sie.“

Jeanne lachte.

„Chantal war während ihrer Ausbildung für ein Jahr in Deutschland, wie ich auch. Wir wohnen im Grenzgebiet und haben viele deutsche Gäste, da ist es wichtig, dass man Deutsch spricht. Ich habe gehört, Sie wollen morgen Papa besuchen?“

„Ich hoffe, unser Besuch wird ihn nicht aufregen“, sagte Lili und hätte gern gewusst, ob Jeanne genauso ahnungslos war, was das Verhältnis ihres Vaters anging, wie sie selbst bis vor einigen Wochen gewesen war.

„Oh, er wird sich bestimmt freuen", beruhigte Jeanne. „Er ist für jede Ablenkung dankbar. Und die alten Zeiten stehen ihm in letzter Zeit ohnehin näher als die neuen. Na ja, es passiert ja auch nicht mehr viel in seinem Leben und wenn, dann meistens nichts Erfreuliches. Kein Wunder also, dass ihm die alten Zeiten lieber sind. Darf ich mich ein wenig zu Ihnen setzen?"

„Aber gern", sagte Lili und meinte es ehrlich.

„Papa ist sehr kontaktfreudig. Wie besuchen ihn, so oft es geht, und am Sonntag holen wir ihn meistens her, damit er ein wenig in der Gaststube sitzen kann. Der Kontakt zu den Gästen fehlt ihm. Bis zu seinem Schlaganfall hat er immer hier gesessen und manchmal auch in der Küche nach dem Rechten geschaut. Nicht immer zur Freude des Kochs", lachte Jeanne. „Er ist ein angenehmer, liebenswerter Mensch, und wir haben ihn nicht gern ins Heim gebracht, aber ich muss mich ums Restaurant kümmern, ich habe zu wenig Zeit, ihn zu pflegen. Er beklagt sich nie, aber ich habe trotzdem ein schlechtes Gewissen."

„Ich kann Sie gut verstehen", sagte Lili. „Aber er weiß ja selbst, wie es ist, und ist sicher froh, dass Sie das Restaurant übernommen haben. Es ist doch schön, wenn man sieht, dass das Lebenswerk fortgeführt wird."

„Mama", Chantal kam an ihren Tisch, „Papa braucht dich in der Küche."

Jeanne lachte.

„Ich hätte mir denken können, dass sich das Hinsetzen nicht lohnen wird. Chantal, nimm bitte die Bestellung auf. Ich hoffe, es wird Ihnen bei uns schmecken. Und bitte grüßen Sie Papa von mir. Ich werde Ihnen noch etwas Gebäck für ihn mitgeben. Es sind seine Lieblingskekse, die schmecken nach Zuhause. Das Essen im Heim schmeckt ihm nicht besonders, am liebsten würde er sich selbst an den Herd stellen."

Jeanne ging in die Küche, und Chantal brachte die Speisekarten und nahm die Getränkebestellung auf.

„Falls Jean-Luc so nett ist wie seine Tochter, dann kann ich meine Mutter ein wenig verstehen", sagte Lili leise zu Jakob, als sie wieder allein waren. „Aber nur ein wenig, denn mein Vater war auch sehr nett. Ach Jakob, ich glaube, ohne die Liebe wäre das Leben um einiges einfacher."

„Aber auch sehr viel langweiliger und nicht halb so schön."

Da Lili ihr Glückstagbuch zu Hause vergessen hatte, schrieb sie ihre Eindrücke des heutigen Tages auf ein Blatt Papier und nahm sich vor, alles später nachzutragen:

Ich hatte vergessen, dass Verreisen glücklich macht, dieses Gefühl, den Alltag zu Hause zu lassen und etwas Neues kennen zu lernen, andere Landschaften, anderes Essen, andere Menschen. Ich freue mich, dass ich meine Eindrücke mit Jakob teilen kann, alleine zu verreisen ist nur das halbe Glück, und ich freue mich schon aufs Nachhausekommen. Verreisen macht nämlich zweimal glücklich, das erste Mal, wenn man wegfährt, und das zweite Mal, wenn man nach Hause zurückkommt und dort wieder in seine alten Gewohnheiten schlüpfen kann wie in einen bequemen, eingetragenen Hausschuh, den man in der Fremde ein wenig vermisst hat.

Das Heim, in dem Jean-Luc wohnte, lag außerhalb des Ortes. Es sah vornehm aus, wie ein umgebautes Schlösschen. An Geld schien es Jean-Luc nicht zu mangeln.

Lili und Jakob erkundigten sich, wo sie Jean-Luc finden konnten.

„Um diese Zeit ist er immer im Garten, wenn das Wetter mitmacht. Gehen Sie einfach die Treppe hinunter und nehmen Sie den ersten Weg links, dann können Sie ihn kaum verfehlen."

Jean-Luc saß in seinem Rollstuhl im Schatten einer hohen, alten Buche und schaute auf einen kleinen Teich, auf dem einige Enten gemächlich ihre Kreise zogen. Jean-Luc hatte Lili noch nicht bemerkt, und so konnte sie ihn in Ruhe betrachten. Man sah, dass er einmal ein gut aussehender, stattlicher Mann gewesen war, groß und breitschultrig. Jetzt saß er ein wenig zusammengesunken in seinem Rollstuhl, die linke Hand lag schlaff mit leicht nach innen gekrümmten Fingern in seinem Schoß, während er sie mit der rechten Hand massierte.

„Monsieur Philippe?"

Jean-Luc hob den Kopf und lächelte.

„Lili! Was für eine Freude! *Bonjour Monsieur*", sagte er dann höflich zu Jakob gewandt.

„Sie kennen mich?" fragte Lili erstaunt.

„Véronique hat mich heute Morgen angerufen. Sie wollte mich wohl auf diese Begegnung vorbereiten, damit ich vor Schreck keinen Herzinfarkt bekomme. Vor freudigem Schreck", betonte er. „Ach", sagte er dann zu Jakob, „würde es Ihnen etwas ausmachen, mich zu der Bank hinüberzuschieben, ich würde Lili gern auf Augenhöhe begegnen. Ich muss mich erst daran gewöhnen, den Leuten nicht mehr in die Augen, sondern auf den Bauchnabel zu sehen, wenn ich mit ihnen spreche. Es ist nicht immer ein Vergnügen, so alt zu werden", seufzte Jean-Luc. „Aber manchmal gibt es auch noch gute Tage und freudige Überraschungen, so wie heute."

Jakob schob den Rollstuhl über den gepflasterten Weg zu einer Bank und stellte ihn so, dass Lili und Jean-Luc einander gegenüber sitzen und sich anschauen konnten.

„Ich werde ein wenig durch den Park spazieren gehen", sagte er, „dann können Sie sich in Ruhe unterhalten. Bis später."

Jean-Luc musterte Lili eingehend.

„Véronique hat recht, du siehst ihr wirklich ähnlich."

„Finden Sie? Ich finde, es gibt kaum jemanden, dem ich weniger ähnlich sehe als Mama, leider."

„Aber ich spreche nicht von Hélène. Ich spreche von meiner Tochter."

„Jeanne? Ehrlich gesagt kann ich auch da keine Ähnlichkeit sehen, aber ich finde sie sehr nett."

„O ja, das ist sie. Aber ich meinte Marielle, meine jüngere Tochter, ihr siehst du ähnlich. Wie hast du mich gefunden? Hat Hélène dir von mir erzählt?"

Lili berichtete, wie Mama während ihrer Krankheit immer wieder seinen Namen erwähnt und sie damit neugierig gemacht hatte, und wie sie dann nach Mamas Tod die Briefe und Fotos gefunden und sich auf Spurensuche begeben hatte.

„Und dass Sie ihr am Gardasee begegnet sind, das war wirklich Zufall?"

„Wir sind beide hingefahren, ohne vom anderen zu wissen", erklärte Jean-Luc. „Aber Zufall würde ich es trotzdem nicht nennen. Ich glaube, dass der liebe Gott der Ansicht war, er hätte etwas an uns gut zu machen."

„Und es ist immer bei der einen einzigen Woche im Jahr geblieben? Warum?"

„Wir hatten beide Familie, du warst noch klein, und meine beiden Mädchen waren noch jünger. Vermutlich wollten wir das Schicksal nicht herausfordern und haben uns mit diesem kleinen Glück begnügt."

Lili hatte so viele Fragen, vor allem die, warum der Kontakt eines Tages abgebrochen und Mama nie mehr an den Gardasee gefahren war. Jean-Luc seufzte, und sein Gesicht verfinsterte sich bei der Erinnerung.

„Meine Frau ist dahinter gekommen. Sie hat gedroht, sich scheiden zu lassen und die Mädchen mitzunehmen. Ich musste mich entscheiden zwischen Hélène und meinen Kindern. Es war die schlimmste Entscheidung meines Lebens. Hélène war meine große Liebe, und ich hatte sie schon einmal verloren. Aber man sagt, Blut sei dicker als Wasser, und die Mädchen sollten nicht für meine Liebe büßen", erklärte Jean-Luc. „Hélène und ich haben uns nur noch heimlich geschrieben und auf die Zeit gewartet, wenn unsere Kinder alt genug wären, um auf eigenen Füßen zu stehen. Und dann ist meine Frau krank geworden. Sie saß im Rollstuhl, so wie ich jetzt, und war hilflos ohne mich. Ich habe es nicht fertiggebracht, sie in dieser Situation im Stich zu lassen."

Noch eine Frage gab es, die Lili auf der Seele brannte.

„Und Sie konnten Mama verzeihen, dass sie damals so schnell meinen Vater geheiratet hat?"

„Es hat mir das Herz gebrochen, aber als sie mir erklärt hat warum, habe ich sie verstanden."

„Warum?"

Jean-Luc sah sie erstaunt an.

„Du weißt es nicht? Ich dachte, deshalb wärst du hergekommen. Sie war schwanger."

„Von Ihnen?"

Jean-Luc nickte.

„Und was ist aus dem Kind geworden?"

„Sie hat es bekommen und ihm einen neuen Vater gegeben. Ein uneheliches Kind war damals eine Schande, noch dazu das Kind von einem Franzosen. Sie musste es tun, sich zuliebe, ihren Eltern zuliebe und dir zuliebe."

„Mir zuliebe?"

Plötzlich begriff Lili. Das Kind war sie.

„Dann sind Sie mein Vater?"

Jean-Luc nickte.

„Findest du nicht, es wäre an der Zeit, du zu mir zu sagen?"

Ohne lange zu überlegen, stand Lili auf, beugte sich hinunter und nahm Jean-Luc in den Arm. Sie kämpfte mit vielen widerstreitenden Gefühlen.

„Hat mein Vater es gewusst?"

„Ich glaube nicht. Hélène hat es ihm nicht erzählt."

Lili dachte nach, dann stellte sie die Frage, die ihr von allen am schwersten fiel.

„Hast du nie den Wunsch gehabt, mich kennen zu lernen?"

„Doch Lili, den hatte ich. Hélène hat mir regelmäßig Fotos von dir geschickt und mir von dir erzählt. Ich habe sie sogar gebeten, dich mit in den Urlaub an den Gardasee zu bringen, aber das wollte sie nicht. Es wäre auch zu gefährlich gewesen. Unsere ganze Beziehung war auf Lügen aufgebaut. Und später, als meine Frau gestorben war, da dachte ich, es sei zu spät und ich sollte die Sache besser ruhen lassen. Du wirst es vielleicht nicht verstehen, ich kann es dir nicht verdenken, aber du musst mir glauben, dass es mir sehr viel bedeutet, dass du heute gekommen bist. Mehr als ich sagen kann."

Lili sah Tränen in Jean-Lucs Augen schimmern. Sie wusste immer noch nicht, was sie denken und fühlen sollte. Sie war gekommen, um den Liebhaber ihrer Mutter zu treffen und hatte ihren Vater gefunden. Armer Papa, dachte sie, du warst nur zweite Wahl. Ihre Eltern kannten sich seit Schulzeiten, und Papa war schon lange in Mama verliebt gewesen, das hatte er Lili einmal erzählt, aber vermutlich hätte er nie eine Chance gehabt, sie zu erobern, wenn Mama nicht einen Vater für Jean-Lucs Kind gebraucht hätte. Nun, vielleicht war Papa mit der Rolle, die ihm da zugefallen war, auch ganz zufrieden gewesen. Er hatte Lili geliebt und wohl nie erfahren, dass sie das Kind eines anderen war, und er hatte die Frau bekommen, die er liebte, auch wenn sie seine Liebe nicht im gleichen Maß erwiderte.

Und Lili? Seit sie denken konnte, hatte sie das Gefühl gehabt, ein Kleidungsstück mit einer schiefen Naht zu sein. Sie konnte nicht erklären, warum. Sie sah weder ihrer Mutter ähnlich noch ihrem Vater. Und sie hatte Vorlieben und Interessen, die sie von keinem geerbt haben konnte.

„Tanzt du gern? Entschuldige, ich meine, hast du gern getanzt?“ fragte Lili.

„Für mein Leben gern“, sagte Jean-Luc. „Warum fragst du?“

„Weil ich es auch für mein Leben gern tue. Und ich koche gern, so wie du. Du könntest mir ein paar Rezepte verraten. Zum Beispiel für *Coq au vin*. Mama hat immer behauptet, bei dir hätte es besser geschmeckt, und dabei habe ich ein gutes Rezept und koche wirklich nicht schlecht.“

Jean-Luc lächelte.

„Mein *Coq au vin* ist das beste in der ganzen Gegend“, sagte er stolz, „ach, was sag' ich, im ganzen Elsass. Das Rezept stammt von meinem Urgroßvater. Es ist ein Familiengeheimnis und wird niemals aufgeschrieben, damit es niemand stehlen kann. Man muss es auswendig lernen. Ich werde es dir gerne verraten. Weißt du, was ich bedaure? Dass wir uns nicht schon früher kennen gelernt haben. Ich habe viel falsch gemacht in meinem Leben und manches richtig. Und am besten sind mir meine Töchter gelungen, alle drei."

Lili schrieb:

Mir ist, als hätte ich endlich das Puzzleteil gefunden, nach dem ich mein Leben lang gesucht habe. Ich kann jetzt auch begreifen, dass Mamas Liebe zu mir nicht ganz einfach war. Vielleicht hat sie mir vorgeworfen, dass ich sie in die Ehe mit Papa gezwungen habe. Wäre ich nicht gewesen, dann hätte sie vermutlich auf Jean-Luc gewartet, und alles wäre ganz anders gekommen. Ob mich dieses Wissen glücklich macht? Vielleicht ist Glück das falsche Wort, es macht mich ruhig. Glücklich bin ich darüber, dass ich meine Familie gefunden habe, und ich hoffe sehr, dass sie mich mögen werden.

Wenn ich nichts mitnehmen kann,
dann will ich doch wenigstens etwas hinterlassen.
(Hella Morten)

Hilde

Lili war wieder zu Hause. Vor einer halben Stunde hatte Hilde sie vorfahren und die Koffer ausladen sehen, und jetzt stand sie vor ihrer Tür und klingelte.

„Lili, bin ich froh, dass du wieder gesund zu Hause bist.“ Hilde umarmte Lili. “Komm herein! Was hast du denn da?“

„Einen Gugelhupf“, erklärte Lili, „eine Spezialität aus dem Elsass.“

„Das ist aber nett von dir. Komm mit in die Küche. Ich koche Kaffee, dann können wir den Gugelhupf gleich probieren.“

Hilde saß gern in der Küche, viel lieber als in ihrem Wohnzimmer. Von dort aus ging der Blick hinaus in ihren Garten. Es mochte ja durchaus Leute geben, die den Vögeln gern beim Nestbau zuschauten, Hilde gehörte nicht dazu, sie war eher an ihren Mitmenschen und dem Leben auf der Straße interessiert. Hilde füllte Wasser in die Kaffeemaschine, während Lili den Tisch deckte. Sie wusste inzwischen, in welchem Küchenschrank das Geschirr zu finden war.

„Nun erzähl schon! Hast du Helenes Liebhaber ausfindig gemacht?“

„Ihren Liebhaber und meinen Vater“, sagte Lili.

Ging das schon wieder los? Langsam machte Hilde sich wirklich Sorgen. Zuerst glaubte Lili, Rudolf sei von den Toten zurückgekehrt und jetzt ihr Vater. Der war vor ... Hilde überlegte... vor sieben Jahren gestorben. Es war das Jahr, in dem ihr Enkel Jannik geboren wurde. Lilis Vater war im März gestorben, und Jannik kam im August zur Welt.

„Du sagst ja gar nichts. Hast du nicht gehört, was ich gesagt habe?"

„Und ob ich es gehört habe."

„Stell dir vor, Hilde, ich habe plötzlich eine Familie, ist das nicht wunderbar? Zwei Schwestern und Nichten und Neffen."

„Du hast zwei Schwestern?"

„Ja, Jeanne und Marielle, sie leben bei meinem Vater in Frankreich. Jeanne und ihre Tochter Chantal habe ich kennen gelernt. Vater wollte ein großes Familientreffen veranstalten und mich mit allen bekannt machen, aber ich finde, er sollte es seiner Familie erzählen, ohne dass ich dabei bin. Ich meine, die werden aus allen Wolken fallen, dass es mich gibt, so wie ich auch aus allen Wolken gefallen bin."

„Dein Vater hat eine Familie in Frankreich? Du meinst, er ist ein Fetischist?"

„Ein Fetischist?" Lili lachte. „Ach so, du meinst ein Bigamist. Nein, er war nur in Frankreich verheiratet, mit Mama hatte er lediglich ein Verhältnis."

Hilde verstand die Welt nicht mehr. Jahrzehnte waren sie Nachbarn gewesen, und sie hatte von alldem nichts geahnt, hatte Helmut und Helene für grundsolide Leute gehalten, wenigstens ihn. Nun ja, Helene war immer ein wenig ... besonders gewesen, ein bisschen extravagant mit ihrem französischen Spleen. Und er? Stille Wasser sind tief, sagte man. In Illustrierten hatte Hilde schon von solchen Doppelleben gelesen, aber hier in ihrer Straße! Da war Helmut doch tatsächlich vor sieben Jahren nach Frankreich abgehauen und hatte Helene hier sitzen lassen. Und sie hatte mit Helene und Lili geweint und einen großen Kranz bestellt in der Gärtnerei Zoller, 75 Mark hatte der damals gekostet, jede Mark tat ihr leid nach allem, was sie jetzt wusste. So ein Schuft! Die arme Helene musste sich so geschämt haben, dass sie ihn lieber für tot erklärte und einen leeren Sarg begrub als zuzugeben, dass ihr Mann nach Frankreich verduftet war. Ganz offensichtlich hatte sie es nicht einmal Lili gesagt. Was für eine unglaubliche Geschichte! Kein Wunder, dass Helene verrückt geworden war, am Schluss ihre eigene Tochter nicht mehr erkannt und dauernd französisches Zeug gefaselt hatte. Abgründe, Abgründe taten sich da auf! Hilde musste sich setzen.

„Mein Gott, Lili, dann bist du ja ein uneheliches Kind!"

„Nein", sagte Lili, „unehelich bin ich nicht, nur ein Kuckucksei. Ich bin froh, dass Mama es Papa nie gesagt hat. Ich glaube, es hätte ihm das Herz gebrochen."

Hilde fand, es hätte Helmut nur recht geschehen, wenn er erfahren hätte, dass Lili nicht seine Tochter war.

„Du bist ein Kuckucksei? Du meinst, Helmut ist gar nicht dein Vater? Aber wenn Helmut nicht dein Vater ist, wer ist es dann?"

„Meine Güte, Hilde, kannst du nicht zuhören? Das erzähle ich dir doch die ganze Zeit. Jean-Luc ist mein Vater."

„Jean-Luc? Wer ist denn Jean-Luc?"

Da erzählte Lili die ganze Geschichte von Anfang an, und endlich sah Hilde klar.

„Jetzt brauch' ich erst mal einen Schluck Kaffee auf den Schreck." Hilde goss ein. „Aber wenn dieser Jean-Luc dein richtiger Vater ist, dann bist du ja erbberechtigt. Dir gehört ein Drittel von allem. Kann allerdings sein, dass die beiden Französinnen damit nicht einverstanden sind und so eine ISDN-Analyse verlangen."

„Eine DNA-Analyse? Ohne mich. Ich will doch gar nichts. Ich habe, was ich brauche. Das Einzige, was ich will, ist eine Familie. Aber du bringst mich auf eine Idee. Ich werde mein Vermögen an Chantal vererben. Und wenn die anderen Nichten und Neffen genauso nett sind, dann bekommen sie auch etwas ab. Mein Haus bekommen Teresa und Markus und meinen Garten samt Gartenhaus Lena und Paulina. Dann können sie sich nie mehr trennen. Ach, ich freue mich heute schon auf das Gesicht von Rudolfs Nichte! Sie wird sich schwarz ärgern, wenn sie erfährt, dass sie leer ausgeht. Der Gedanke wirkt wie eine Frischzellenkur auf mich."

Das war typisch Lili. Da hatte sie keine zehn Sätze mit diesem französischen Mädchen gewechselt und wollte ihr schon ihr Geld vermachen.

„Was schaust du denn so?" fragte Lili. „Du hast doch ein Haus und einen Garten und Geld hast du auch genug. Du bekommst meinen Bücherschrank und meinen großen Perserteppich und das Gemälde über dem Sofa und Mamas Rosenthalservice und ..."

„Hör endlich auf, vom Erben und Sterben zu reden, du machst mich ganz krank!" schimpfte Hilde. „Iss jetzt endlich deinen Gugelhupf und schwör mir, dass du noch hundert Jahre lebst!"

Wenn eine Tür sich schließt,
dann öffnet sich stets eine andere.
(André Gide)

Lili

Lili hatte es sich mit Jakob auf der Terrasse bequem gemacht. Es war ein wunderschöner lauer Sommerabend. Das Windlicht verbreitete einen warmen Schein und ließ den Weißwein in ihren Gläsern golden funkeln.

„Ich habe heute einen Brief von Jean-Luc bekommen. Er möchte mich für übernächstes Wochenende zu einem Familientreffen einladen und fragt, ob mir der Termin passt. Haben Sie Zeit?"

„Ich? Es ist Ihr Familientreffen, nicht meins."

„Sie werden mich doch nicht alleine fahren lassen?"

Lili sah Jakob erschrocken an.

„Ich fürchte, ich werde in zwei Wochen nicht mehr hier sein, Lili. Es ist Zeit für mich zu gehen. Ich habe mich schon viel zu lange hier aufgehalten. Wahrscheinlich hat mir Ihr Essen zu gut geschmeckt. Nein, es war nicht nur das Essen."

Es gab Lili einen Stich. Sie hatte gewusst, dass dieser Moment einmal kommen würde, aber sie hatte den Gedanken daran verdrängt. Ihre Stimme war nicht sehr fest, als Sie fragte:

„Ist der Umbau in Ihrem Haus fertig?"

Jakob gab ein undefinierbares Brummen von sich.

„Aber Sie sind doch nicht aus der Welt. Sie könnten trotzdem mit mir ins Elsass fahren."

„Ich werde aus der Welt sein, Lili."

Lili verstand kein Wort.

„Gehen Sie etwa zurück zu Ihrem Sohn nach Amerika?"

„Ach, Lili, diesen Sohn und dieses Haus hat es nie gegeben."

Hilde hatte also recht gehabt! Jakob war ein Schwindler, ein zwielichtiger Bursche, dem nicht zu trauen war.

„Warum haben Sie mich angelogen, Jakob?"

Lili sah zu Jakob hinüber, aber es war zu dunkel, um sein Gesicht genau erkennen zu können.

„Ich konnte Ihnen die Wahrheit nicht sagen, Lili, ich durfte es nicht."

„Und was ist die Wahrheit?"

„Ich werde eine Menge Ärger bekommen, weil ich darüber rede, aber es ist mir egal", sagte Jakob entschlossen, und seine Stimme klang ein wenig trotzig. „Rudolf hat mich geschickt."

„Rudolf?"

„Ja, ich komme da her, wo Rudolf jetzt ist", erklärte Jakob.

Es verschlug Lili die Sprache.

„Sie meinen", Lili zögerte es auszusprechen, so unglaublich erschien es ihr, „von da oben?" Sie richtete ihren Blick zum dunklen Nachthimmel.

„Wenn Sie es so nennen wollen. Aber es wird wohl besser sein, wenn Sie es nicht weiter erzählen. Die Menschen glauben nur, was sie sehen können. Man würde Sie vermutlich für verrückt halten. Also behalten Sie es lieber für sich."

„Wie geht es Rudolf? Warum ist er nicht selbst gekommen?"

„Rudolf geht es gut bis auf die Tatsache, dass er sich große Sorgen um sie gemacht hat. Er konnte es nicht mehr mit ansehen, wie sie nach seinem Tod jede Lebensfreude verloren haben. Aber er wusste nicht, wie er Ihnen helfen sollte. Es ist uns verboten, zu unseren eigenen Familienangehörigen zurückzukehren."

„Aber warum?"

Lili würde alles dafür geben, wenn sie Rudolf noch einmal sehen, mit ihm sprechen, hier mit ihm auf ihrer Terrasse sitzen und seine Hand halten könnte.

„Es käme irgendwann ein neuer Abschied, und alles würde von vorn beginnen", erklärte Jakob.

„Sie haben Rudolf also erst dort kennen gelernt? Bitte erzählen Sie mir davon!"

„Hören Sie, Lili, das darf ich nicht. Bitte dringen Sie nicht in mich, ich habe schon viel zu viel erzählt. Aber ich wollte nicht eines Tages sang- und klanglos verschwunden sein. Sie hätten mich für einen Schuft gehalten, das wollte ich nicht.

Vermieten Sie die Wohnung wieder, wenn ich ausgezogen bin. Ich bin sicher, Sie werden mit Hildes Hilfe eine gute Wahl treffen. Hilde hat mir mit ihrem Misstrauen einiges Kopfzerbrechen bereitet. Ich bin stolz, dass ich es geschafft habe, bis zuletzt mein Inkognito zu wahren. Selbst wenn Dinge ganz offensichtlich sind, erkennen wir sie nicht, wenn wir sie für unmöglich halten. So wie die Sache mit Teresa. Besuchen Sie Ihre Familie in Frankreich, so oft Sie Lust dazu haben, es sind herzliche Menschen, die Sie mit offenen Armen willkommen heißen werden. Und machen Sie mit Fred die Schiffsreise. Sie wissen doch, man soll Dinge nicht aufschieben, und wer weiß? Man soll im Leben nie nie sagen."

Lili war sich immer noch nicht sicher, ob sie Jakob diese Geschichte glauben sollte. Es lag außerhalb ihrer Vorstellungskraft, andererseits erklärte es so vieles, und sie wollte gern daran glauben.

„Mein Gott, jetzt wird mir einiges klar, die fingierten Annoncen, der Geburtstagstisch und ihr Helfersyndrom. Es war Ihnen wohl nicht genug, sich nur um mich zu kümmern?“ wollte Lili wissen.

„Nun ja, ich finde, man kann nicht einfach die Augen verschließen vor dem Unglück anderer Menschen. Manchmal genügt schon eine Kleinigkeit, um sie in die richtige Richtung zu lenken.“

„Eine Trauerkarte zum Beispiel.“

„Zum Beispiel.“

„Aber es gibt so viele Menschen, die Ihre Hilfe brauchen. Sie können gern noch ein wenig bei mir wohnen bleiben“, schlug Lili hoffnungsvoll vor.

„Es tut mir leid, Lili, aber meine Mission ist beendet. Ich bin schon länger geblieben, als ich eigentlich vorhatte.“

„Wann werden Sie gehen?“

„Ich werde die Zeit nutzen, wenn Sie in Frankreich sind. Es wird uns beiden den Abschied erleichtern.“

„Ach Jakob, Sie werden mir so fehlen“, seufzte Lili.

„Sie mir auch, Lili, glauben Sie mir“, sagte Jakob. „Aber Sie brauchen mich nicht mehr. Falls es Sie tröstet: Ich werde Sie im Auge behalten, und wenn es ein Problem gibt, bin ich immer für Sie da.“

„Bitte vergessen Sie nicht, Rudolf von mir zu grüßen.“

„Das werde ich tun“, versprach Jakob, „aber es wird nicht nötig sein. Ihre Grüße sind längst bei ihm angekommen.“

Heute saß Lili ziemlich ratlos vor ihrem Glückstagebuch. Die Nachricht, dass Jakob sie verlassen wollte, ließ keinen Gedanken an Glück in ihr aufkommen. Sie hatte in letzter Zeit dank Jakobs Hilfe viele Wege zum Glück gefunden, aber heute lagen sie alle in der Vergangenheit. Dann zückte Lili entschlossen ihren Kugelschreiber und schrieb:

Manchmal kommt uns das Glück für kurze oder längere Zeit abhanden. Dann müssen wir versuchen, uns an das vergangene Glück zu erinnern und geduldig auf das zu warten, das kommen wird. Aber nicht zu geduldig, denn ein wenig müssen wir schon selbst tun, damit das Glück zu uns kommt. Manchmal steht es vor der Tür, aber wir können es nicht sehen. Nur wenn wir die Tür öffnen, dann kann es auch hereinkommen.

Wirklich gute Freunde sind Menschen,
die uns ganz genau kennen
und trotzdem zu uns halten.
(Marie von Ebner-Eschenbach)

Hilde

„Du willst schon wieder nach Frankreich fahren?"

„Jean-Luc hat mich eingeladen", erklärte Lili. „Er will mich der ganzen Familie vorstellen. Bis jetzt kenne ich ja nur Jeanne und ihre Tochter."

„Fährt Jakob wieder mit?"

Hilde konnte nicht verhindern, dass ihre Stimme ein wenig eifersüchtig klang. Es hatte sie gekränkt, dass Lili bei ihrer letzten Reise Jakobs Gesellschaft der ihren vorgezogen hatte. Sie wäre gern einmal ins Elsass gefahren und sicher wäre sie der gutgläubigen Lili eine bessere Hilfe gewesen als der zwielichtige Jakob.

„Nein", sagte Lili, und ihr Gesicht bewölkte sich, „Jakob will ausziehen, während ich weg bin."

Hilde glaubte, ihren Ohren nicht zu trauen.

„Jakob will ausziehen?"

Seltsam, eigentlich hatte sie immer darauf gewartet, dass Jakob wieder aus Lilis und damit auch aus ihrem Leben verschwand, aber jetzt, wo es soweit war, machte die Vorstellung sie ein wenig traurig. Sie musste zugeben, dass Jakob ein charmanter Mann war, und er hatte Spannung in ihr Leben gebracht. Nun würde es ihr wohl nicht mehr gelingen, sein Geheimnis zu lüften, es sei denn ...

„Sagtest du, er will ausziehen, während du weg bist?"

„Ja", bestätigte Lili, „er meint, es würde mir den Abschied erleichtern."

„O Lili", seufzte Hilde, „du wirst es nie lernen."

„Lernen? Was lernen?"

„Wie schlecht die Welt ist", erklärte Hilde düster. „Denk doch mal nach! Wahrscheinlich wartet Jakob schon lange auf diese Gelegenheit. Du bist in Frankreich, und er kann in aller Ruhe dein Haus ausräumen, bis du wieder zurückkommst. Er muss dazu nicht einmal einbrechen. Du überlässt ihm sozusagen kampflos das Feld. Der Wunschtraum jedes Ganoven. Das hat er sich ja fein ausgedacht."

Lili schüttelte den Kopf.

„Ach Hilde, wenn du wüsstest!"

„Was soll ich wissen?"

„Ach nichts, vergiss es! Jedenfalls würde Jakob mir eher ein komplettes zwölfteiliges Silberbesteck samt Tortenheber und Suppenkelle in die Schublade legen, als mir auch nur einen einzigen, popeligen Mokkalöffel zu klauen."

Hilde kannte Lili zu gut, um nicht zu merken, dass hinter diesem Satz mehr steckte als reine Vermutung und Schutzbehauptung. Es dauerte zehn Minuten, dann hatte sie Lili soweit.

„Versprichst du, dass du mich nicht für verrückt erklärst und dass du es niemandem weitererzählst?"

Hilde hätte alles versprochen, um endlich Jakobs Geheimnis zu erfahren.

„Ich versprech's", sagte sie und hob theatralisch die Hand zum Schwur. „Also, nun sag schon, was ist mit Jakob?"

Lili holte tief Luft.

„Rudolf hat ihn zu mir geschickt. Weil ich so unglücklich war. Jakob kommt von da oben... er ist ...., na ja, also er ist sozusagen ein Engel."

„Ein Engel? Jakob ein Engel?“

Hilde fing hysterisch an zu lachen.

Lilis Miene verschloss sich, und sie machte Anstalten aufzustehen.

„Ich hätte es wissen müssen“, sagte sie ärgerlich. „Jakob hat mich gewarnt. Er hat gesagt, dass die Leute mich für verrückt erklären würden, weil sie nicht verstehen und glauben wollen, dass er mehr Dinge gibt zwischen Himmel und Erde, als sich unsere Weisheit träumen lässst.“

Jakob hatte das Lili also eingeredet. Das beruhigte Hilde einerseits, denn sie hatte schon gedacht, das sei wieder eine von Lilis verrückten Geschichten, die Hilde manchmal an ihrem Verstand zweifeln ließen, so wie die Sache mit ihrem Geburtstagstisch. Andererseits zeigte es, was für ein raffinierter Gauner Jakob war, der Lilis Anfälligkeit für solche Dinge offensichtlich schamlos ausnutzte.

„Nun reg dich nicht auf“, sagte Hilde beruhigend und zog Lili aufs Sofa zurück. „Du weißt doch, dass ich nichts von diesem isotonischen Quatsch halte.“

„Isotonischer Quatsch? Was soll denn das sein?“

„Na, du weißt schon, Geister, Tische rücken, Glückssteine und so ein Zeug.“

„Oh, du meinst esoterisch. Aber damit hat das doch gar nichts zu tun. Ein Engel, ich meine, ein Engel, das ist doch etwas ganz anderes. Engel kommen sogar in der Bibel vor, das kannst du doch nicht mit Seancen und Geisterbeschwörung vergleichen. Ich wollte es zuerst ja auch nicht glauben, weil es..., na ja, weil es so verrückt klingt. Aber nur so lässt sich alles erklären, all die seltsamen Dinge, die passiert sind, seit Jakob gekommen ist. Und... weißt du... ich möchte so gern glauben, dass Rudolf mir jemanden geschickt hat, einen Engel, der mir helfen soll. Ist das denn so schlimm?“

Plötzlich tat Lili Hilde leid, wie sie da saß und sie mit großen, glasig schimmernden Augen hilflos ansah.

„Solange Jakob nichts Böses im Schilde führt, ist es nicht schlimm. Und zum Glück hast du ja mich." Sie tätschelte beruhigend Lilis Hand. „Ich werde schon aufpassen, dass er nichts mitgehen lässt. Du wirst ihn ganz einfach bitten, auszuziehen, bevor du nach Frankreich fährst. Und während du im Elsass bist, werde ich bei dir einziehen und Wache schieben, damit er nicht auf dumme Gedanken kommt."

Eigentlich schade, dachte Hilde, denn sie hätte Lili gern nach Frankreich begleitet, aber dieses Opfer musste sie wohl bringen. Und so, wie sie Lili kannte, würde die in Zukunft noch öfter zu ihrer neuen Familie reisen und konnte Hilde ein anderes Mal mitnehmen.

„So, jetzt werde ich uns erst mal einen Tee kochen. Tee beruhigt die Nerven. Und wenn du vom Elsass zurückkommst, ist das Kapitel Jakob hoffentlich ein für alle Mal beendet und unser Leben wird wieder so, wie es einmal war: ruhig und langweilig."

„Ich glaube, da täuschst du dich, jedenfalls was meine Person angeht", sagte Lili und klang schon wieder ganz aufgeräumt. „Du vergisst, dass ich jetzt eine Familie habe, und außerdem Teresa, Lena, Markus und Paulina, und dass ich Lesepatin bin und tanzen gehe und demnächst wahrscheinlich eine Schiffsreise mache, zusammen mit Fred."

„Eine Schiffsreise? Mit Fred? Wer, um Gottes willen, ist denn Fred?"

Lili lachte, und Hilde beschloss, endlich Tee zu kochen, den hatte sie jetzt mindestens genauso nötig wie Lili. Es sah wirklich nicht nach einem ruhigen, langweiligen Leben ‚nach Jakob' aus.

Die Vergangenheit kann man nicht ändern,
aber man kann sich ändern für die Zukunft.
(Hans Fallada)

Lili

Lili räumte wieder einmal mit der Vergangenheit auf - im wahrsten Sinn des Wortes - und dieses Mal endgültig. Die Kleider ihrer Mutter standen in großen Plastiktüten verpackt in der Ecke ihrer ehemaligen Wohnung und warteten darauf, zum Roten Kreuz gebracht zu werden.

Um einem Streit mit Hilde aus dem Weg zu gehen, hatte Lili Jakob tatsächlich darum gebeten, vor ihrer Abreise nach Frankreich auszuziehen. Er hatte sie ein wenig verwundert angesehen, aber keine Einwände erhoben. Der Abschied war ihr schwer gefallen. Je älter man wird, desto mehr Übung hat man im Abschiednehmen, sollte man meinen, aber Lili konnte nicht behaupten, dass die lebenslange Übung ihr viel geholfen hätte. Nur das Aufbegehren war nicht mehr so groß wie in jungen Jahren, sie war eher bereit, sich in die Dinge zu schicken.

Hilde war tatsächlich bei Lili eingezogen, solange die in Frankreich war. Sie war nicht davon abzuhalten gewesen, denn sie hatte Jakob tatsächlich im Verdacht gehabt, während Lilis Abwesenheit zurückzukommen und ihr Haus zu plündern. Lili musste bei dem Gedanken schmunzeln. Sie sah Hilde vor sich, wie sie mehr als einmal kontrollierte, ob die Haustür und die Kellertür auch wirklich abgeschlossen waren und wie sie klopfenden Herzens die halbe Nacht kein Auge zugetan, es statt dessen auf das Telefon auf ihrem Nachttisch gerichtet hatte, damit sie beim leisesten Geräusch sofort die Polizei alarmieren konnte. Dass Hilde all das für sie auf sich genommen hatte, rührte Lili. Bei ihrer Rückkehr war Hilde ihr sichtlich erleichtert um den Hals gefallen und hatte sie so heftig gedrückt wie schon lange nicht mehr.

Lili hatte ihr begeistert von dem Familientreffen im *Cheval Blanc* erzählt, wo sie nun auch ihre Schwester Marielle und deren Kinder kennen gelernt hatte. Sie musste zugeben, dass sie ihrer jüngeren Schwester tatsächlich ähnlich sah. Sie hatte ihren Gesichtsschnitt, ihre Augen und ihre kräftige Statur. Ihre Angst, die Familie würde sie als Eindringling betrachten und ablehnen, war unbegründet. Alle waren nett und herzlich zu ihr gewesen.

„Was Wunder", stichelte Hilde, als Lili ihr davon erzählte. „Wenn du gleich erzählst, dass du auf dein Erbe verzichten und statt dessen die lieben Halbneffen und Halbnichten als Erben einsetzen willst. Du weißt doch, Erbtanten sind immer gern gesehen. Aber denk dran, die Tränen, die bei ihrem Tod vergossen werden, sind so unecht wie meine Zähne, gut getarnte Freudentränen, wenn du mich fragst."

„Ach, Hilde, es ist mir ziemlich egal, was für Tränen meine Familie einmal um mich weinen wird, Hauptsache sie lachen mit mir, solange ich noch lebe. Und dafür stehen die Chancen gut."

Das Haus kam Lili still und leer vor nach Jakobs Auszug. Es hatte nach ihrer Rückkehr aus dem Elsass zehn Tage gedauert, bis sie sich dazu aufraffen konnte, die Wohnung ihrer Mutter zu betreten. Aber diesmal war es nicht Helenes Geist, der sie davon abhielt, sondern die Erinnerung an Jakob, der hier gewohnt hatte.

Sie hatte ihren Frieden mit ihrer Mutter gemacht. Bei dem Familientreffen hatte sie mit Jean-Luc lange über sie gesprochen und dabei eine ganz andere Helene kennen gelernt. Sie sah sie nun in einem anderen Licht, sah die blutjunge Frau vor sich, die nicht mit dem Mann leben durfte, den sie liebte, sondern von einem ungewollten Kind und den Umständen in die Ehe mit einem anderen gezwungen wurde. Wie hätte sie, Lili, sich gefühlt, wenn sie nicht Rudolf, sondern einen ungeliebten Mann hätte heiraten müssen? Und wäre sie ihrem Kind unter diesen Umständen eine gute Mutter gewesen? Helene war von dem Sockel heruntergestiegen, auf den Lili sie gestellt hatte, und war ihr damit ein ganzes Stück näher gekommen. Und was das Wichtigste war: Lili zweifelte nicht mehr an ihrer Liebe zu ihr.

Das Klingeln der Haustür riss Lili aus ihren Gedanken. Hoffentlich handelte es sich bei dem unerwarteten Besucher nur um Hilde oder den Postboten. In ihrer Putzjeans und dem verwaschenen T-Shirt bot Lili nicht unbedingt einen besonders repräsentablen Anblick.

„Fred!"

Der Ausruf, als sie die Tür öffnete, klang eher erschrocken als erfreut. Den Besuch von Fred, ihrem Tanzpartner, hätte Lili zuletzt erwartet. Bisher hatten sie sich ausschließlich beim Squaredance oder bei Fred getroffen. Fred erteilte ihr Privatstunden im Standardtanz, denn Lili hatte sich nach langem Überlegen dazu entschlossen, Fred auf seiner nächsten Schiffsreise zu begleiten. Es hatte ihn einige Überredungskunst gekostet, und erst sein Angebot, ihr das Tanzen beizubringen, hatte sie schließlich umgestimmt. Auf dem Schiff wurde fast jeden Abend getanzt, und wenn Lili sich zu einer solchen Reise entschloss, dann wollte sie diese auch auskosten und nicht wie ein Mauerblümchen am Rand sitzen und den anderen beim Tanzen zusehen. ‚Ich werde natürlich nicht nur mit dir tanzen können, Lili, auch wenn ich das am liebsten täte, aber es ist schließlich meine Aufgabe, mit allen Damen zu tanzen. Aber du wirst nicht zu kurz kommen, das verspreche ich', hatte Fred mit einem Augenzwinkern gesagt.

Und jetzt stand er vor ihrer Tür, wie immer wie aus dem Ei gepellt in einer grauen Hose, einem farblich passenden, dezent gestreiften Hemd und blankpolierten Budapester Schuhen. Das machte die Sache für Lili nicht einfacher, die beim Gedanken an ihren Aufzug fühlte, wie ihr die Schamröte in die Wangen stieg. Normalerweise verbrachte sie viel Zeit vor dem Spiegel, wenn sie eine Verabredung mit Fred hatte, zog sich hübsch an, legte etwas Wimperntusche auf und frisierte sich sorgfältig. Warum hatte er denn nicht angerufen? Sie fuhr sich verlegen mit den Fingern durch die zerzausten Haare, sicher, dass der gewünschte Effekt ausbleiben würde.

„Fred, was für eine Überraschung!"

„Ich hoffe, ich komme nicht ungelegen."

O doch, das tat er, ohne Frage. Auch wenn Lili sich ansonsten immer freute, wenn sie Fred sah.

„Nun, ich bin gerade dabei, die obere Wohnung zu entrümpeln. Ich sehe schrecklich aus, ich weiß. Wenn ich gewusst hätte, dass du kommst..."

„Entschuldige, dass ich dich so überfalle. Ich gehe auch gleich wieder. Aber ich habe gerade die Unterlagen von der Reederei bekommen, das genaue Programm unserer Reise, mit Fotos und allem Drum und Dran, und ich hab' gedacht, es interessiert dich vielleicht. Ich lasse dir das Kuvert einfach da und störe nicht weiter."

„Kommt gar nicht in Frage", sagte Lili und bat ihn herein. „Ich kann eine Pause ganz gut vertragen. Kuchen habe ich zwar nicht im Haus, aber die Dose mit den Schokoladenkeksen ist immer voll. Tee oder Kaffee?"

Fred hatte sie nun schon in ihrem unmöglichen Aufzug gesehen, aber vielleicht konnte sie wenigstens mit ihren Backkünsten punkten.

„Tee wäre mir ehrlich gesagt lieber, wenn es keine Umstände macht", sagte Fred und kletterte damit auf Lilis Sympathieskala noch eine Stufe weiter nach oben.

Den restlichen Nachmittag waren sie in Prospekte und Freds Erinnerungen an frühere Reisen vertieft. Fred war ein amüsanter Unterhalter, Lili hatte lange nicht mehr so viel gelacht. Helenes Wohnung war vergessen, die Arbeit dort oben würde ihr nicht weglaufen, und als Fred drei Stunden später ihr Haus verließ, war Lili aufgekratzt und beschwingt und sicher, dass ihre Entscheidung, die Schiffsreise mitzumachen, richtig gewesen war.

Lili hatte beschlossen, noch in diesem Sommer ihre Familie zu einem Gartenfest einzuladen, und zu einem Gartenfest gehörte nach Lilis Meinung ein Grill. Nun besaß Lili zwar einen Garten, aber leider keinen Grill. Rudolf hatte vehement abgelehnt, sich mit einem solchen Gerät anzufreunden. ‚Wenn du unbedingt einen Gartengrill willst, dann kauf dir einen, aber du wirst dein Fleisch selbst grillen müssen. Ich gehöre nicht zu den Männern, die damit ihre archaischen Jagdtriebe ausleben müssen', hatte er gesagt. ‚Was für ein Irrsinn, sich ausgerechnet dann, wenn es ohnehin heiß ist, vor ein offenes Feuer zu stellen und Fleisch zu produzieren, das nur bei wahren Könnern zart und schmackhaft ist und zu dem es nicht einmal eine gute Bratensoße gibt! Wozu hat sich die Kochkunst seit der Steinzeit denn weiterentwickelt?' Da Lili fand, dass Grillen nun einmal Männersache sei, war ihr Haushalt ohne Grill geblieben, und sie musste sich damit abfinden, im Sommer neidvoll in Richtung

Nachbargärten zu schnuppern. Jetzt schien ihr der richtige Zeitpunkt gekommen, sich endlich ihren Traum vom eigenen Holzkohlengrill zu erfüllen.

Markus hatte sich nicht nur bereit erklärt, ihr beim Grillen zu helfen, sondern auch beim Kauf eines Grills. Die Vielzahl der angebotenen Geräte überwältigte Lili, so schwierig hatte sie sich das nicht vorgestellt. Markus dagegen schien ganz in seinem Element zu sein, betastete, drehte und prüfte mit Kennermiene und schien sich zwischen all den Angeboten so wohl zu fühlen wie Lili, wenn sie sich auf den Blumentischen im Gartencenter die hübschesten Pflanzen aussuchte.

„Also, Lili, was für einer soll's denn sein?“ fragte er.

„Einfach nur ein Gartengrill“, antwortete Lili kleinlaut.

Markus lachte.

„Das ist so, als wenn du sagst: einfach nur ein Auto. Hier gibt's vom Mini bis zum Porsche alles, was das Herz begehrt.“

„Na ja“, sagte Lili und ließ ihre Augen ein wenig ratlos über die verschiedenen Modelle schweifen, „ich dachte an etwas dazwischen, hübsch, robust und alltagstauglich, so in der Größenordnung Golf vielleicht. Oder vielleicht doch ein bisschen größer, ein Kombi wäre nicht schlecht, denn er sollte Platz für eine große Familie bieten.“

„Na, das ist doch ein Wort“, lachte Markus, „damit lässt sich was anfangen. Wie wär's denn mit dem?“

Eine halbe Stunde später machten sie sich mit einem soliden, nicht ganz billigen Modell mittlerer Größe zufrieden auf dem Heimweg.

„Das Wetter scheint zu halten“, stellte Lili mit einem prüfenden Blick aus dem Autofenster fest. „Das ist in diesem Sommer eine Seltenheit. Ich finde, wir sollten die

Gelegenheit beim Schopf packen und das Ding gleich ausprobieren. Hättet ihr Zeit und Lust heute Abend?"

„Ich denke schon", sagte Markus und rief sicherheitshalber über sein Handy Teresa an. Sie sprachen einige Sätze miteinander, dann hörte Lili die Freudenschreie von Lena und Paulina übers Telefon.

„Teresa freut sich und die Mädchen auch", berichtete Markus.

„Das war nicht zu überhören", lachte Lili.

„Wir kommen rechtzeitig. Dann kann ich mich um den Grill kümmern und Teresa dir in der Küche helfen. Ist sechs okay?"

„Prima. Und jetzt fahren wir am besten gleich beim Metzger und beim Supermarkt vorbei und kaufen alles Nötige ein."

Lili beobachtete interessiert, wie Markus Holzkohle in die Grillschale füllte und fachmännisch das Feuer in Gang setzte. Paulina wich ihm nicht von der Seite, während Lena dabei war, zusammen mit Teresa die blaubemalten Steingutteller und die Schüsseln mit Salat auf den Tisch zu stellen.

„Pass auf, Paulina, komm nicht zu nah ans Feuer", warnte Lili.

„Ich weiß schon", beruhigte Paulina, „wir hatten früher auch 'nen Grill, als wir noch in unserem Haus gewohnt haben. Aber der war viel größer als der hier und aus Steinen gebaut."

„Oh, ein Volvo der Luxusklasse", schmunzelte Lili anerkennend zu Markus hinüber.

„Doch kein Auto, ein Grill", verbesserte Paulina mit altklugem Augenaufschlag und verstand nicht, warum Lili und Markus lachten.

„Hab' ich was nicht mitgekriegt?" fragte Teresa und stimmte in das Gelächter ein, als Lili die Sache erklärte.

Später saßen alle um den Tisch auf Lilis Terrasse versammelt und ließen sich Fleisch und Würstchen schmecken.

Es bereitete Lili Freude, Teresa und Markus zu beobachten. Immer wieder warfen sie sich verliebte Blicke zu oder hielten sich unauffällig bei der Hand. Es ist doch immer wieder schön, ein verliebtes Paar zu sehen, dachte Lili, vor allem dann, wenn man die beiden mag.

„Das war eine super Idee, dass du den Grill gekauft hast, Tante Lili", stellte Lena fest und biss genussvoll in ihre knusprig gegrillte Wurst.

„Das finde ich auch", lachte Lili.

„Stimmt", bemerkte Markus, „und vielen Dank für die Einladung."

„Na hör mal, ich muss mich bedanken. Ohne dich wäre nichts von all diesen Herrlichkeiten auf meinen Tisch gekommen. Erstens hätte ich keinen Grill gehabt und zweitens keinen Grillmeister."

Teresa war schon seit einigen Minuten auffallend still und beteiligte sich kaum noch an der Unterhaltung.

„Stimmt was nicht, Teresa? Du bist so schweigsam. Ist dir nicht gut?" fragte Lili und sah, dass auch Markus Teresa mit einem besorgten Blick musterte.

„Nein, nein, es ist alles in Ordnung", beruhigte Teresa und rutschte unruhig auf ihrem Stuhl hin und her. „Es ist nur..."

„Ja?"

„Na ja, also Markus und ich, wir wollten dir etwas sagen."

Lili sah die beiden gespannt an.

„Nun spannt mich doch nicht so auf die Folter!"

Markus lachte.

„Also gut, dann sag *ich's*. Ich nehme an, Teresa will euch sagen, dass wir ein Baby erwarten, ein Geschwisterchen für Lena und Paulina."

„Eine Schwester?" rief Paulina aufgeregt.

„Vielleicht auch einen Bruder", sagte Markus. „Das wissen wir noch nicht. Wir nehmen, was kommt. Ein Dreimädelhaus wäre schon in Ordnung. Vielleicht ist es ja einfacher, wenn man nur Kinder einer Sorte großzieht. Aber ein Junge wäre natürlich auch nicht schlecht. Dann hätte ich ein bisschen Verstärkung."

„Ich will eine Schwester", rief Lena bestimmt.

„Ach, Kinder, ich freue mich für euch. Das ist ja eine wunderbare Nachricht!"

Lili stand auf, ging um den Tisch herum und umarmte Teresa und Markus.

„Deshalb wolltest du heute also keinen Wein trinken, ich verstehe."

„Sind Lena und ich dann auch Schwestern, wenn wir beide die gleiche Schwester haben?" wollte Paulina wissen.

„Na klar", sagte Markus.

„Dann müsst ihr aber auch heiraten", stellte Lena fest.

„Das werden wir auch, im September, damit man es noch nicht so sieht", sagte Teresa und strich sich lächelnd über ihren Bauch, der das Geheimnis noch nicht preisgab. „Bei Nonno und Nonna auf dem Weingut. Und du musst natürlich dabei sein, Lili, denn ohne dich und Jakob wären wir immer noch verkracht, und es könnte gar keine Hochzeit geben. Schade, dass Jakob nicht mitfeiern kann."

„Ja, das finde ich auch. Aber ich werde ihn würdig vertreten. Ich komme zu eurer Hochzeit, darauf könnt ihr euch verlassen, und wenn ich zu Fuß nach Italien laufen muss", lachte Lili und hob ihr Glas, um den beiden zuzuprosten.

„Du musst nicht laufen", erklärte Lena ernsthaft, „du kannst hinten bei uns sitzen, da ist noch Platz."

„Das ist lieb von euch", lachte Lili und drückte Lena, die neben ihr saß, einen Kuss auf ihre weiche Wange.

Heute fiel es Lili nicht schwer, etwas in ihr Glückstagebuch zu schreiben.

Ob mein Gartengrill mich glücklich macht? Nun, das wäre wohl zu viel gesagt. Aber er sorgt dafür, dass sich in meinem Garten glückliche Menschen versammeln, mit denen ich lachen und reden kann. Und über deren Glück ich mich freuen kann. Denn ich stelle fest, dass auch Freude für mich abfällt, wenn ich sehe, dass Teresa und Markus glücklich sind.

Der Abstand zwischen Himmel und Erde
ist nicht größer als ein Gedanke.
(Aus der Mongolei)

Lili

Lili hatte sich entschlossen, Jakob einen Brief zu schreiben. Lange hatte sie sich Gedanken gemacht, wie sie ihn verschicken sollte; schließlich konnte sie den Brief nicht einfach in den Briefkasten stecken. Dann hatte sie gestern Nachmittag in der Fußgängerzone einen Luftballonverkäufer gesehen und plötzlich war ihr klar, wie ihre Nachricht Jakob erreichen könnte.

Zunächst hatte sie daran gedacht, den Ballon mit dem Brief für Jakob aus einem Fenster von Mamas Wohnung fliegen zu lassen. Aber sie befürchtete, dass Hilde sie dabei sehen und sie für noch verrückter halten könnte, als sie das wohl ohnehin schon tat. Nach ihrer Erfahrung mit Hilde hatte Lili sich entschlossen, Jakobs Rat zu folgen und niemanden mehr in sein Geheimnis einzuweihen. Sie erzählte jedem, der es wissen wollte, Jakob habe sich entschlossen, zu seinem Sohn nach Amerika zurückzukehren.

Nun saß Lili unter ihrem Lieblingsbaum, erinnerte sich an den Tag, als sie hier zusammen mit Jakob gesessen hatte, und las noch einmal den Brief, bevor sie ihn zu Jakob auf die Reise schickte.

Lieber Jakob,

ich habe Ihnen so viel zu erzählen. Deshalb habe ich beschlossen, Ihnen zu schreiben. Vermutlich wissen Sie das alles schon, denn von dort oben haben Sie ja den totalen Überblick. Wie sonst hätte Rudolf wissen können, dass es mir schlecht geht.

Trotzdem werde ich Ihnen schreiben, nicht Ihretwegen, sondern meinetwegen. Mein Herz fließt über, ich muss es einfach loswerden.

Ich habe mich tatsächlich getraut, allein zu meiner Familie nach Ingerswiller zu fahren. Zunächst hatte ich daran gedacht, Hilde zu fragen, ob sie mich begleiten will, aber dann habe ich mich anders entschieden. Hilde ist nicht gerade das, was man eine ideale Beifahrerin nennt, sie sagt ständig: ‚Rechts ist frei, du kannst fahren' oder ‚Vorsicht, die Ampel schaltet auf Rot', so als wäre sie mit einer Blinden unterwegs. Außerdem gedenke ich, in Zukunft öfter ins Elsass zu fahren, und da kann ich doch nicht immer Hilde mitnehmen. Im Übrigen war Hilde an diesem Wochenende anderweitig beschäftigt, aber das ist eine andere Geschichte.

Das Familientreffen im Cheval Blanc war ein wunderbares Erlebnis. Es sind alle gekommen: Véronique, Jeanne und Marielle mit ihren Männern, Chantal und die drei Kinder von Marielle. Marielles ältester Sohn ist verheiratet und hat drei entzückende kleine Jungs, wie die Orgelpfeifen. Ich bin also sozusagen über Nacht zur dreifachen Halb-Großtante geworden, ist das nicht nett? Jean-Luc (es fällt mir immer noch schwer, ihn Vater zu nennen) hat eine Ansprache gehalten, die mich zu Tränen gerührt hat. Er hat mich in der Familie willkommen geheißen, und alle haben Beifall geklatscht. Dann gab es ein wunderbares Essen, und zuletzt hat Jean-Luc mir das Familienrezept von Coq au vin verraten. Mir kam es vor wie der Ritterschlag, mit dem ich in die Familie aufgenommen wurde.

Inzwischen hat die Familie einen Gegenbesuch bei mir gemacht. Ich war schrecklich aufgeregt und tagelang mit den Vorbereitungen beschäftigt. Zum Glück hat das Wetter mitgemacht, so dass wir im Garten feiern konnten. Alle haben sich gut verstanden, und nicht einmal Hilde fand etwas an meiner Familie auszusetzen. Sie hat sich fast den ganzen Abend ange-

regt mit Marielle unterhalten, von Großmutter zu Großmutter sozusagen. Der einzige Wermutstropfen war, dass Jean-Luc nicht mitkommen konnte. Die Fahrt wäre zu anstrengend für ihn gewesen. Aber Pierre, Marielles jüngerer Sohn, ist die ganze Zeit mit der Videokamera herumgerannt und hat alles für Jean-Luc gefilmt. Es ist trotzdem schade, dass er nicht kommen konnte. Ich hätte das Bett in Mamas Zimmer zum Übernachten für ihn gerichtet, das Bett, in dem Mama ihr letztes Jahr verbracht hat. Der Gedanke hätte mir gefallen, ein Kreis, der sich schließt. Falls Sie jetzt finden, dass ich eine weltfremde Romantikerin bin, haben Sie vermutlich recht, aber ich denke, es gibt schlechtere Veranlagungen.

Doch nun zu den neuesten Nachrichten. Ich komme eben aus Italien zurück. Teresa und Markus haben geheiratet, ein wenig schneller als geplant. Teresa ist schwanger, das hat die Sache beschleunigt. Es ist schade, dass Sie bei der Hochzeit nicht dabei sein konnten, aber vielleicht können Sie es ja zur Taufe einrichten. Ganz unschuldig sind Sie schließlich nicht an der Existenz des zu erwartenden neuen Erdenbürgers, denn mir scheint, dass der Zufall, der Teresa und mich zusammengeführt hat, ihren Fingerabdruck trägt.

Wie auch immer, falls Sie eine Pflicht brauchen, die Sie hierher ruft, so herrscht in unserer Gegend kein Mangel, obwohl Sie hier ja schon fleißig zugange waren. Wenn ich nachdenke, werden mir sicher einige Leute einfallen, die ein wenig Nachhilfe in Sachen Glück gebrauchen können. Es wäre die größte Freude für mich, Sie wiederzusehen!

Sie müssten allerdings unten in Mamas Zimmer übernachten, denn die obere Wohnung werde ich Ihnen dann leider nicht mehr zur Verfügung stellen können, da zieht nächsten Monat eine junge Mutter mit Kind ein. Max ist sieben Monate alt und ein richtiger Sonnenschein. Ich freue mich, wenn wieder ein bisschen Leben ins Haus kommt.

Doch zurück zur Hochzeit von Teresa und Markus. Sie hat wie gesagt in Italien stattgefunden, und Sie können sich gar nicht vorstellen, was so eine italienische Hochzeit für eine große Angelegenheit ist. Ich glaube, so viele laute, fröhliche, feiernde Menschen auf einem Fleck habe ich noch nie gesehen. Die Tische im Garten sind unter den Schüsseln und Platten fast zusammengebrochen. Es wurde der Wein aus Teresas Geburtsjahr getrunken, und der Nonno hat eine Ansprache gehalten. Eine Fünf-Mann-Kapelle hat gespielt, und es war nicht nur ein Fotograf da, sondern auch jemand, der ein Video gedreht hat. Falls Sie zur Taufe kommen, werde ich Ihnen die Bilder zeigen. Teresa und die beiden Mädchen haben bezaubernd ausgesehen. Teresa trug ein wunderschönes weißes Kleid mit einem engen Mieder (noch sieht man nichts von der Schwangerschaft) und einem weiten Rock. Na ja, das interessiert Sie als Mann vermutlich weniger. Die ganze Hochzeitsgesellschaft ist durch die engen Gassen zur Kirche hinaufgestiegen. Ein schönes Bild, wie aus einem Film, vorneweg das Brautpaar mit den Kindern, dann die Familie und schließlich jede Menge Leute, vermutlich der ganze Ort. Von oben hatte man einen wunderschönen Blick über die Dächer. Ich finde, nirgends sehen Dächer so hübsch aus wie in Italien. (Ich frage mich nur, was all die Leute, die in diesem reizenden Ort wohnen, machen, wenn sie alt werden. Nun, vermutlich hält das Bergsteigen sie fit bis ins hohe Alter - aber das nur am Rande.) Die Nonni haben mich eingeladen, bald wieder zu kommen, ist das nicht nett? Vielleicht besuche ich sie im Herbst, um bei der Weinernte zu helfen. Gestern habe ich mich zu einem Italienischkurs angemeldet, denn ich will mich gern mit der Nonna unterhalten können, ich mag sie.

Aber vorher werde ich per Schiff ins Mittelmeer aufbrechen, in vierzehn Tagen geht's los. Ich habe mich nämlich nach langem Überlegen entschlossen, eine Mittelmeerkreuzfahrt mitzumachen.

Erinnern Sie sich? Ich hatte Ihnen einmal davon erzählt. Seit einigen Wochen nehme ich private Tanzstunden bei Fred, meinem Squaredancepartner - lachen Sie nicht! Rudolf hatte mir zwei Schrittarten beigebracht, eine für Dreivierteltakt und eine für Viervierteltakt. Mit Rudolf klappte das ganz gut, aber ich will mich auf dem Schiff doch nicht blamieren. Fred sagt, ich hätte Talent zum Tanzen. Wir treffen uns immer bei ihm, wegen Hilde. Sie soll doch nicht schon wieder Angst um mich und mein Seelenheil haben müssen.

Sie sehen, ich bemühe mich, Ihre Ratschläge zu befolgen. Dank Ihrer Hilfe macht mir das Leben wieder Freude. Das heißt nicht, dass ich unsere Gespräche und die gemeinsamen Mahlzeiten nicht vermisse. Ich hoffe sehr, dass Sie mich zur Taufe des kleinen Herrn Sonntag besuchen werden. Bitte grüßen Sie Rudolf von mir. Sagen Sie ihm, dass er mir fehlt, aber er kann beruhigt sein, es geht mir gut.

In herzlicher Freundschaft
Ihre Lili

Lili rollte den Brief sorgfältig zusammen und band ihn vorsichtig an die Schnur des Luftballons. Sie zögerte einen Moment, dann gab sie den Ballon frei und sah zu, wie er langsam in den blauen Himmel stieg.

Ingrid Geiger

1952 in Reutlingen geboren, verbringt sie ihre Jugend- und Studienjahre zur Grundschullehrerin im Rheinland. Nach ihrer Heirat kehrt sie nach Baden-Württemberg zurück, bekommt Kinder und entdeckt ihre Freude am Schreiben.

Inzwischen wurden bereits mehrere Bücher von ihr veröffentlicht. Nach drei Kinderbüchern erscheinen die Mundartbücher „Z'viel isch au nix" und „Des mag i", dann ihre Romane „Huckepack ins Ländle", „Altweibersommer im April", „Roter Mohn und Mauerblümchen" und „Jakobs Geheimnis".

Ingrid Geiger, die heute mit ihrer Familie in einer ländlichen Gemeinde am Fuß der schwäbischen Alb lebt, sagt über sich und ihre Bücher: „Was meine Texte bei aller Verschiedenheit verbindet ist die heitere Grundstimmung. Denn Schreiben bedeutet für mich Freude - eine Freude, die ich gern an meine Leserinnen und Leser weitergeben möchte."

Ebenfalls von Ingrid Geiger beim Stieglitz Verlag erschienen:

Mathilde ist siebzig, als ihr ganz unverhofft in Johannes noch einmal die Liebe begegnet. Plötzlich gibt es wieder Herzklopfen und Heimlichkeiten in ihrem Leben. Soll sie ihre Romanze offen eingestehen? Mit Johannes einen Neuanfang wagen? Was wird ihre Familie dazu sagen?

Mit viel Humor, Selbstironie und Augenzwinkern erzählt Mathilde, dass Alter nicht vor Liebe schützt. Ein heiteres Plädoyer für die Liebe in jedem Lebensalter! „...ein höchst empfehlenswertes Buch!“ *(NWZ)*

ISBN-10: 3-7987-0365-5 ISBN-13: 978-3-7987-0365-0

Wen liebt Marie wirklich? Robert, den charmanten Heiratsschwindler, oder den jungenhaften Helge, der auch ihrer Tochter schöne Augen macht?
Die Dritte im Bunde, Ex-Schwiegermutter Johanna, enthüllt eine geheimnisvolle Vergangenheit und entdeckt, dass auch mit achtzig der Himmel noch voller Geigen hängen kann.

„Einen heiter-beschwingten Roman hat Ingrid Geiger da geschrieben, ebenso gefühl- wie humorvoll. ... Ein unterhaltsames, unbeschwertes Lesevergnügen.“ *(Südwestpresse)*

ISBN-10: 3-7987-0377-9 ISBN-13: 978-3-7987-0377-3

Das Alltägliche finden wir in diesem Buch, treffend und pointiert in Worte gefasst, der Blickwinkel mal spöttisch und augenzwinkernd, mal ernst und nachdenklich.
Ein Buch für viele Gelegenheiten: für stille Stunden auf dem Sofa, zum Vortragen bei Festen und zum Verschenken an Menschen, die man mag.

„In all den amüsanten ‚schwäbischen Ungereimtheiten' schwingt eine tiefe Menschlichkeit und große Herzenswärme mit", schreibt der *Reutlinger General-Anzeiger*.

ISBN-10: 3-7987-0366-3 ISBN-13: 978-3-7987-0366-7